ଇନ୍ଦ୍ରଧନୁ ଓ ଅନ୍ୟାନ୍ୟ ଗଳ୍ପ

ଇନ୍ଦ୍ରଧନୁ ଓ ଅନ୍ୟାନ୍ୟ ଗଳ୍ପ

ଜଗନ୍ନାଥ ପ୍ରସାଦ ଦାସ

ବ୍ଲାକ୍ ଇଗଲ୍ ବୁକ୍ସ
ଭୁବନେଶ୍ୱର, ଓଡ଼ିଶା

BLACK EAGLE BOOKS
Dublin, USA

ଇନ୍ଦ୍ରଧନୁ ଓ ଅନ୍ୟାନ୍ୟ ଗଳ୍ପ / ଜଗନ୍ନାଥ ପ୍ରସାଦ ଦାସ

ବ୍ଲାକ୍ ଇଗଲ୍ ବୁକ୍ସ : ଭୁବନେଶ୍ୱର, ଓଡ଼ିଶା ● ଡବ୍ଲିନ୍, ଯୁକ୍ତରାଷ୍ଟ୍ର ଆମେରିକା

BLACK EAGLE BOOKS

USA address:
7464 Wisdom Lane
Dublin, OH 43016

India address:
E/312, Trident Galaxy, Kalinga Nagar,
Bhubaneswar-751003, Odisha, India

E-mail: info@blackeaglebooks.org
Website: www.blackeaglebooks.org

First International Edition Published by
BLACK EAGLE BOOKS, 2024

INDRADHANU O ANYANYA GALPA
by **Jagannath Prasad Das**

Copyright © **Jagannath Prasad Das**

Cover & Interior Design: Ezy's Publication

ISBN- 978-1-64560-514-0(Paperback)

Printed in the United States of America

ସୂଚିପତ୍ର

ଆଖି

ଏ ହେଲାଣି ଅନେକ ବର୍ଷ ତଳର କଥା। ସେ ସମୟରେ ମୁଁ ମୋ ଗବେଷଣା କାମରେ ପୁରୀ ଯାଇ ସେଠାରେ ଏକା ସାଙ୍ଗରେ ଅନେକ ଦିନ ଧରି ରହିଯାଉଥିଲି। ପ୍ରଥମେ ପ୍ରଥମେ ମୁଁ ଯାଇ ରହୁଥିଲି ସହର ଭିତରେ କୋଉ ଛୋଟ ହୋଟେଲରେ। ଥରେ ସମୁଦ୍ର କୂଳରେ ବୁଲୁ ବୁଲୁ ମୋର ଜଣେ ପୁରୁଣା ସାଙ୍ଗ ରବିନ ସହିତ ଦେଖା ହେଲା। ତାଙ୍କର ପୁରୀରେ ଗୋଟିଏ କୋଠି ଥିଲା ଯାହା ଅନେକ ଦିନୁ ଖାଲି ପଡ଼ିଥିଲା। ସେ ମତେ କହିଲା ଯେ ପୁରୀ ଆସିଲେ ମୁଁ ସେଇ ଘରଟିକୁ ବ୍ୟବହାର କରିପାରେ। ସେଇ ଦିନୁ ପୁରୀ ଗଲେ ମୁଁ ରହୁଥିଲି ତାଙ୍କର ସେଇ ଘରଟିରେ।

ଘରଟି ଅତ୍ୟନ୍ତ ଭଙ୍ଗାରୁଜା ଅବସ୍ଥାରେ ଥିଲା। ସେଠାରେ ବସବାସ, ଚଳପ୍ରଚଳ କରିବାର ଆସବାବ ସରଂଜାମ ଥିଲା, କିନ୍ତୁ ସବୁ ଅତି ପୁରୁଣା ଏବଂ ଅନେକ ଦିନ ଧରି ବ୍ୟବହାର ଓ ଯତ୍ନ ଅଭାବରୁ ଜୀର୍ଣ୍ଣ ଓ ଭଙ୍ଗାରୁଜା। ରବିନ ଭୁବନେଶ୍ୱରରେ ରହୁଥିଲା। ମୁଁ ପୁରୀରେ ହୋଟେଲରେ ରହୁଥିବା ବେଳେ ଦିନେ ସେ ମୋ ପାଖରେ ପହଞ୍ଚି ମତେ ତା ଗାଡ଼ିରେ ଘରଟି ଦେଖାଇବାକୁ ନେଇଗଲା। ପ୍ରଥମେ ଆମେ ଯାଇ ସାଇ ଭିତରୁ ତାଙ୍କର ମାଳିକୁ ଖୋଜି ଆଣିଲୁ, ଯେ କି ଘର ବାହାରେ ଥିବା ଛୋଟ ବଗିଚାର ଗଛ ଲତାକୁ ଦେଖୁଥିଲା। ଆମେ ତାଲା ଖୋଲି ଘର ଭିତରେ ପଶିବା ବେଳକୁ ସଂଜ ହୋଇ ସାରିଥିଲା। ମୁହଁ ଅନ୍ଧାରରେ ଘର ଭିତରକୁ ପଶି ରବିନ ଯେତେବେଳେ ଆଲୁଅ ଜଳାଇଲା, ମୋର ହଠାତ୍ ପ୍ରତିକ୍ରିୟା ହେଲା ଯେ ମୁଁ ଏ ଘରେ ରହି ପାରିବି ନାହିଁ। ସେତେବେଳେ କମ ବିଜୁଳି ଆସୁଥିଲା କି କଣ, ଆଲୁଅ ଅତି ମିଂଜିମିଂଜି ଜଳୁଥିଲା ଏବଂ ଘରଟି ମତେ ଅତି ଉଦାସୀନ ଓ ଅନାତ୍ମୀୟ ଜଣାଗଲା। ବସିବା ଘର ଭିତରୁ ଯେଉଁ ଅନ୍ୟ ଅନ୍ଧାର କୋଠରୀଟି ଦେଖାଯାଉଥିଲା, ତା ଆଡ଼କୁ ଆଖି ପକାଇବା ବେଳେ ମୋର ଛାତି ଭିତରେ କାହିଁକି କେଜାଣି ସାମାନ୍ୟ ଭୟର ଏକ ଶୀତଳ ଲହରୀ ଖେଳିଗଲା। ମୁଁ ଭାବିଲି ରବିନକୁ କହିଦେବି ମୁଁ ଏ ଘରେ ରହିବାକୁ

ଚାହୁଁନାହିଁ; ମୋର କାମ ପାଇଁ ମୁଁ ଯେଉଁ କେତେ ଦିନ ମଝିରେ ମଝିରେ ଆସିବି, କୋଉ ହୋଟେଲରେ ରହିବା ହିଁ ମୋ ପାଇଁ ସୁବିଧାଜନକ ହେବ।

ଏଇ ସମୟରେ କିନ୍ତୁ ଠିକ ଭୋଲଟେଜ ଆସି କୋଠରୀଟି ଆଲୋକିତ ହୋଇଗଲା। ଏବଂ ଅନ୍ତରଙ୍ଗତାର ଏକ ଅଦ୍ଭୁତ ଉଷ୍ମତା ଆସି ଘର ଭିତରକୁ ହଠାତ୍ ଭରିଦେଲା ଯେପରି। ରବିନ ମତେ କୋଠରୀ ସବୁ ଖୋଲି ଦେଖାଇଲା। ଶୋଇବା ଘରେ ବିଛଣାପତ୍ର ପଡ଼ିଥିଲା, କିନ୍ତୁ ସେ କ୍ୱଚିତ୍ ଏ ଘରକୁ ବ୍ୟବହାର କରୁଥିବାରୁ ସବୁ ଜିନିଷ ଅବ୍ୟବସ୍ଥିତ ଅବସ୍ଥାରେ ଥିଲା। ଆହୁରି ଖରାପ ଥିଲା ରୋଷେଇ ଓ ଗାଧୁଆ ଘରର ଦଶା। ଆମେ କୋଠରୀ ସବୁ ଦେଖିସାରି ବସିବା ଘରକୁ ଆସିଲୁ। ଏଇ କୋଠରୀ ଭିତରୁ ଗୋଟିଏ ପାହାଚ ଉଠି ଉପର ମହଲାକୁ ଯାଇଥିଲା। ରବିନ ଜଣାଇଲା ଯେ ଉପରେ ମାତ୍ର ଦୁଇଟି କୋଠରୀ ଅଛି, ଏବଂ ସେଥିରେ କେବଳ ଭଙ୍ଗାରୁଜା ଆସବାବ ପତ୍ର ଅଛି। ସେ ନିଜେ ବୋଧହୁଏ ଅନେକ ବର୍ଷ ହେଲା ପାହାଚ ଉଠି ଉପର ମହଲାକୁ ଯାଇ ନାହିଁ !

ମାଳି ଯାଇ ରାସ୍ତା ପାଖ ଦୋକାନରୁ ଆମ ପାଇଁ ଦି କପ ଚା ଆଣିଦେଲା। ଚା ପିଉ ପିଉ ମୁଁ ଚାରିପାଖର ଅନ୍ଧାର କୋଠରୀ ଓ ଉପର ଅଜଣାକୁ ଉଠି ଯାଇଥିବା ପାହାଚ ଆଡ଼କୁ ଅନାଇ ଠିକ କରିବାକୁ ଚେଷ୍ଟା କଲି ମୁଁ ରବିନକୁ ହଁ କରିବି କି ନାହିଁ। ନିଜର ଘର ଥିଲେ ମୁଁ ଯେତେବେଳେ ଖୁସି ଯିବା ଆସିବା କରିପାରିବି ଓ ଯେତେଦିନ ଚାହିଁବି ରହିପାରିବି। ଲୋକଙ୍କୁ ଭେଟିବାକୁ ବି ସୁବିଧା ହେବ ଏଠାରେ। ଆଖପାଖରେ କିଛି ହୋଟେଲ ଥିଲା ଯେଉଁଠି ଯାଇ ମୁଁ ଖିଆ ପିଆ କରିପାରିବି। ସବୁଠାରୁ ବଡ଼ କଥା ହେଲା ଯେ ମତେ ମାଗଣାରେ ରହିବା ସୁବିଧା ମିଳିବ। ଏ ସବୁ ବ୍ୟତୀତ ଆଉ ଗୋଟିଏ ବଡ଼ ଆକର୍ଷଣ ଥିଲା ଠିକ ଘର ପଛରେ ସମୁଦ୍ର, ଯାହା କୂଳରେ ମୁଁ ଯେତେବେଳେ ଚାହିଁବି ଚଲାବୁଲା କରିପାରିବି। ଏ ସବୁର ଏକମାତ୍ର ନକାରାତ୍ମକ ଦିଗ ଥିଲା ଘରଟିର ଭୂତ କୋଠି ଭଳି ପରିବେଶ। ପୁରୀ ସମୁଦ୍ର କୂଳରେ ପୁରୁଣା ଘରସବୁ ଅଶରୀରୀ ଜୀବ ମାନଙ୍କର ଆସ୍ଥାନ ଭାବରେ ବିଖ୍ୟାତ ଥିଲେ, ଏବଂ ମତେ ଜଣା ଯାଉଥିଲା ଏ ଘରଟି ଯେପରି ଥିଲା ସେମାନଙ୍କର ସ୍ଥାୟୀ ବସବାସ କରିବାର ଗୋଟିଏ ଆଦର୍ଶ ଠିକଣା। ଏଭଳି ଦୋଦୋପାଞ୍ଚ ସ୍ଥିତିରେ ଥିଲାବେଳେ ମତେ ମନେହେଲା ମୋ ପଛରେ କିଏ ଜଣେ ଠିଆ ହୋଇ ମତେ କହୁଛି, ରହିଯାଅ ! ମୁଁ ଆଉ କିଛି ଚିନ୍ତା କରିବା ଆଗରୁ ମୋ ପାଟିରୁ ବାହାରି ଗଲା, ଠିକ୍ ଅଛି ; ମତେ ଘରର ଚାବି ଦେଇଦିଅ। ପୁରୀ ଆସିଲେ ମୁଁ ଏଇଠି ରହିବି।

ମାଳି ଆସି ଚା ଗ୍ଲାସ ଉଠାଉ ଉଠାଉ କହିଲା, ଚାଲନ୍ତୁ ଶୀଘ୍ର ବାହାରି ଯିବା। ଏଥରକ ପୂରା ବିଜୁଳି ଚାଲିଯିବ ପୂରା ଘଣ୍ଟାକ ପାଇଁ। ଆମେ ଉଠି ଠିଆ ହେଲୁ। ମାଳି

ଯାଇ କୋଠରୀର ଆଲୁଅ ଲିଭାଇ ଦେଲା। ବାହାରକୁ ଆସି ରବିନ କବାଟରେ ତାଲା ଲଗାଇଲା ଓ ମୋ ହାତକୁ ଚାବିଟି ବଢ଼ାଇ ଦେଲା। ଆମେ ଘର ବାହାରକୁ ଆସି ରାସ୍ତା ଉପରେ ତାଙ୍କ ଗାଡ଼ି ପାଖରେ ଠିଆ ହୋଇଛୁ, ସତକୁ ସତ ବିଜୁଳି ଚାଲିଗଲା।

ଠିକ ହେଲା ଯେ ମୁଁ ପରଦିନ ସକାଳେ ହୋଟେଲରୁ ମୋର ଜିନିଷପତ୍ର ନେଇ ଏଠିକି ଆସିବି। ସେତେବେଳକୁ ମାଳି ଆସି ଅପେକ୍ଷା କରୁଥିବ ଓ ମତେ ସେଠାରେ ରହିବାର ସୁବିଧା ଅସୁବିଧା ବୁଝାଇଦେବ। ଆମେ ମାଳିକୁ ଛାଡ଼ି ଗାଡ଼ିରେ ବସି ମୋ ହୋଟେଲ ଆଡ଼କୁ ଯିବାବେଳେ ମୁଁ ପଛକୁ ବୁଲି ଘରଟି ଆଡ଼କୁ ଅନାଇଲି। ମଳିନ ଜହ୍ନ ଆଲୁଅରେ ସେଇଟି ସତରେ ଗୋଟିଏ ଯଥାଯଥ ଭୂତକୋଠି ଭଳି ଦେଖା ଯାଉଥିଲା; କିମ୍ବା ଗୋଟିଏ ଅତିକାୟ ରାକ୍ଷସର ବିରାଟ ମୁହଁ, ଯାହାର ସାମନାରେ ଥିବା କାଚ ଝରକାରେ କିଭଳି କେଉଁ ଦିଗରୁ ଜହ୍ନ ଆଲୁଅ ପଡ଼ି ଦେଖା ଯାଉଥିଲା ଯେପରି ତାର ଦୁଇଟି ସମତୁଲ ଆଖି !

ସେହି ଦିନଠାରୁ ମୁଁ ପୁରୀ ଆସିଲେ ସେ ଘରେ ରହିବାରେ ଲାଗିଲି। ମାଳି ଏ ଭିତରେ ଘରଟିକୁ ଝାଡ଼ପୋଛ କରି କିଛି ଠିକଠାକ୍ କରି ଦେଇଥିଲା। ଗୋଟିଏ ଇଲେକଟ୍ରିକ କେଟଲି କିଣି ମୁଁ ରୋଷାଇ ଘରେ ମୋର ଚା ତିଆରି କରି ପାରୁଥିଲି; ତେବେ ଖାଇବା ପିଇବା କରୁଥିଲି ଯାଇ ପାଖରେ ଥିବା ବିଭିନ୍ନ ହୋଟେଲରେ। ପୁରୀରେ ରହିବା ଦିନମାନଙ୍କରେ ମୋର କାମ ଥିଲା ସକାଳବେଳା ବାହାରି ଚିତ୍ରକାର ସାହିକୁ ଯାଇ ସେଠାରେ ନୂଆ ପୁରୁଣା ଶିଳ୍ପୀଙ୍କୁ ଭେଟିବା, ପୁଣି ମନ୍ଦିର ଭିତରକୁ ଯାଇ ସେଠାରେ ଦେଉଳ କରଣ ପରିଛା ତଢ଼ାଉ ଇତ୍ୟାଦି ବିଭିନ୍ନ ଛତିଶା ନିଯୋଗ ସେବକଙ୍କ ସାଙ୍ଗରେ କଥାବାର୍ତ୍ତା କରି ସେମାନଙ୍କଠାରୁ ତଥ୍ୟ ନେବା, ମୁକ୍ତିମଣ୍ଡପ ସଭାର ପଣ୍ଡିତଙ୍କ ପଛରେ ଲାଗି ତାଙ୍କର କାଗଜପତ୍ର ଇତ୍ୟାଦି ଦେଖିବା। ମୁଁ ଯିବା ଆସିବା ପାଇଁ ରିକ୍ସା ବ୍ୟବହାର କରୁଥିଲି। ପ୍ରଥମେ ପ୍ରଥମେ ରିକ୍ସା ନେଇ ମନ୍ଦିର ପାଖରେ କି ସାହି ଭିତରେ ଓହ୍ଲାଇ ଯାଉଥିଲି, କିନ୍ତୁ ସମସ୍ୟା ହେଉଥିଲା ମୋର କ୍ୟାମେରାକୁ ନେଇ, କାରଣ ମନ୍ଦିର ଭିତରକୁ କ୍ୟାମେରା ନିଷିଦ୍ଧ ଥିବାରୁ ତାକୁ କାହା ପାଖରେ ରଖି ଦେବାକୁ ହେଉଥିଲା। ବେଳେ ବେଳେ ମୁଁ ଯଦି ଘରୁ ବାହାରିବା ବେଳେ ମୋର ବେଲ୍ଟ୍ ଖୋଲି ରଖିବାକୁ ଭୁଲି ଯାଉଥିଲି, ତା ମଧ୍ୟ ସମସ୍ୟା ଉପୁଜାଉଥିଲା। ସେଥିପାଇଁ ମୁଁ ଏଥର ପୂରା ସକାଳ ଓଳି ପାଇଁ ଗୋଟିଏ ରିକ୍ସା ଠିକ କଲି। ଧଡ଼ିଆ ସକାଳୁ ସକାଳୁ ତାର ରିକ୍ସା ନେଇ ଆସି ପହଞ୍ଚି ଯାଉଥିଲା, ମୁଁ ତା ସାଙ୍ଗରେ ଯାଇ ପ୍ରଥମେ କୋଉ ଜାଗାରେ ଜଳଖିଆ ଖାଇ ମୋ କାମରେ ବାହାରୁ ଥିଲି। ମନ୍ଦିର ଭିତରକୁ ଗଲେ ତା ରିକ୍ସାରେ କ୍ୟାମେରା ଓ ବେଲ୍ଟ୍ ଛାଡ଼ି ଯାଉଥିଲି ଓ ଖରାବେଳେ ଖାଇସାରି ତାରି ରିକ୍ସାରେ ଘରକୁ ଫେରି ଆସୁଥିଲି।

ପୁରୀରେ ମୁଁ ବିଭିନ୍ନ ସମୟରେ ରହିଥିଲି ଏବଂ ମତେ ଲାଗୁଥିଲା ଏ ସହରରେ ଯେ କୌଣସି ଋତୁରେ ଖରାବେଳ- କିମ୍ବା ଯେ କୌଣସି ବେଳା- ଶୋଇବା ପାଇଁ ଏକ ପ୍ରକୃଷ୍ଟ ସମୟ। ଏଠାରେ ଜୀବନ ଅତି ଧୀର ଗତିରେ ଚାଲୁଥିଲା। କିଏ ଯଦି ମୋ ପାଖକୁ ସକାଳବେଳା ଆସି ଦେଖା କରିବାକୁ କହୁଥିଲା, ଆସି ପହଞ୍ଚୁଥିଲା ସଂଜବେଳେ, କୋଉ ଗୋଟାଏ ପୁରୁଣା କାଗଜ ଦେଖିବାକୁ ଯାଇ ପରିଛାଙ୍କ ଘରେ ପହଞ୍ଚି ତାଙ୍କ ପିଣ୍ଡାରେ ବସିବାର ଘଣ୍ଟାଏ ପରେ ସେ ବାହାରୁଥିଲେ, ଏବଂ ମତେ ଦେଖିବା ପରେ କାଗଜଟି ଆଣିବାକୁ ଭିତରକୁ ଯାଇ ପୁଣି ବାହାରୁଥିଲେ ଆଉ ଘଣ୍ଟାଏ ପରେ। ଗୁରୁବାର, ଏକାଦଶୀ ଇତ୍ୟାଦି ଆଳରେ ଅଧିକାଂଶ ଦିନ କେହି କିଛି କରିବାକୁ ପ୍ରସ୍ତୁତ ନ ଥିଲେ। ଖରାବେଳେ ମନ୍ଦିର ଭିତରେ ସବୁ କିଛି ଆହୁରି ମନ୍ଥର ଗତିରେ ଚାଲୁଥିଲା। ଯାତ୍ରୀ ପଣ୍ଡା ପୁରୋହିତ ସମସ୍ତେ ନିରୁତ୍ସାହ ଜଣା ପଡୁଥିଲେ, ଯେପରି ଏକ ଅଦ୍ଭୁତ ଆଳସ୍ୟ ସମସ୍ତଙ୍କୁ ଗ୍ରାସ କରି ଦେଇଛି, ଏପରି କି ଗର୍ଭ ଗୃହର ଦେବଦେବୀଙ୍କୁ ମଧ୍ୟ। ଅଧିକାଂଶ ସମୟରେ ମୋ କାମ ପାଇଁ କେହି ମିଳୁ ନ ଥିବାରୁ ମୁଁ ଯାଇ ମନ୍ଦିର ଭିତରେ ମୁକ୍ତିମଣ୍ଡପ ପାଖ ପାହାଚ ଉପରେ ବସୁଥିଲି। ଯେତେବେଳେ ମନ୍ଦିରର ଭିତର କବାଟ ଖୋଲା ହେଉଥିଲା, ମୋର ଚିହ୍ନା ପଣ୍ଡା ମତେ ଟାଣି ନେଇ ରତ୍ନବେଦୀ ପରିକ୍ରମା କରାଇ ଦେଉଥିଲା। ଏପରି ଭାବରେ ମୋର କାମର ଯାହା ହେଉ ନ ହେଉ, ପୁରୀରେ ରହିବା ଭିତରେ ମୋର ଅନେକ ପୁଣ୍ୟ ଅର୍ଜନ ହୋଇଥିଲା ନିଶ୍ଚୟ।

ଖରାବେଳେ ଖାଇ ପିଇ ସାରି ଘରକୁ ଫେରି ମୁଁ ଧଡ଼ିଆକୁ ଛାଡ଼ି ଦେଉଥିଲି ଏବଂ ଶୋଇଯାଉଥିଲି। ନିଦ ଭାଙ୍ଗିଲା ବେଳକୁ ପାଗ ସାମାନ୍ୟ ଆରାମଦାୟକ ହୋଇ ଯାଉଥିଲା ଓ ମୁଁ ସମୁଦ୍ରକୂଳକୁ ବୁଲିବାକୁ ବାହାରୁଥିଲି। ପୁରୀରେ ରହୁଥିବା ଦିନମାନଙ୍କରେ ଏଇ ବେଳାଭୂମିରେ କଟାଇଥିବା ସମୟସବୁ ଥିଲା ମୋ ପାଇଁ ସବୁଠାରୁ ବେଶି ମନେ ରଖିବାର। ମୁଁ ଅନେକ ଦିନ ସକାଳେ ବି ଯାଉଥିଲି ସମୁଦ୍ର କୂଳକୁ। ବାଲି ଉପରେ ଖାଲି ପାଦରେ ଚାଲିବାର ଏକ ଅପୂର୍ବ ଆନନ୍ଦ ଥିଲା। ଦିଗ୍‌ବଳୟରେ ମିଶି ଯାଇଥିବା ଜଳରାଶିକୁ ଅନାଇବା, ଉଦ୍‌ବେଳ ଲହରୀ ଓ ସଜଗ ଝାଉଁଗଛର ଆତୁରତାକୁ ଶୁଣିବା, ଅସ୍ଥିର ଲବଣାକ୍ତ ପବନକୁ ଓଠରେ ଛୁଇଁବାର ପୁଲକ ଆଜି ବି ମନେ ପଡ଼ିଲେ ମୋ ଦେହ ମନରେ ଶିହରଣ ଆଣିଦିଏ।

ସଂଜବେଳେ ସମୁଦ୍ରକୂଳରେ ବୁଲିବା ବେଳେ ମୋର ପ୍ରତିଦିନ ନିଶ୍ଚୟ ଭେଟ ହେଉଥିଲା ଚିତ୍ରକାର ସାହିର ବାନାମ୍ବର ମହାରଣା ସହିତ। ସେ ଗୋଟିଏ ଥଳିରେ ତାର ପଟଚିତ୍ର ଓ ମୁଖା ଧରି ବୁଲୁଥିଲା ଗ୍ରାହକ ଖୋଜି। କେତେବେଳେ ସେ ବାଲି ଉପରେ ତା ଗାମୁଛା ପକାଇ ତା ଉପରେ ଚିତ୍ର ଓ ମୁଖା ସଜାଇ ରଖୁଥିଲା ଏବଂ

ତା ଚାରିପାଖେ ଆସି କିଛି ଦେଶୀ ବିଦେଶୀ ପର୍ଯ୍ୟଟକ ଜମା ହୋଇ ଯାଉଥିଲେ। କିଛି ବିକ୍ରି ପରେ ଲୋକ କମିଗଲେ ସେ ପୁଣି ତାର ଜିନିଷପତ୍ରକୁ ଗୋଟାଇ ହାତରେ ଗୋଟିଏ ଚିତ୍ର ଓ ମୁଖା ଧରି ସମୁଦ୍ରକୂଳରେ ବୁଲୁଥିଲା। ମୁଁ ଏଇ ସମୟରେ ତା ସହିତ ଯୋଗ ଦେଉଥିଲି, ମୋର ନିଜର ସ୍ୱାର୍ଥ ପାଇଁ। ଜଣେ ଏକନିଷ୍ଠ ଗବେଷକ ଭାବରେ ତା ସହିତ କଥାବାର୍ତ୍ତା କରି ମୁଁ ଚେଷ୍ଟା କରୁଥିଲି ତା ପାଖରୁ ମୋର କାମ ପାଇଁ ଯେତେ ସମ୍ଭବ ତଥ୍ୟ ସଂଗ୍ରହ କରିବି। ବାନା ଜଣେ ସରଳ ପ୍ରକୃତିର ଓ ମେଳାପୀ ଯୁବକ ଥିଲା ଏବଂ ଅଳ୍ପଦିନରେ ଆମ ଭିତରେ ଏକ ସୌହାର୍ଦ୍ଦ୍ୟ ଗଢ଼ି ଉଠିଥିଲା।

ସମୁଦ୍ର କୂଳ ଯେତେବେଳେ ଅନ୍ଧାର ହୋଇ ଯାଉଥିଲା ଓ ଆଉ ମୁହଁକୁ ମୁହଁ ଦେଖା ଯାଉ ନ ଥିଲା, ମୁଁ ଘରକୁ ଫେରୁଥିଲି। ମିଂଜିମିଂଜି ଆଲୁଅ ଜଳୁଥିବା ଘରଟି ମତେ ଆଦୌ ସହୃଦୟ ଜଣା ପଡୁ ନ ଥିଲା ଏବଂ ମୁଁ ଅତି ଚଞ୍ଚଳ ଗୋଧୋଇ ପାଧୋଇ ପୁଣି ବାହାରକୁ ଆସୁଥିଲି। ସେ ସମୟରେ ପୁରୀରେ ବେଶି କିଛି ଭଲ ଖାଇବା ଜାଗା ନ ଥିଲା, ତଥାପି ମୁଁ ଖୋଜୁଥିଲି ଆଉ କେଉଁଠି କିଛି ଭଲ ଜାଗା ଥିବ ବୋଲି। ଅନେକ ଦିନ ଆଉ କେଉଁଆଡ଼େ ନ ଯାଇ ମୁଁ ସିଧା ଯାଇ ରେଲୱେ ହୋଟେଲରେ ପହଞ୍ଚି ସେଠାରେ ବାର୍‌ରେ ସମୟ କଟାଉଥିଲି।

ସମସ୍ୟା ଉପୁଜୁଥିଲା ରାତିରେ ଖାଇସାରି ଘରକୁ ଫେରିବା ବେଳେ। ପ୍ରଥମ ପହର ବେଳକୁ ହିଁ ମୋର ଫେରିବା ରାସ୍ତା ପ୍ରାୟ ଶୂନଶାନ ହୋଇ ଯାଉଥିଲା। କାଁ ଭାଁ ଲୋକ ବା ରିକ୍‌ସା ଯିବା ଆସିବା କରୁଥିଲେ ଏ ରାସ୍ତାରେ। ରାସ୍ତାର ଆଲୁଅ ଅଧିକାଂଶ ସମୟରେ ଖରାପ ଥିବାରୁ ଅଥବା ଅତି ନିଷ୍ପ୍ରଭ ଭାବରେ ଜଳୁଥିବାରୁ ବାଟ ଠିକ ଦେଖା ଯାଉ ନଥିଲା ଏବଂ ଅତି ସତର୍କତାର ସହିତ ପାଦ ପକାଇବାକୁ ହେଉଥିଲା। ଥରେ ଥରେ ମୁଁ ମୋ ଘର ପାରି ହୋଇ ଆଗକୁ ଚାଲି ଯାଉଥିଲି ଓ ପୁଣି ପଛକୁ ଫେରୁଥିଲି। ଅବଶ୍ୟ ପରେ ମୁଁ ଭାବି ଦେଖିଥିଲି ଯେ ଏହାର କାରଣ ଥିଲା ମୋର ଘରକୁ ଫେରିବାର ଭୟ।

ରାସ୍ତାରୁ ଆସୁଥିବା ସାମାନ୍ୟ ଆଲୁଅରେ ଘରର ଫାଟକ ଖୋଲି ମୁଁ ଭିତରକୁ ଯାଉଥିଲି ଓ ସାମନା ଦରଜାର ତାଲା ଖୋଲୁଥିଲି। ଭିତରକୁ ପଶିଲେ ହିଁ ବାଁ ପାଖରେ ସୁଇଚ ବୋର୍ଡ ଥିଲା, ତାକୁ ମୁଁ ଜଳାଉଥିଲି। ବସିବା ଘର ଆଲୋକିତ ହେଲେ ମୋର ଆଖି ସିଧା ଯାଉଥିଲା ଡାହାଣ ପାଖରେ ଉଠି ଯାଇଥିବା ସିଡ଼ି ଆଡ଼କୁ, ଯେଉଁଟି ଉପରକୁ ଯାଇ ମିଶି ଯାଉଥିଲା କେଉଁ ରହସ୍ୟର ଆହୁରି ଅନ୍ଧାରରେ। ତାପରେ ମୁଁ ଶୋଇବା ଘରର ବତି ଜାଳି ତା ଭିତରକୁ ପଶୁଥିଲି ; ପୁଣି ଆସି ବସିବା

ଘରର ବତି ବନ୍ଦ କରୁଥିଲି। ଏ ସବୁ ସାଧାରଣ କାମ ମୋ ପାଇଁ ଥିଲା ଗୋଟିଏ ଗୋଟିଏ ସୁଚିନ୍ତିତ ପଦକ୍ଷେପ ଭଳି।

ମୁଁ ଟେବୁଲ ଉପରେ ମୋର ସେ ଦିନର କାଗଜପତ୍ର ସଜାଡ଼ି ଲେଖାଲେଖି କରିବା ପାଇଁ ବସି ଯାଉଥିଲି। ଏଇ ସମୟଟି ଥିଲା ମୋ ପାଇଁ ସବୁଠାରୁ ଆନନ୍ଦଦାୟକ। ନୋଟଖାତା ବନ୍ଦ କରିବା ପରେ ଦିନଟିରେ କିଛି କାମ କରିଥିବାର ଆନନ୍ଦ ସହିତ ମୁଁ ବସି ବସି ଚିଠି ଲେଖୁଥିଲି। ଚିଠି ଲେଖିବା ମୋ ପାଇଁ ଏଇ ଦିନମାନଙ୍କରେ ନିଶା ଭଳି ହୋଇ ଯାଇଥିଲା। ଯାହା ସହିତ ଅନେକ ଦିନ କୌଣସି ସଂପର୍କ ନ ଥିଲା, ତା ସହିତ ଚିଠି ଲେଖି ପୁଣି ସଂପର୍କ ଯୋଡ଼ିବାର ଇଚ୍ଛା ହେଉଥିଲା ଏଇ ସମୟରେ। ସେ ଘରେ ଅବଶ୍ୟ ବାହାର ସହିତ ଯୋଗାଯୋଗ କରିବା ପାଇଁ ଗୋଟିଏ ଟେଲିଫୋନ ଥିଲା, କିନ୍ତୁ ଅଧିକାଂଶ ସମୟରେ ଏଇଟି କାମ କରୁ ନ ଥିଲା। ମୁଁ ଟେବୁଲ ପାଖରେ ବସିଥିବା ବେଳେ ଅନେକ ସମୟରେ ଭାବୁଥିଲି ମୋର ଚିଠି ଲେଖା ନ ସରନ୍ତା କି !

ସମସ୍ୟା ଉପୁଜୁଥିଲା ଟେବୁଲ ଉପରର ବତି ଲିଭାଇ ଦି ପାଦ ଦୂରରେ ଥିବା ମୋର ବିଛଣା ପାଖକୁ ଯିବା। ତା ଆଗରୁ ମୁଁ ଥରେ ଥରେ ଆଖି ବୁଲାଇ ଦେଖି ନେଉଥିଲି ଘରର କବାଟ ସବୁ ଠିକଭାବେ ବନ୍ଦ ଅଛି କି ନାହିଁ। କିନ୍ତୁ ବତି ଲିଭାଇବା ପରେ ମୋ ଛାତିରେ ଯେଉଁ ଭୟ ଉପୁଜୁଥିଲା, ତାର କୌଣସି ତୁଳନା ନାହିଁ। ବିଛଣା ଉପରେ ଗରମରେ ନିଜକୁ ଚାଦରରେ ଘୋଡ଼ାଇ ଶୋଇବା ପରେ ବି ମୋର ହୃତ୍‌ପିଣ୍ଡରେ ହାତୁଡ଼ି ପଡୁଥିଲା। ଯଦିଓ ମୁଁ ଝରକା ବି ବନ୍ଦ ରଖୁଥିଲି, ସମୁଦ୍ର ଲହରୀ ଓ ଝାଉଁଗଛର କାନ୍ଦ କାନ୍ଦ ଶବ୍ଦ ଅନ୍ଧାର ଘର ଦେଇ ମୋ ଛାତି ଭିତରକୁ ପଶି ଆସୁଥିଲା। ଦିନେ ଦିନେ ଏ ସବୁ ଭୟ ଉପୁଜାଉଥିବା ଶବ୍ଦ ସହିତ ମିଶି ଯାଉଥିଲା ବର୍ଷାର ରୁମଝୁମ ତାଳ ଦେଉଥିବା ଅଲୌକିକ ସଙ୍ଗୀତ।

ମୁଁ ଏତେ ସମୟ ଯୋଉ କଥା କହିବାକୁ ଟାଳି ଚାଲିଛି, ବର୍ତ୍ତମାନ କହିଦେବା ପ୍ରାସଙ୍ଗିକ ହେବ ଯେ ଯଦିଓ ମୁଁ ଈଶ୍ୱର ଦେବଦେବୀ ଭୂତପ୍ରେତଙ୍କୁ ବିଶ୍ୱାସ ବା ଭୟ କରୁ ନ ଥିଲି, ମୁଁ ପ୍ରକୃତରେ ଭୟକୁ ହିଁ ଭୟ କରୁଥିଲି। ଅନ୍ଧାର ହେବାମାତ୍ରେ ଏକ ଅଶରୀରୀ ଭୟ ମତେ ଆଛନ୍ନ କରି ଦେଉଥିଲା ଏବଂ ଯଦିଓ ମୁଁ ଜାଣୁଥିଲି ଯେ ମୋର ଏଇ ବନ୍ଦ କୋଠରୀ ଭିତରେ ମୋ ବ୍ୟତୀତ ଆଉ କେହି କୁଆଡ଼େ ନାହାନ୍ତି, ମୁଁ ମୋର ଛାତି ଭିତରେ ହୃତ୍‌ସ୍ପନ୍ଦନର କ୍ଷିପ୍ରତାକୁ ବନ୍ଦ କରିପାରୁ ନ ଥିଲି। ପ୍ରତିଟି ରାତିରେ ଏଇ ଭୟର ପୁନରାବୃତ୍ତି ହେଉଥିଲା। ପ୍ରତିଦିନ ତ୍ରାସର ମୁହୂର୍ତ୍ତକୁ ଏଡ଼ାଇବା ପାଇଁ ମୁଁ ଯେତେ ସମ୍ଭବ ଡେରିରେ ଘରକୁ ଫେରୁଥିଲି ଏବଂ ଅନେକ ଦିନ ନିଜର ସାହସ

ବଢ଼ାଇବା ପାଇଁ ମଦ୍ୟପାନ କରୁଥିଲି । ମୁଁ ନିଜକୁ ବୁଝାଉଥିଲି - ଯଦିଓ ମୋର ସଂପୂର୍ଣ୍ଣ ତର୍କବୁଦ୍ଧିସଂପନ୍ନ ମନକୁ ଏକଥା ବୁଝାଇବାର ଆଦୌ ଆବଶ୍ୟକତା ନ ଥିଲା- ଯେ ମୋର ସବୁ ଆଶଂକା ଅମୂଳକ ; ରାତିରେ କିନ୍ତୁ ଘରକୁ ଫେରିବା ବେଳକୁ ଭୟ ଯେପରି ଦୁଆର ବନ୍ଧ ଆର ପାଖେ ମୋ ପାଇଁ ବିରକ୍ତିର ସହ ଅପେକ୍ଷା କରି ରହୁଥିଲା ଏବଂ ଭିତରକୁ ପଶିଲା ମାତ୍ରେ ମତେ ଆୟତ୍ତ କରି ନେଉଥିଲା ।

ଏଇ ଘରଟି ବର୍ତ୍ତମାନ ମୋ ପାଇଁ ହୋଇ ଯାଇଥିଲା ଏକ ଯୁଦ୍ଧ ଡାକରା । ମୁଁ ଇଚ୍ଛା କରିଥିଲେ ଏଇଟିକୁ ଛାଡ଼ି ଦେଇ ପାରିଥାନ୍ତି । କିମ୍ବା ମାଳିକୁ କହିଥାନ୍ତି ରାତିରେ ଆସି ଏଠାରେ ଶୋଇବା ପାଇଁ । କିମ୍ବା ଖଟ ପାଖରେ ଆଉ ଗୋଟିଏ ଲ୍ୟାମ୍ପ ଲଗାଇ ତାକୁ ରାତି ସାରା ଜଳାଇ ରଖିଥାନ୍ତି । କିନ୍ତୁ ଏ ସବୁ ହୋଇଥାନ୍ତା ମୋ ପାଇଁ ହାର ମାନିନେବା । ମୁଁ ଚାହୁଁଥିଲି ଏଇ ଘରେ ସେଇ ନ ଥିବା ଅଶରୀରୀ ଉପସ୍ଥିତିକୁ ସଂପୂର୍ଣ୍ଣ ଅବଜ୍ଞା କରି ସାଧାରଣ ଭାବରେ ସେଠାରେ ସମୟ କଟାଇବା ପାଇଁ ।

ଦିନେ ଉପରବେଳା ସମୁଦ୍ର କୂଳରେ ବୁଲିବା ବେଳେ ମୁଁ ବାନା ମହାରଣାକୁ ମୋ ଭୟ କଥା କହିଲି । ସେତେବେଳେ ଆମେ ଦୁହେଁ ବାଲି ଉପରେ ଚାଲୁଥିଲୁ । ମୋ କଥା ଶୁଣି ବାନା ମୁହୂର୍ତ୍ତେ ଛିଡ଼ା ହୋଇଗଲା, ଆଖି ବନ୍ଦ କରି ମନେ ମନେ କଣ ପଢ଼ିଲା ଏବଂ ଛାତିକୁ ଛେପ ପକାଇଲା । କହିଲା, ଆପଣ ସେ ଘରେ ରହୁଛନ୍ତି ଜାଣି ମୁଁ ଅନେକ ଦିନରୁ ଆପଣଙ୍କୁ କହିବି କହିବି ଭାବୁଥିଲି । ସେ ଘରେ ଜଣେ ଗୋରା ସାହିବ ନିଜ ଗଳା କାଟି ମରିଥିଲା । ମୁଁ କେବେ କେବେ କାହା ଘର ଭିତରକୁ ଯାଇ ପଟଚିତ୍ର ବିକ୍ରି କରେ, କିନ୍ତୁ କେବେହେଲେ ସେ ଘରର ପାଖ ମାଡ଼ି ନାହିଁ ।

ମୁଁ ମଧ୍ୟ ଏଇ ଗୋରା ସାହେବ କଥା ଶୁଣିଥିଲି । କିନ୍ତୁ ଏ କାହାଣୀକୁ ବିଭିନ୍ନ ଘର ସହିତ ଯୋଡ଼ି କୁହାଯାଉଥିଲା । ଶହେ ବର୍ଷ ତଳେ ସତରେ ପୁରୀରେ କୋଉ ଇଂରେଜ ମାଜିଷ୍ଟ୍ରେଟ ନିଜର ଖିଅର ହେବା କ୍ଷୁରରେ ଗଳାକାଟି ଆତ୍ମହତ୍ୟା କରିଥିଲା, ଏବଂ ବର୍ତ୍ତମାନ ଏହି ଘଟଣାଟି ନାନା ଭୂତକୋଠିର କିମ୍ବଦନ୍ତୀକୁ ଏକ ଐତିହାସିକ ଓ ରୋମାଞ୍ଚକର ରୂପ ଦେଇଥିଲା । ମୁଁ ବାନାକୁ ଏ କଥା କହିବାକୁ ଯାଉଛି ସେ କହିଲା, ଚାଲନ୍ତୁ ଏବେ ଯାଇ ଆପଣଙ୍କ ଘର ଦେଖିବା ।

ଦିନବେଳେ ମତେ କେବେହେଲେ ଏ ଘରକୁ ଭୟ ଲାଗୁ ନ ଥିଲା । କିନ୍ତୁ ଆଜି ବାନାର କଥା ଶୁଣିବା ପରେ ଏବଂ ସେ ମୋ ସାଙ୍ଗରେ ଥିଲେ ମଧ୍ୟ କେଜାଣି କାହିଁକି ଘରର କବାଟ ଖୋଲି ଭିତରକୁ ପଶିବା ବେଳକୁ ମତେ ଛମ ଛମ ଲାଗିଲା । ମୁଁ ଘରର ସବୁ କବାଟ ଝରକା ଖୋଲି ଘରକୁ ଆଲୁଅ କଲି । ବାନା କୋଠରୀକୁ ଯାଇ ବୁଲି ଦେଖିଲା ଓ ବସିବା ଘର ଚଟାଣରେ ବସିଯାଇ ତାର ଗଣ୍ଠିଲି ଖୋଲିଲା । ତା

ଭିତରୁ ସେ ତିନୋଟି ମୁଖାର ଗୋଟିଏ ସେଟ ବାହାର କରି ମତେ ଦେଇ କହିଲା, ଏଇଟିକୁ କାନ୍ଥରେ ଟାଙ୍ଗି ଦେଲେ ଘରୁ ଭୂତ ପ୍ରେତ ସବୁ ପଳାଇ ଯିବେ; ଖାଲି ଶୋଇବା ଆଗରୁ ଆପଣ ଏ ମୂର୍ତ୍ତିଙ୍କୁ ଥରେ ନମସ୍କାର କରିଦେବେ।

ମୁଁ ସେତେବେଳକୁ ବାନା ପାଖରୁ ଅନେକ ଚିତ୍ର କିଣି ସାରିଥିଲି। ଭାବିଲି ଏଇଟି ବୋଧହୁଏ ମତେ ତାର ଆଉ କିଛି ଜିନିଷ ବିକ୍ରି କରିବାର ଫନ୍ଦି। ମତେ ଟିକିଏ ଦୋଦୋପାଞ୍ଚ ହେଉଥିବାର ଦେଖି ସେ ମୋର ମନ କଥା ବୁଝି ପାରିଲା ଯେମିତି ; କହିଲା, ତିନି ମୁଖା ଦରକାର ନାହିଁ, ଗୋଟିଏ ହେଲେ ଚଳିବ। ସେ ଏଥରକ ତା ମୁଣିରୁ ସୁଭଦ୍ରା ମୁଖା ବାହାର କଲା। କହିଲା, ସୁଭଦ୍ରା ଠାକୁରାଣୀ ଯେମିତି ଶ୍ରୀମନ୍ଦିରକୁ ଜଗିଛନ୍ତି, ସେମିତି ଆପଣଙ୍କ ଘରକୁ ଜଗିବେ। ସେ ଯାଇ ମୁଖାଟିକୁ ଟାଙ୍ଗିଦେଲା ପଢ଼ା ଟେବୁଲ କାନ୍ଥ ଉପରେ ଥିବା କଣ୍ଟାରେ ଏବଂ ଘୁଞ୍ଚି ଆସି ତାକୁ ନମସ୍କାର କଲା। ଏଥରକ ଆଉ ଆପଣଙ୍କର କିଛି ଡର ଭୟ ନାହିଁ, କହିଲା ବାନା। ମୁଁ ତାକୁ ମୁଖାଟି ପାଇଁ ପଇସା ଯାଚିଲି, କିନ୍ତୁ ସେ ନେଲା ନାହିଁ।

ଏପରିଭାବେ ମୋର ଭୂତକୋଠିରେ ଗୋଟିଏ ରକ୍ଷାକବଚ ଶୋଭା ପାଇଲା ଏବଂ ମୁଁ କେବେହେଲେ କୌଣସି ଦେବଦେବୀଙ୍କୁ ଭକ୍ତି ବା ନମସ୍କାର ନ କରୁଥିବା ବେଳେ ରାତିରେ ଶୋଇବା ସମୟରେ ନିଶ୍ଚିତ ଭାବରେ ଏଇ ମୁଖାଟି ଆଗରେ ହାତ ଯୋଡୁଥିଲି, ଯଦିଓ ତା ଦ୍ୱାରା ମୋର ଭୟର କୌଣସି ଉପଶମ ହେଉ ନ ଥିଲା। ଆଗ ଭଳି ମୋର ପ୍ରତିଟି ରାତି ଘର ଭିତରକୁ ପଶି ବିଛଣାକୁ ଯାଇ ନିଦରେ ଶୋଇ ପଡ଼ିବା ପର୍ଯ୍ୟନ୍ତ ଅତି ବିପନ୍ନ ଅବସ୍ଥାରେ କଟୁଥିଲା। ଏବଂ ଏଇଟି ଥିଲା ମୋର ତର୍କସିଦ୍ଧ, ବୈଜ୍ଞାନିକ ମତି ଓ ଆତ୍ମପ୍ରତ୍ୟୟର ଦୈନନ୍ଦିନ ଅଗ୍ନିପରୀକ୍ଷା ଯେଉଁଥିରେ ମୁଁ ହାରି ଯାଉଥିଲି ପ୍ରତିଟି ଥର। ଦିନେ ଖରାବେଳେ ମୁଁ ନିଜର ଭୟ ଭାଙ୍ଗିବା ପାଇଁ ବସିବା ଘରର ସିଡ଼ିରେ ଉପରକୁ ଯିବା ପାଇଁ ପାଦ ଦେଲି, କିନ୍ତୁ ଏଇ ସମୟରେ ଉପର କୋଠରୀରେ ମତେ କାହାର ପାଦଶବ୍ଦ ଶୁଭିଲା ଏବଂ ମୁଁ ଦି ଧାପ ଯାଇ ପୁଣି ତଳକୁ ଓହ୍ଲାଇ ଭୂତ ପାଖରେ ହାର ମାନିନେଲି।

କାନ୍ଥରେ ସୁଭଦ୍ରା ମୁଖା ଲଗାଇବାର ଅଳ୍ପଦିନ ଭିତରେ ହିଁ ମନ୍ଦିର ସେବକ ଦତ୍ତମହାପାତ୍ର ମତେ ପ୍ରତିରକ୍ଷାର ଆଉ ଗୋଟିଏ ଆୟୁଧ ଆଣି ଦେଲେ : ଜଗନ୍ନାଥ ମୂର୍ତ୍ତିରୁ ଓହ୍ଲାଇ ଦିଆଯାଇଥିବା ମୋଟା ହଳଦିଆ ସୂତାର ମାଳା। ମୂର୍ତ୍ତିମାନଙ୍କର ବନକଲାଗି ବା ରଂଗ ଲଗାଇବା କାମ କରୁଥିବା ଏହି ସେବକ ମଧ୍ୟ ଏ ଭିତରେ ମୋର ଜଣାଶୁଣା ହୋଇ ଯାଇଥିଲେ ଏବଂ ମତେ ଏଇ ମାଳାଟି ଦେବା ତାଙ୍କର ମୋ ପ୍ରତି ଆତ୍ମୀୟତାର ପ୍ରମାଣ ଥିଲା। ଦତ୍ତ ମହାପାତ୍ର କହିଲେ, ଏ ମାଳା ସହଜରେ ସେବକ ବାହାରେ ଆଉ କାହା ପାଖକୁ ଯାଏ ନାହିଁ। ଏଇଟି ପାଖରେ ଥିଲେ ବିପଦ

ଆପଦ ପାଖ ମାଡ଼ିବ ନାହିଁ। ହଉ, ଏଥରକ ଏଇ ମନ୍ତୁରା ମାଳ ପାଇଁ କିଛି ଦାନ ଦେବା ହୁଅନ୍ତୁ ! ମୁଁ ତାଙ୍କୁ କିଛି ପଇସା ଦେଲି ଓ ମାଳାଟିକୁ ନେଇ ଟାଙ୍ଗି ଦେଲି ସୁଭଦ୍ରା ମୁଖା ଉପରେ।

ମୋର ପୁରୀରେ ରହିବା ଅନେକ ଦିନ ହୋଇ ଯାଇଥିଲା, କିନ୍ତୁ ଗବେଷଣା ଆଉ ସରୁ ନ ଥିଲା। ମୁଁ ଠିକ କଲି ଏଥର ଅଣସର ବେଳେ ଶେଷଥର ପାଇଁ ରଥଯାତ୍ରା ଯାଏ ରହିଯିବି, ଆଉ ସେତିକିରେ ମୋର କାମ ଶେଷ କରିବି। ଦିଲ୍ଲୀରୁ ଆସି ଅସମ୍ଭବ ଖରାଦିନରେ ପୁଣି ମୁଁ ଭୂତକୋଠିରେ ପଶିଲି ଓ ପୁଣି ଆରମ୍ଭ ହେଲା ମୋର ଭୟଭୀତ ଜୀବନଯାପନର ଦୈନନ୍ଦିନ ପର୍ବ। ଏଥର ରହଣି ଭିତରେ କିନ୍ତୁ ମୁଁ କାମରେ ବୁଡି ରହୁଥିଲି ଏବଂ ଯାହା କିଛି ବାକି ତଥ୍ୟ ସଂଗ୍ରହ କରିବାର ଥିଲା କରୁଥିଲି। ରଥଯାତ୍ରା ସରିବା ମାତ୍ରେ ହିଁ ଠିକ କଲି ଫେରିଯିବି। କାରଣ ଏଭଳି ଲାଗି ରହିଥିଲେ କୌଣସି ଗବେଷଣାର କେବେହେଲେ ଶେଷ ହୁଏ ନାହିଁ। କୌଣସି ଗୋଟିଏ ସମୟରେ ନିଷ୍ପତ୍ତି ନେବାକୁ ହୁଏ, ଯେତିକି ହେଲା ସେତିକି, ବାସ୍।

ଏଇ ସମୟରେ ଦିନେ ହଠାତ୍ ବାନା ଆସି ମୋ ପାଖରେ ପହଞ୍ଚିଲା। ତା ସାଙ୍ଗରେ ଅତି ଲାଲ ରଙ୍ଗର ପୋଷାକ ପିନ୍ଧି ତାନ୍ତ୍ରିକ ଭଳି ଦିଶୁଥିବା ଗୋଟିଏ ଦାଢ଼ିଆ ଲୋକ ଥିଲା। ବାନା ତାକୁ ମୋ ସହିତ ପରିଚୟ କରାଇ ଦେଲା ; ସେ ଉତ୍ତର ଭାରତରୁ ଆସିଥିବା ତାନ୍ତ୍ରିକ ହିଁ ଥିଲା। ମୁଁ ଯେତେ ମନା କଲି ଯେ ମୋର ତନ୍ତ୍ର ମନ୍ତ୍ର କରାଇବା ଦରକାର ନାହିଁ, ଏବଂ ମୁଁ ଏ ଘରକୁ ଶୀଘ୍ର ଛାଡୁଛି, ବାନା ଓ ତାନ୍ତ୍ରିକ ବସିବା ଘରେ ଆସନ ପକାଇ ବସି ପୂଜା ଆରମ୍ଭ କରିଦେଲେ। ମତେ ଯେ ଏଥିପାଇଁ କିଛି ପଇସା ଦେବାକୁ ପଡ଼ିବ ନାହିଁ, ବାନା ବାରମ୍ବାର ମତେ ଏ ଆଶ୍ୱାସନା ଦେଲା ଏବଂ ତାନ୍ତ୍ରିକ ତାର ମୁଣିରୁ ଅନେକ ପ୍ରକାରେ ଜଡ଼ିବୁଟି ରଙ୍ଗ ବେରଙ୍ଗ ଜିନିଷ ଆଗରେ ସଜାଇ ରଖି କଣ ସବୁ ଅର୍ଥହୀନ ସଟାବଟା ପଢ଼ିଲା। ଘଣ୍ଟାଏ ପରେ ସେମାନେ ଯେତେବେଳେ ଘର ଛାଡ଼ିଲେ, ତାନ୍ତ୍ରିକକୁ ମୁଁ ଦେଇଥିବା ଟଙ୍କା ବଦଳରେ ବାନା ମତେ ନିର୍ଭର ପ୍ରତିଶ୍ରୁତି ଦେଲା ଯେ ଘରଟିରୁ ବର୍ତ୍ତମାନ ଭୂତପ୍ରେତ ସଂପୂର୍ଣ୍ଣଭାବେ ଉଚ୍ଛେଦ ହୋଇ ଯାଇଛନ୍ତି। ଏବଂ ମତେ ସେ ଯେଉଁ ଭୟନାଶକ ମନ୍ତୁରା ସିଦ୍ଧି ପୁଡ଼ିଆଟି ଦେଲା ସେଥିରେ ମୁଁ ପରେ ଦେଖିଲି ଯେ କେବଳ ମୁଠାଏ ହଳଦି ଗୁଣ୍ଡ ଥିଲା, ଆଉ କିଛି ନୁହେଁ।

ପୁରୀ ଛାଡ଼ିବା ଆଗରୁ ମୋର କାଗଜପତ୍ର ଫଟୋଗ୍ରାଫ ଇତ୍ୟାଦି ଏକାଠି କରି ଜିନିଷପତ୍ର ବନ୍ଧାବନ୍ଧି କରିବା ବେଳକୁ ମୁଁ ସୁଭଦ୍ରା ମୁଖାକୁ ନେବି କି ନାହିଁ ଭାବିଲି। ଶେଷରେ ଠିକ କଲି ଯେ, ନା ଏଇଟି ଏଇଠାରେ ଥାଉ ଭୂତକୋଠିକୁ ଜଗିବା ପାଇଁ। ତାନ୍ତ୍ରିକ ଦେଇଥିବା ହଳଦୀ ପୁଡ଼ିଆକୁ ମୁଁ ନେଇ ଝରକା ବାହାରେ ବିଞ୍ଚିଦେଲି। ଆଉ ମୁଁ

ଯାହା ଭାବିଥିଲି ଯେ ଯିବା ଆଗରୁ ଅନ୍ତତଃ ଦିନେ ଯାଇ ଉପର ମହଲାକୁ ଦେଖି ଆସିବି, ମୋର କାହିଁକି ସାହସ ହେଲାନାହିଁ, ଏବଂ ମୁଁ ନିଜକୁ କହିଲି ଯେ କଣ ଆଉ ଅଧିକା ମୁଁ ପ୍ରମାଣ କରିଥାନ୍ତି ସେ କୋଠରୀର ଭଙ୍ଗାଦଦରା ଆସବାବକୁ ଦେଖି ଭୂତର ଥିବା ନ ଥିବା ବିଷୟରେ ?

ଗୋଟିଏ ବର୍ଷା ବର୍ଷା ସକାଳ ଟ୍ରେନରେ ବସି ମୁଁ ପୁରୀକୁ ବିଦାୟ ଦେଲି। ଏଥରକ ମୋ ମୁଣ୍ଡରେ ଚିନ୍ତା ଥିଲା ବର୍ତ୍ତମାନ ଲାଗିପଡ଼ି ବହିଟି ଲେଖିବା। ଦିଲ୍ଲୀରେ ପହଞ୍ଚି ମୁଁ ମୋର ଭୂତକୋଠିର ସାଙ୍ଗ ସମେତ ସମସ୍ତଙ୍କୁ ଧନ୍ୟବାଦର ଚିଠି ଲେଖିଲି ଓ ମନ ଭିତରୁ ସବୁ କିଛି ବାହାର କରିଦେଲି : ପୁରୀରେ ଏବଂ ସେଇ ଘରେ ରହିଥିବାର ଅପ୍ରୀତିକର ଦିନ ଓ ଭୟାନକ ରାତିମାନ ; ସେଠାରେ ଅସହ୍ୟ ଅଣସର ଗୁଳୁଗୁଳି ଗରମ, ସାହି ଲୋକଙ୍କ ତୁଣ୍ଡରେ ବିଶେଷ ଶ୍ଳୀଳ ଅଶ୍ଳୀଳ ଶବ୍ଦସମ୍ଭାର, ମନ୍ଦିର ଭିତରର ପଥର ଘେରା ଦୀପ ସିନ୍ଦୂର କଛା ପଇତା ଗାମୁଛା ବେତବାଡ଼ି, ରାସ୍ତାଘାଟର ଥନ୍ତଲ ପେଟ ଗୋଦର ଗୋଡ଼ ଏକଶିରା, ଜେଗା ଘର ଉଚ୍ଚ ବାରଣ୍ଡାର ଅଳସ ଗଂଜପା ଓ ତାସ, ଭାଙ୍ଗ ଗଞ୍ଜେଇ ବେଶର ମହୁର ଫେଣି ଗଜା ମହାପ୍ରସାଦର ଆନନ୍ଦବଜାର, ସମୁଦ୍ରକୂଳରେ ଏକାକାର ହୋଇ ଯାଇଥିବା ନୀଳ ଜଳରାଶି ସହିତ ମାଛ ଓ ପଚା ଦଳର ଗନ୍ଧ, ଝାଉଁ ଗଛର ବାହୁନା, ଓଠକୁ ଛୁଉଁଥିବା ଲବଣାକ୍ତ ପାଣିର ଛିଟିକା ଓ ଦେହକୁ ଭେଦ କରି ମନ ଭିତରକୁ ଆଉଁଶି ଯାଉଥିବା ସମୁଦ୍ରର ଧୀର ସମୀର।

ମୋର ଦିଲ୍ଲୀର ପଢ଼ାଘର ଟେବୁଲ ଉପରେ, ଥାକରେ, ଚଟାଣରେ ଜମା ହୋଇଥିବା ବହି, ଜେରକ୍ସ କାଗଜର ଥାକ, ଟିପା ଖାତା, ଗଦା ଗଦା ଫଟୋକୁ ଦେଖି ମୋର ଭୟ ହେଲା ମୁଁ କେମିତି ବହିଟି ଲେଖିବି। କିନ୍ତୁ ଆସ୍ତେ ଆସ୍ତେ ସମୟ କ୍ରମେ କାଗଜ ଓ ମୋର ଚିନ୍ତାଧାରା ସଜାଡ଼ି ସଜାଡ଼ି ଗଲା, ମୋର ଲେଖା ଶେଷ ହେଲା, ତା'ର ପାଦଟୀକା, ସହାୟକ ଗ୍ରନ୍ଥର ତାଲିକା ଓ ବର୍ଣ୍ଣାନୁକ୍ରମିକ ସୂଚୀ ତିଆରି ହୋଇଗଲା, ଫଟୋରେ ନମ୍ବର ଲାଗି ସେ ସବୁ ଏକାଠି ରହିଲା। ଭାଗ୍ୟକୁ ମତେ ଜଣେ ଭଲ ପ୍ରକାଶକ ବି ମିଳିଗଲେ ଏବଂ ମୁଁ ତାଙ୍କୁ ମୋର ପାଣ୍ଡୁଲିପିଟି ଦେଇସାରି ଏଇ ଦୁଃସହ କାମଟିରୁ ମୁକ୍ତି ପାଇଥିବାରୁ ସ୍ୱସ୍ତିର ନିଶ୍ୱାସ ନେଲି।

କିନ୍ତୁ ସ୍ୱସ୍ତି ବୋଧହୁଏ ମୋ ଭାଗ୍ୟରେ ନ ଥିଲା କାରଣ କିଛି ମାସ ପରେ ମୁଁ ଟେଲିଫୋନ ପାଇଲି ମୋର ପ୍ରକାଶକଙ୍କ ସଂପାଦିକାଙ୍କ ପାଖରୁ। ସେ ଚାହୁଁଥିଲେ ବହି ବିଷୟରେ ମୋ ସହିତ ଆଲୋଚନା କରିବେ। ତାଙ୍କ ଅଫିସରେ ପହଞ୍ଚି ମୁଁ ଦେଖିଲି ଯେ ବହିଛପା କାମ ଆରମ୍ଭ ହୋଇଯାଇଛି ଓ ସଂପାଦିକା ସୁଜାନ ତା'ର ପ୍ରୁଫ୍ ଧରି ବସିଛନ୍ତି। ଏଇ ଇଂରେଜ ଭଦ୍ରମହିଳାଙ୍କର ଜଣେ ଦକ୍ଷ ସଂପାଦିକା ଭାବରେ ନାଁ ଥିଲା, ଏବଂ ତାଙ୍କ ସହିତ କଥାବାର୍ତ୍ତାରୁ ମୁଁ ଜାଣିଲି ଯେ ସେ ମୋ ବହିଟିକୁ ତନ୍ନତନ୍ନ

କରି ପଢ଼ିଛନ୍ତି ଏବଂ ବିଷୟଟିର ସୂକ୍ଷ୍ମାତିସୂକ୍ଷ୍ମ ଦିଗ ବିଷୟରେ ସେ ସଂପୂର୍ଣ୍ଣ ଅବହିତ। ସେ ମତେ ବହିର ପ୍ରୁଫ୍ ଦେଲେ ଯେଉଁଥିରେ ବିଭିନ୍ନ ଜାଗାରେ ଥିଲା ମନ୍ତବ୍ୟ ଓ ପ୍ରଶ୍ନଚିହ୍ନ। ମୁଁ ପଢ଼ି ଦେଖିଲି ଯେ ସେ ସବୁ ଅତି ଯଥାର୍ଥ ଥିଲା। ମୁଁ ତାକୁ ଘରକୁ ଆଣି ମୋର ଲେଖାରେ ଯଥାଯଥ ଅଦଳବଦଳ କଲି ଏବଂ ମନେମନେ ସୁଜାନଙ୍କୁ ଧନ୍ୟବାଦ ଦେଲି ମୋର ବହିକୁ ଏପରି ଭାବରେ ସୁଧାରି ଥିବାରୁ।

ଏଇ ସଂଶୋଧିତ ପ୍ରୁଫ୍‌କୁ ନେଇ ମୁଁ ଯେତେବେଳେ ତାଙ୍କୁ ଭେଟିଲି, ସେ ମତେ ଆଉ ଗୋଟିଏ କାଗଜ ବଢ଼ାଇ ଦେଲେ। ଏଇଟି ମୋର ମୂଳ ପାଣ୍ଡୁଲିପି ଥିଲା, ଯାହାର ଏଇ ଅଂଶଟି ଉପରେ ଦାଗ ଦିଆଯାଇଥିଲା : ଇନ୍ଦ୍ରଦ୍ୟୁମ୍ନ କହିଲେ, ଆପଣ ବର୍ତ୍ତମାନ କହିଲେ ଯେ ସ୍ନାନଯାତ୍ରା ପରେ ଜଗନ୍ନାଥ ଗୋଟିଏ କୋଠରୀରେ ବାଉଁଶ ବାଡ଼ ଘେର ଭିତରେ ପନ୍ଦର ଦିନ ରହିବେ; କିନ୍ତୁ ଯେତେବେଳେ ଠାକୁର ଦୃଶ୍ୟ ହେବେ ନାହିଁ, ସେ ସମୟରେ କିପରି ପୂଜା ଉପଚାର ହେବ, ହେ ଦେବାଧିରାଜ, ସେ ବିଷୟରେ ଆପଣ କହିଲେ ନାହିଁ। ବ୍ରହ୍ମା କହିଲେ, ହେ ବିଜ୍ଞ ରାଜନ, ସ୍ନାନପୂଜା ଶେଷରେ ଏହି ବାଉଁଶ ବାଡ଼ ଉପରେ ସୂକ୍ଷ୍ମ ବସ୍ତ୍ର ଲଗାଇ ତା ଉପରେ ପୂଜା ପାଇଁ ବଳରାମ, ସୁଭଦ୍ରା ଓ ଜଗନ୍ନାଥଙ୍କର ପ୍ରତୀକ ତିନୋଟି ପଟ ରଖାଯିବ।

ଏଇ କେତୋଟି ଧାଡ଼ି ପଢ଼ି ସାରି ମୁଁ ତାଙ୍କ ମୁହଁକୁ ଅନାଇଲି। ସେ କହିଲେ, ପର ପୃଷ୍ଠାରେ ଆପଣ ଲେଖିଛନ୍ତି ରାତିରେ ଚିତ୍ରକାର ସେବକଙ୍କ ଦୁଆରକୁ ଘଣ୍ଟ ଛତା କାହାଳୀ ନେଇ ପଟୁଆର ଯାଏ ଓ ସେଠାରୁ ପଟି ଦିଅଁ ବିଜେ ହୋଇ ମନ୍ଦିରକୁ ଆସନ୍ତି। ମୁଁ ଭାବୁଛି ଏଇଟି ଆପଣଙ୍କ ବହିର ଏକ ବିଶେଷ ପ୍ରାମାଣିକ ଅଂଶ, କାରଣ ଆପଣ କହୁଛନ୍ତି ପନ୍ଦର ଦିନ ପାଇଁ ଏଇ ପଟଚିତ୍ର ହିଁ ପୂଜା ପାଇଁ ଜଗନ୍ନାଥ ତ୍ରିମୂର୍ତ୍ତିଙ୍କର ବିକଳ୍ପ। ମୁଁ ଆପଣଙ୍କର ଫଟୋକୁ ଦେଖିଛି, କିନ୍ତୁ ଏଥିରେ ପଟି ଦିଅଁଙ୍କୁ ମନ୍ଦିରକୁ ନିଆଯିବାର କୌଣସି ଚିତ୍ର ନାହିଁ। ବହିରେ ଏ ଚିତ୍ରଟି ଯିବା ନିତାନ୍ତ ଆବଶ୍ୟକ।

ଯଦିଓ ସେ ଠିକ କଥା କହୁଥିଲେ, ମୁଁ ମନ ଭିତରୁ ଏ ବହି ବିଷୟରେ ସବୁ କଥା କାଟି ଦେଇଥିଲି। କହିଲି, ଏ କଥା ଅସମ୍ଭବ। ଭଦ୍ରମହିଳା କିନ୍ତୁ ପାଣ୍ଡୁଲିପିକୁ ଭଲ ଭାବରେ ପଢ଼ିଥିଲେ। କହିଲେ, ଏଇ ଅଳ୍ପ ଦିନରେ ପୁଣି ରଥଯାତ୍ରା ଆସୁଛି। ଆପଣ ଦିନେ ଦି ଦିନ ପାଇଁ ପୁରୀ ଯାଇ ସହଜରେ ଏଇ ଫଟ ଉଠାଇ ଆଣି ପାରିବେ। ମୋ ମୁହଁରେ ଉଦାସ ଭାବ ଦେଖି ସେ ଯୋଗ କଲେ, ମୁଁ ଭାବୁଛି ଆପଣ ମତେ ନିରାଶ କରିବେ ନାହିଁ।

ଏପରି ଭାବରେ ଅନିଚ୍ଛା ସତ୍ତ୍ୱେ ମତେ ପୁଣି ଯିବାକୁ ହେଲା ପୁରୀ। ଏଥରକ ମୋ ମୁଣ୍ଡ ଉପରେ କାମର ଭାର ନ ଥିଲା, ଆଉ ମୁଁ ଠିକ କରିଥିଲି ଆରାମରେ କିଛିଦିନ ବୁଲାବୁଲି କରି ତା ଭିତରେ ମୋର ଏଇ ଛୋଟ କାମଟି

ବୁଲାଇବି। ମୁଁ ଭୁବନେଶ୍ୱରରେ ଯାଇ ରହିଲି ଓ ଠିକ କଲି ଯେ ଯୋଉଦିନ ରାତିରେ ପଟି ଦିଅଁଙ୍କୁ ମନ୍ଦିରକୁ ନିଆଯିବ ସେ ଦିନ ସଂଧ୍ୟାବେଳେ ହିଁ ପୁରୀକୁ ଯିବି ଓ ରାତିରେ ଫଟୋ ଉଠାଇ ସାରି ପରଦିନ ସକାଳ ବେଳା ଭୁବନେଶ୍ୱର ଫେରି ଆସିବି। ପୁରୀରେ ଆଉ ବେଶି ସମୟ ରହିବାର ଇଚ୍ଛା ନ ଥିଲା ମୋର। ମୁଁ ଠିକ କରିଥିଲି ଯେ ଆଉ ମୋର ସାଙ୍ଗକୁ ବ୍ୟସ୍ତ ନ କରି ମୁଁ ଏଇ ରାତିଟି ପୁରୀର କୋଉ ହୋଟେଲରେ ହିଁ ରହିବି, ସେ ଭୂତକୋଠିରେ ନୁହେଁ।

ଭୁବନେଶ୍ୱରରେ ମୁଁ ମୋର ଅନ୍ୟକାମରେ ବ୍ୟସ୍ତ ରହିଲି। କେଜାଣି କାହିଁକି ପୁରୀ ଯିବା ଦିନ ମୁଁ ରବିନକୁ ଫୋନ କଲି ଏବଂ ତା ପାଖରୁ ସେ ଘରର ଚାବି ଓ ତାର ଗାଡ଼ି ନେଇ ପୁରୀ ବାହାରିଲି। ହୁଏତ ମୋ ମନରେ ଥିଲା ଯେ ମତେ ଯେତେବେଳେ ସେଠାରେ ରହିବାକୁ ନାହିଁ ତେବେ କାହିଁକି ମିଛରେ ହୋଟେଲ ଭଡ଼ା ଦେବି ? ଏଥରକ ମୋ ସାଙ୍ଗରେ ମୋର କ୍ୟାମେରା ଥିଲା ଓ ମୋର ମନ ହାଲୁକା ଥିଲା। ପୁରୀରେ ପହଞ୍ଚି ମୁଁ ପ୍ରଥମେ ଚିତ୍ରକାର ସାହି ସେବକ ଘରକୁ ଯାଇ ଖବର ନେଲି କେତେବେଳେ ମନ୍ଦିରରୁ ଘଣ୍ଟ ଛତା କାହାଳୀ ନେଇ ପଟୁଆର ଆସିବ। ଏସବୁ ବିଷୟରେ କିଛି ଠିକ ଠିକଣା ନଥାଏ, ତେବେ ଏତିକି ଜଣାଗଲା ଯେ ସକାଳ ହେବା ଆଗରୁ ହିଁ ଏ ପର୍ବ ଶେଷ ହେବ। ମୁଁ ମନେମନେ ଠିକ କରିନେଲି ଯେ ରାତି ଦୁଇଟା ବେଳେ ମୁଁ ଯାଇ ମହାରଣା ଘର ଦୁଆରେ ପହଞ୍ଚିବି।

ରାତିରେ ହୋଟେଲରେ ଖାଇସାରି ମୁଁ ଗାଡ଼ି ନେଇ ଘର ପାଖରେ ପହଞ୍ଚିଲି। ରାତି ନ'ଟା ବେଳକୁ ଚାରିଆଡ଼ ଶୂନଶାନ ଥିଲା ଓ ଘରଟି ପୂରା ଅନ୍ଧାରରେ ଥିଲା। ଗାଡ଼ିରୁ ବ୍ୟାଗ ବାହାର କରି, ଗାଡ଼ି ଚାବି ବନ୍ଦ କରି, ଟର୍ଚ୍ଚ ଜାଳି ଫାଟକ ଖୋଲି ମୁଁ ଭିତରକୁ ପଶିଲି ଓ ଘରର କବାଟ ଖୋଲିଲି। କବାଟ ପାଖ ସୁଇଚ ଜାଳି ଯାଇ ଆଉ ସବୁ କୋଠରୀର ଆଲୁଅ ବି ଜଳାଇଲି। ଶୋଇବା ଘରର ବିଛଣାପତ୍ର ଠିକ ଥିଲା, ବୋଧହୁଏ ମୁଁ ଅନେକ ଦିନ ତଳେ ଯେଉଁ ଭଳି ଛାଡ଼ି ଯାଇଥିଲି, ସେଇ ଭଳି। ମୁଁ ଖଟ ଉପରେ ବସି ମୋର ବ୍ୟାଗ ଖୋଲି ପାଣି ବୋତଲ ବାହାର କରି ପାଣି ପିଇଲି ଓ ବ୍ୟାଗକୁ ଟେବୁଲ ଉପରେ ରଖି ତା ଭିତରୁ କ୍ୟାମେରା ଓ କାଗଜପତ୍ର ବାହାର କଲି।

ଏଇ ସମୟରେ ଭୋଲଟେଜ କମିଗଲା ଓ ଆଲୁଅ ସବୁ ମିଂଜିମିଂଜି ହୋଇଗଲା। ମତେ ପୁଣି ମୋର ପୂର୍ବ ଦିନମାନଙ୍କର ଅନୁଭବ ମନେପଡ଼ିଲା। ଟେବୁଲ ଉପରୁ ଅନାଇ ଦେଖିଲି ଯେ ସେଠାରେ ସୁଭଦ୍ରା ଆଗଭଳି ବିଜେ କରୁଛନ୍ତି, ଏବଂ ମୁଖା ଉପରେ ମାଳାଟି ମଧ୍ୟ। ମୁଁ ଠିଆ ହୋଇ ନମସ୍କାର କଲି ଏବଂ ଏଇ ସମୟରେ ଘର ବାହାରର ସମୁଦ୍ର ଓ ଝାଉଁଗଛ ବିଷୟରେ ସଚେତନ ହେଲି। ଶୋଇବା ଘର

କବାଟ ଡେଇଁ ମୋର ଆଖି ଚାଲିଗଲା ବସିବା ଘରର ଉପରକୁ ଉଠି ଯାଇଥିବା ପାହାଚ ଆଡ଼କୁ। ମୋ ଦେହ ଭିତରେ ଶିହରଣ ଖେଳିଗଲା ଓ ମୁଁ ମୋର ହୃତ୍‌ପିଣ୍ଡର ସ୍ପନ୍ଦନ ଶୁଣିବାକୁ ପାଇଲି ସ୍ପଷ୍ଟ ଭାବରେ।

ଘର ଭିତରର ଅଳ୍ପ ଆଲୁଅ ବର୍ତ୍ତମାନ ମୋ ସହିତ ଲୁଚକାଳି ଖେଳୁଥିଲା। ଘରର ଆସବାବ ସବୁ ଅତି ବିଷଣ୍ଣ ଦେଖାଯାଉଥିଲେ। ତାଙ୍କ ସାଙ୍ଗରେ ଯୋଗ ଦେଉଥିଲା ବାହାରୁ ବନ୍ଦ କବାଟ ଝରକା ଦେଇ ଭିତରକୁ ପଶି ଆସୁଥିବା ଲହରୀର ଭାଙ୍ଗିବା ଓ ଝାଉଁଗଛର କାନ୍ଦିବାର ଲୟବଦ୍ଧ ସ୍ୱର। ମୁଁ ମୋର ଆଲାର୍ମ ଘଣ୍ଟାରେ ରାତି ଗୋଟାଏର ସମୟ ଦେଲି ଏବଂ ପୋଷାକ ବଦଳାଇ ଶୋଇବାକୁ ବାହାରିଲି।

ଆଲୁଅ ଲିଭାଇ ଖଟରେ ଶୋଇବା ପରେ ଏଥରକ ଯେଉଁ ଭୟ ଆସି ମୋ ଉପରେ ମାଡ଼ି ପଡ଼ିଲା ମୁଁ ଆଗରୁ କେବେ ହେଲେ ଏଭଳି ତ୍ରାସ ଅନୁଭବ କରି ନ ଥିଲି। ମୋର ନିଦ ହଠାତ୍ ଉଭେଇଗଲା ଏବଂ ଚାରିଆଡୁ ଅନେକ ପ୍ରକାର ଅଶରୀରୀ ଆଶଙ୍କା ମୋତେ ଆଚ୍ଛନ୍ନ କରିଦେଲେ। ମୋର ହୃତ୍‌ପିଣ୍ଡର ହାତୁଡ଼ି ଆହୁରି ଅଧିକ ଜୋରରେ ପଡ଼ିଲା ଏବଂ ମୁଁ ଖଟରୁ ଉଠି ବସିଲି। ମତେ ଏଇ ସମୟରେ ଉପର ମହଲାରେ ପାଦଶବ୍ଦ ଶୁଭିଲା। ମୁଁ ଜାଣିଲି ଯେ ମୁଁ ଆଉ ଏ ଘରେ ଗୋଟିଏ ମୁହୂର୍ତ୍ତ ବି ରହି ପାରିବି ନାହିଁ। ମୁଁ ପୁଣି ଆଲୁଅ ଜଳାଇଲି, ପୋଷାକ ବଦଳାଇଲି, ବ୍ୟାଗ ଭିତରେ କ୍ୟାମେରା ଆଲାର୍ମ ଘଡ଼ି ଜିନିଷପତ୍ର ରଖିଲି ଓ ଶେଷଥର ପାଇଁ ସୁଭଦ୍ରାଙ୍କ ମୁହଁକୁ ଅନାଇଲି। ସେ ମୁହଁ ଆଗଭଳି ଅବିଚଳିତ ଥିଲା, କିନ୍ତୁ ମୋର ଆର୍ତ୍ତିର ଉତ୍ତରରେ ମୁଁ ସେଥିରୁ କୌଣସି ଆଶ୍ୱାସନା ପାଇଲି ନାହିଁ। ମୁଁ ବସିବା ଘର ଓ ତାର ସିଡ଼ିକୁ ଆଡ଼େଇ ଘର ବାହାରକୁ ଆସି କବାଟରେ ତାଲା ଦେଲି। ଘର ଭିତର ଅପେକ୍ଷା ନିର୍ଜନ ବାହାର ବର୍ତ୍ତମାନ ବେଶି ନିରାପଦ ମନେ ହେଉଥିଲା ମତେ। ବାହାର ଫାଟକ ବନ୍ଦ କରି ମୁଁ ଯାଇ ଗାଡ଼ିରେ ବସିଲି। ସେଠାରୁ ଚାଲିଯିବା ବେଳେ କିନ୍ତୁ ପଛକୁ ବୁଲି ଆଉ ସେ ଘର ଆଡ଼କୁ ଅନାଇ ତାର ଅଲୌକିକ ମୁହଁକୁ ଦେଖିବାର ସାହସ ହେଲା ନାହିଁ ମୋର।

ମୁଁ ସିଧା ଯାଇ ଗୋଟିଏ ହୋଟେଲରେ ପହଞ୍ଚିଲି ଓ ସେଠାରେ କୋଠରୀ ଭଡ଼ା ନେଲି। ତାର ନିରାପଦ ଆଶ୍ରୟରେ ମୁଁ ନିର୍ଦ୍ୱନ୍ଦ୍ୱରେ ଶୋଇଗଲି, ଏବଂ ମୋର ନିଦ ଭାଙ୍ଗିଲା ଆଲାର୍ମ ଘଡ଼ି ବାଜିବାରେ। ମୁଁ ପ୍ରସ୍ତୁତ ହୋଇ କ୍ୟାମେରା ନେଇ ବାହାରି ପଡ଼ିଲି ଚିତ୍ରକାର ସାହି ଯିବା ପାଇଁ। ସେତେବେଳକୁ ରାତି ଆରମ୍ଭର ଭୟାର୍ତ୍ତ ଅନୁଭୂତି ମୋ ମନ ଭିତରୁ ପୂରାପୂରି ଲିଭି ଯାଇଥିଲା। ମୁଁ ବର୍ତ୍ତମାନ ଚିନ୍ତିତ ଥିଲି କିପରି ମୋର କାମ ସାରି ପୁଣି ଦିଲ୍ଲୀ ଫେରିଯିବି।

ଚିତ୍ରକାର ସାହି ବାହାରେ ଗାଡ଼ିରଖି ମୁଁ କ୍ୟାମେରା ଧରି ସେବକଙ୍କ ଘରକୁ ଗଲି। ଘର ଭିତରେ ବର୍ତ୍ତମାନ ପୂଜା ଚାଲିଥିଲା। ମତେ ଦେଖି ମୋର ପୁରୁଣା ପରିଚିତମାନେ ଭିତରକୁ ଡାକିନେଲେ। ମୁଁ ପୂଜାର ଫଟୋ ଉଠାଇଲି ଓ ବାହାରେ ଆସି ବାରଣ୍ଡାରେ ବସି ଅପେକ୍ଷା କଲି କେତେବେଳେ ମନ୍ଦିରରୁ ଘଣ୍ଟ, ଛତା, କାହାଳୀ ଧରି ସେବକ ଆସିବେ। କେହି ସଠିକ କହି ପାରୁ ନଥିଲେ କେତେବେଳେ ସେମାନେ ଆସିବେ, କିମ୍ବା କହୁଥିଲେ, ଏଇ ଆସି ପହଞ୍ଚିଲେ ଜାଣନ୍ତୁ। ଆସ୍ତେ ଆସ୍ତେ ରାତି ପାହି ଆସୁଥିଲା ଓ ଗଳି ଭିତରେ ଦେଖଣାହାରିଙ୍କ ସଂଖ୍ୟା ବି ବଢ଼ି ଚାଲିଥିଲା। ମୁଁ ଏଇ ଲୋକଗହଳି ଭିତରେ ଜଣେ ବିଦେଶିନୀ ପର୍ଯ୍ୟଟକଙ୍କୁ ଦେଖିଲି, ଯେ ତାଙ୍କର କ୍ୟାମେରା ଧରି ଫଟୋ ଉଠାଇବାରେ ବ୍ୟସ୍ତ ଥିଲେ। ମତେ ବସି ବସି ବିରକ୍ତ ଲାଗୁଥିଲା ଓ ମୁଁ ଉଠି ତାଙ୍କ ଆଡ଼କୁ ଗଲି।

ତାଙ୍କ ଆଖିରେ ମୋ ଆଖି ପଡ଼ିଲା। ଭଦ୍ରମହିଳା ଥିଲେ ଅଳ୍ପ ଉଚ୍ଚତାର, କଳି ହେଉ ନଥିବା ବୟସର ଓ ଚେପଟାନାକୀ କିନ୍ତୁ ସୁନ୍ଦରୀ ଚୀନା କି ଜାପାନୀ। ସେ ମଧ୍ୟ ମୋ ଆଡ଼କୁ ଆସିଲେ ଓ ସୁନ୍ଦର ହସ ହସି ମୋର ନିର୍ବାକ ଅଭିବାଦନର ନୀରବ ଉତ୍ତର ଦେଲେ। ମୁଁ ତାଙ୍କୁ ଡାକି ନେଇ ପାଖ ଘରର ପିଣ୍ଡା ଉପରେ ବସାଇ ତାଙ୍କ ସହିତ କଥା ହେଲି। ଭଦ୍ରମହିଳା ପର୍ଯ୍ୟଟନରେ ଆସିଥିଲେ; ଏଇ ଯାତ୍ରାରେ ପୁରୀରେ ତାଙ୍କର ଯେଉଁ ପଣ୍ଡା ସହିତ ଜଣାଶୁଣା ହୋଇଥିଲା, ସେ ହିଁ ତାଙ୍କୁ ଏଠାକୁ ଆଣିଥିଲା ମନ୍ଦିରର ଏକ ଅଦ୍ଭୁତ ଚଳଣି ଦେଖାଇବା ପାଇଁ। ମୁଁ ତାଙ୍କୁ ମୋର ଗବେଷଣା କଥା ଓ ଏଇ ପର୍ବଟିର ଗୁରୁତ୍ୱ କଥା କହିଲି। ମୁଁ ତାଙ୍କୁ ମୋର ଠିକଣା ଲେଖା କାଗଜ ଦେଲି ଏବଂ ସେ ମୋର ଟିପା ଖାତାରେ ତାଙ୍କର ନାଁ ଓ ଜାପାନର ଠିକଣା ଲେଖିଦେଲେ।

ଏଇ ସମୟରେ ଘଣ୍ଟ କାହାଳୀ ବଜାଇ ମନ୍ଦିରରୁ ଲୋକ ଆସି ପହଞ୍ଚିଗଲେ। ଚିତ୍ରକାର ସେବକ ପଟକୁ ଗୁଡ଼ାଇ ହାତରେ ଧରି ଘର ବାହାରକୁ ଆସିଲେ ଏବଂ ଏଥରକ ସଦଳବଳ ଶୋଭାଯାତ୍ରାଟି ମନ୍ଦିର ଆଡ଼କୁ ବାହାରିଲା। ମୁଁ ମୋର ଫଟୋ ଉଠାଇବାରେ ବ୍ୟସ୍ତ ହୋଇଗଲି ଏବଂ ବିଭିନ୍ନ ଦିଗରୁ ବିଭିନ୍ନ ପ୍ରକାରର ଫଟୋ ଉଠାଇ ନିଶ୍ଚିନ୍ତ ହେଲି ଯେ ଏଥିରୁ ବହି ପାଇଁ ଦରକାରୀ ସାମଗ୍ରୀ ମିଳିଯିବ। ଗଳିମୁଣ୍ଡକୁ ଆସି ଶୋଭାଯାତ୍ରା ଯେତେବେଳେ ମନ୍ଦିର ଆଡ଼କୁ ମୁହାଁଇଲା, ମୁଁ କ୍ୟାମେରା ବନ୍ଦ କରି ବ୍ୟାଗରେ ରଖିଲି, କାରଣ ଏହାର ପରବର୍ତ୍ତୀ ପର୍ବର ଫଟୋ ମୋର ଦରକାର ନଥିଲା। ସେଠାରୁ ଫେରିବା ଆଗରୁ ମୁଁ ଜାପାନୀ ଭଦ୍ରମହିଳାଙ୍କୁ ଖୋଜିଲି। ତାଙ୍କର ନାଁ ଥିଲା ଆୟୁମି ଏବଂ ନାଁଟି ମତେ ଭଲ ଲାଗିଥିଲା ବୋଲି ମୋର ମନେ ରହିଯାଇଥିଲା,

କିନ୍ତୁ ତାଙ୍କ ସହରର ନାଁ ମୁଁ ଭୁଲି ଯାଇଥିଲି। ସେ କିନ୍ତୁ ଆଉ ମତେ ମିଳିଲେ ନାହିଁ; ମୁଁ ଫଟୋ ଉଠାଇବାରେ ବ୍ୟସ୍ତ ଥିବାବେଳେ ସେ ଚାଲିଯାଇଥିଲେ ବୋଧହୁଏ।

ସେଇ ଦିନ ହିଁ ପୁରୀ ଛାଡ଼ି ଭୁବନେଶ୍ୱରରେ ରବିନଙ୍କୁ ଘର ଚାବି ଫେରାଇ ଦେଇ ମୁଁ ଦିଲ୍ଲୀ ଆସିଲି। ଘରେ ପହଞ୍ଚି ଯେତେ ଶୀଘ୍ର ସମ୍ଭବ ଯାଇ ମୋର ପରିଚିତ ଷ୍ଟୁଡ଼ିଓରେ ଫିଲ୍ମ ରୋଲ୍‌ଟି ଦେଇଦେଲି ଯଦିଓ ରୋଲ୍‌ଟି ପୂରା ବ୍ୟବହାର ହୋଇ ନ ଥିଲା। ସୁଜାନଙ୍କୁ ଫୋନ କରି ଜଣାଇଦେଲି ଯେ ଦିନେ ଦୁଇ ଦିନରେ ମୁଁ ତାଙ୍କ ପାଖରେ ଫଟୋ ପହଞ୍ଚାଇ ଦେବି।

ସମସ୍ୟାର ଆରମ୍ଭ ହେଲା ଏହିଠାରୁ। ଷ୍ଟୁଡ଼ିଓରେ ଯାଇ ମୁଁ ଯେତେବେଳେ ମୋର ଫଟୋ ମାଗିଲି, ସେଠାରେ ସହକାରୀ ଗୋଟିଏ ଲଫାପାରୁ ମୋର ନେଗେଟିଭ ବାହାର କରି ଦେଖାଇଲା। ଛତିଶଟି ଫ୍ରେମରୁ ଅଧା ରୋଲ୍ ଉଠି ନ ଥିଲା, ତଥା ବାକି ଅଧକ ଧଳା ହୋଇଯାଇଥିଲା ଏବଂ ଚାରିଟି ଫ୍ରେମରେ କେବଳ ଦୁଇ ଦୁଇଟି ବୃତ୍ତ ବ୍ୟତୀତ ଆଉ କିଛି ନ ଥିଲା। ମୁଁ ଭାବିଲି ବୋଧହୁଏ କିଛି ଅଦଳବଦଳ ହୋଇଯାଇଛି ଏବଂ ସେ ହୁଏତ ଆଉ କାହାର ରୋଲ୍‌ଟି ମତେ ଦେଖାଉଛି। କିନ୍ତୁ ସେ ମତେ ନିଶ୍ଚୟ କରି କହିଲା ଯେ ଏଇଟି ହିଁ ମୁଁ ଦେଇଥିବା ଫିଲ୍ମ। ବିରକ୍ତ ହୋଇ ମୁଁ ତାକୁ ତାର ମାଲିକଙ୍କୁ ଡାକିବାକୁ କହିଲି।

ଫଟୋ ଦୋକାନୀ ଅନୁପମ ମୋର ପୁରୁଣା ଜଣାଶୁଣା। ସେ ଆସି ମତେ କହିଲା ଯେ ସେ ନିଜେ ମୋ ରୋଲ ଉପରେ କାମ କରିଥିଲା ଏବଂ ଆଶ୍ଚର୍ଯ୍ୟ ହୋଇଥିଲା ମୁଁ କାହିଁକି ଚାରିଟି ମାତ୍ର ଫଟୋ ଉଠାଇଛି। ମୁଁ ବିରକ୍ତ ହୋଇ କହିଲି, ମୁଁ ଏମିତି କୌଣସି ଫଟୋ ଉଠାଇ ନଥିଲି ଏବଂ ମୁଁ ଯେଉଁ ସବୁ ଫଟୋ ଉଠାଇଥିଲି, ଖରାପ ଉଠାଇଥିଲେ ବି ନେଗେଟିଭରେ କିଛି ତ ଆସିଥାନ୍ତା! ଅନୁପମ ପୁଣି ଥରେ ନେଗେଟିଭକୁ ଦେଖିଲା; କହିଲା, କ୍ୟାମେରାରେ କିଛି ଗଣ୍ଡଗୋଳ ହୋଇ ଏପରି ହୋଇଥାଇପାରେ। ମୁଁ କହିଲି, ଏଇଟି ଆଦୌ ମୋର ଫିଲ୍ମ ନୁହେଁ, କାରଣ ଏଇ ଯୋଡ଼ ଚାରିଟି ଫ୍ରେମର ଫଟୋ ଉଠିଛି, ମୁଁ ଏଭଳି କୌଣସି ଫଟୋ ଉଠାଇ ନ ଥିଲି।

ଅନୁପମ ଆଲୁଅ ଉପରେ ରଖି ନେଗେଟିଭକୁ ଦେଖିଲା। କହିଲା, ଏଇଟି ବୋଧହୁଏ କୋଉ ଚିତ୍ରରେ କୌଣସି ସ୍ତ୍ରୀ ଲୋକର ଛାତିର କ୍ଲୋଜ୍ ଅପ୍। ତମେ ତ ମତେ ଆଗରୁ ଏପରି ଅନେକ ଫଟୋ ଆଣି ଛାପିବାକୁ ଦେଇଛ। ମୁଁ ନେଗେଟିଭକୁ ଅନାଇ ଯୁଗ୍ମ ବୃତ୍ତକୁ ଦେଖିଲି। ହୁଏ ତ ଅନୁପମ ଠିକ କହୁଛି; ମୁଁ ହୁଏ ତ ଏପରି କୌଣସି ଫଟୋ କେବେ ଉଠାଇଥିଲି। କିନ୍ତୁ ଏଥରକୁ ତ କ୍ୟାମେରାରେ ନୂଆ ରୋଲ ପକାଇ ମୁଁ ଫଟୋ ଉଠାଇଥିଲି କେବଳ ସେଇ ଘଣ୍ଟ ଛତା କାହାଳୀ ଶୋଭାଯାତ୍ରାର। ଅନୁପମ କହିଲା, ତମେ ଟିକିଏ ଅପେକ୍ଷା କର; ମୁଁ ତମକୁ ପ୍ରିଣ୍ଟ କରି ଦେଖାଇ ଦେବି।

ମୁଁ ବର୍ତ୍ତମାନ ହତାଶ ଓ ବିରକ୍ତ ହେବାକୁ ଆରମ୍ଭ କରିଥିଲି। ଏତେ ସମୟ ଶ୍ରମ ଓ ଟଙ୍କା ଖର୍ଚ୍ଚ କରି ମୁଁ ଉଠାଇଥିବା ଫଟୋ ବର୍ତ୍ତମାନ ରହିଯାଇଥିଲା କୋଉ ସ୍ତ୍ରୀ ଲୋକର ଚିତ୍ରର ଛାତିରେ। ଏଣେ ମୋର ବହିର କଣ ହେବ ? ମୁଁ ମୋର ପ୍ରକାଶକଙ୍କୁ କଣ କହିବି ? ଏ ସବୁ ବ୍ୟତୀତ ମତେ ଯେଉଁ ଜିନିଷଟି ଏ ସବୁଠାରୁ ଅଧିକ ବ୍ୟସ୍ତ କରୁଥିଲା, ତା ହେଲା ଏକଥା କିପରି ସମ୍ଭବ ?

ଅନୁପମ ମୋ ହାତରେ ଯେଉଁ ଚାରିଟି ଓଦା ଫଟୋ ଧରାଇ ଦେଲା, ସେଥିରୁ ମୁଁ ଆଉ କିଛି ନୂଆ ତଥ୍ୟ ପାଇଲି ନାହିଁ ଯାହା ପାଇ ନ ଥିଲି ନେଗେଟିଭରୁ। ଅନୁପମକୁ କହିଲି, ଏ ଏକ ଅସମ୍ଭବ କଥା। କୋଉଠି କିଛି ଗୋଟାଏ ଭୁଲ ରହିଯାଇଛି। ଅନୁପମ ଶାନ୍ତ ପ୍ରକୃତିର ଥିଲା। କହିଲା, ତମେ ହୁଏତ ଆଗରୁ ଚାରିଟି ଫଟୋ ଉଠାଇଥିଲ ଏବଂ ତା ପରେ ନେଇଥିବା ଫଟୋ ସବୁର ଏକ୍ସପୋଜର ଠିକ ହେଲା ନାହିଁ। ମନେମନେ ବିରକ୍ତ ହେଲି ତାର କଥା ଶୁଣି। ସେଦିନ ରାତିରେ ଭୂତ କୋଠିରେ ସୁଭଦ୍ରାଙ୍କ ଫଟୋ ତଳେ ଟେବୁଲ ଉପରେ ମୁଁ ମୋର କ୍ୟାମେରାରେ ନୂଆ ରୋଲ ପକାଇଥିଲି ଏବଂ ତା ପରେ ପ୍ରଥମ ଫଟୋ ଉଠାଇଥିଲି ଯାଇ ଚିତ୍ରକାର ସାହିରେ। ଅନୁପମ ସହିତ ଆଉ ଯୁକ୍ତି କରି ଲାଭ ନ ଥିଲା। ତା ପାଖରୁ ମୋର ନେଗେଟିଭ୍ ଓ ସେଇ ଓଦା ପ୍ରିଣ୍ଟକୁ ଧରି ବାହାରି ଆସୁ ଆସୁ ମୁଁ ତାକୁ କହିଲି, ମୁଁ ଏଠିକି ଆଉ କେବେ ବି ଆସିବି ନାହିଁ।

ଘରକୁ ଫେରିବା ବେଳକୁ ମୋର ମନସ୍ଥିତି ବହୁତ ଖରାପ ଥିଲା। ମୁଁ ମୋର କ୍ୟାମେରା ସରଂଜାମକୁ ତନ୍ନତନ୍ନ କରି ଦେଖିଲି ଯଦି ଆଉ କେଉଁଠି ସେ ରୋଲଟି ରହିଯାଇଥିବ। କିନ୍ତୁ ଏପରି ଭୁଲ ହେବାର କୌଣସି ସମ୍ଭାବନା ନ ଥିଲା। ମୋର ସବୁ କାଗଜ, ନେଗେଟିଭ, କଣ୍ଟାକ୍ଟ ପ୍ରିଣ୍ଟ ନମ୍ବର ତାରିଖ ଲେଖା ହୋଇ ଯଥାଯଥ ଭାବରେ ଥିଲା। ମୁଁ ହାତରେ ଧରିଥିବା ଚାରିଟି ଓଦା ଫଟୋର ନେଗେଟିଭ୍ ହିଁ ଠିକ୍ ରୋଲ୍ ଥିଲା। ସେଦିନ ଉପରବେଳା ମୁଁ ପୁଣି ବ୍ୟସ୍ତ ହୋଇ ଅନୁପମ ପାଖକୁ ଗଲି, ଯଦି ତାର ଫଟୋ ଦୋକାନରେ କିଛି ଗୋଳମାଳ ହୋଇ ଯାଇଥାଇପାରେ।

ଏଥରକ ଅନୁପମ ମତେ ତା ଦୋକାନ ଭିତରକୁ ନେଇ ବସାଇଲା ଓ ଚା ବରାଦ କଲା। କହିଲା, ଏଠାରେ ସେପରି ଭୁଲ ହେବାର ସମ୍ଭାବନା ନାହିଁ; ତମେ ଯିବା ପରେ ମୁଁ ପୁଣି ଥରେ ସବୁ ଖୋଜି ଦେଖିଛି। ତମକୁ ଯୋଉ ନେଗେଟିଭ ପ୍ରିଣ୍ଟ କରି ଦେଲି, ସେଇଟି ହିଁ ତମର ଫିଲ୍ମ। ମୁଁ ବିରକ୍ତ ହୋଇ କହିଲି ଯେ ମୁଁ ଏଭଳି କୌଣସି ଫଟୋ ଉଠାଇ ନ ଥିଲି, ଏବଂ ମୁଁ ଉଠାଇଥିଲି ପୁରୀ ଗଳିରେ ଲୋକଙ୍କର ଫଟୋ, କ୍ଲୋଜ ଅପ୍‌ରେ କୋଉ ଛାତିର ଚିତ୍ର ନୁହେଁ।

ମୁଁ ଲଫାପା ଭିତରୁ ଚାରିଟି ପ୍ରିଣ୍ଟ ବାହାର କରି ଅନୁପମ ଆଡକୁ ବଢ଼ାଇ ଦେଲି। କହିଲି, ଏଇଟିକୁ କେହି ବି କୌଣସି ଛାତିର ଫଟୋ କହିବ ନାହିଁ, ଯଦି ତାର ମନ ଭିତର ଅତି କୁତ୍ସିତ ହୋଇ ନ ଥାଏ। ଅନୁପମ କହିଲା, ମୁଁ ଜାଣେ। ତେବେ ତମେ ଯେମିତି ଆଗରୁ ଅନେକ କାମସୂତ୍ରର ଚିତ୍ର ଆଣି ପ୍ରସେସ୍ କରିବାକୁ ଦେଉଥିଲ, ମୁଁ ମନେକଲି ଏଇଟି ହୁଏ ତ ସେଇଭଳି କୌଣସି ଚିତ୍ରର କ୍ଲୋଜ ଅପ୍। ମୁଁ ବିରକ୍ତ ହୋଇ କହିଲି, ଏ କଥା କିପରି ସମ୍ଭବ ଯେ ମୁଁ ଉଠାଇଥିବା ଫଟୋ ବଦଳରେ ନେଗେଟିଭକୁ ଆଉ ଗୋଟିଏ ଚିତ୍ର ଆସିଯିବ ?

କିଛି କ୍ଷଣ ଚୁପ୍ ରହି ଅନୁପମ କହିଲା, ତମେ ସ୍ପିରିଟ୍ ଫଟୋଗ୍ରାଫି କଥା ଜାଣିଛ ? ଫଟୋ ଉଠାଇବା ବେଳେ ନେଗେଟିଭ ଭିତରକୁ ନ ଥିବା ଜିନିଷଟି ପଶି ଆସେ। ତମେ ଦିଜଣ ଲୋକଙ୍କର ପଟୋ ଉଠାଇଛ, କିନ୍ତୁ ପ୍ରିଣ୍ଟ କଲାବେଳକୁ ଦେଖାଯାଇଛି ଯେ ତାଙ୍କ ପଛରେ ଜଣେ ଅଜଣା ତୃତୀୟ ଲୋକ ବି ଠିଆ ହୋଇଛି। ଫଟୋଗ୍ରାଫିର ସଂସାରରେ ଏପରି ଅନେକ ଉଦାହରଣ ଅଛି।

ମୁଁ ଦେଖିଲି କଥାଟି ପୁଣି ଘୂରି ବୁଲି ସେଇ ଭୂତ ପାଖକୁ ଫେରି ଆସୁଛି। ଚା ଆସି ପହଞ୍ଚିଲା ଏବଂ ପିଉ ପିଉ କହିଲି, ମୋର ଫଟୋରୁ କିନ୍ତୁ ପଚାଶ ଲୋକ କେଉଁଆଡ଼େ ଉଡ଼ିଗଲେ ଏବଂ ଚାରି ଚାରିଟା ଫ୍ରେମକୁ ସ୍ତ୍ରୀ ଲୋକର ଛାତି ଆସିଗଲା। ଆଉ ଫ୍ରେମମାନଙ୍କରେ କିଛି ବି ନାହିଁ। ଏ କଥା ସ୍ପିରିଟ୍ ଫଟୋଗ୍ରାଫିରେ ବି ସମ୍ଭବ ହୋଇ ନପାରେ। ତା ପାଖରୁ ବିଦାୟ ନେଇ ଫେରିବା ବେଳେ ମୋର ମନ ଅତି ବିଷଣ୍ଣ ଥିଲା। ମୁଁ ଠିକ କଲି ଯେ ସେଦିନ ସଂଧ୍ୟା ଆଗରୁ ହିଁ ବେଶି ମଦ୍ୟପାନ କରି ମୋର ଦୁଃଖକୁ ଲାଘବ କରିବି ଏବଂ କାଲି ସକାଳେ ପ୍ରକାଶକଙ୍କୁ ଫୋନ କରି ଜଣାଇଦେବି ଯେ ସେ ବହିଟିକୁ ସେମିତି ଛାପି ଦିଅନ୍ତୁ, ଏଇ ଜରୁରୀ ଫଟୋ ବିନା।

ଘରେ କିନ୍ତୁ ମୋ ପାଇଁ ଆଉ ଏକ ଚମତ୍କାର ଅପେକ୍ଷା କରୁଥିଲା। ମୋର ସେ ଦିନର ଡାକ ଭିତରେ ଗୋଟିଏ ମୋଟା ଲଫାପା ଥିଲା ଏବଂ ତା ଭିତରେ ଥିଲା ମୁଁ ଖୋଜୁଥିବା ଅଣସର ପଟି ଶୋଭାଯାତ୍ରାର ଅନେକ ଗୁଡ଼ିଏ ଫଟୋ। ଏଗୁଡ଼ିକ ଥିଲା ଆୟୁମି ଉଠାଇଥିବା ଫଟୋଗ୍ରାଫ୍। ମୁଁ ଲଫାପା ଭିତରେ ଖୋଜିଲି ଚିଠି ଥିବ ବୋଲି; କିନ୍ତୁ ସେଥିରେ ଫଟୋ ଛଡ଼ା ଆଉ କିଛି ବି ନ ଥିଲା। ଉପରେ ପ୍ରେରକର ଠିକଣା ନ ଥିଲା। ମୁଁ ମୋର କାଗଜପତ୍ର ଭିତରୁ ମୋର ଟିପାଖାତା ବାହାର କଲି ଯେଉଁଥିରେ ଆୟୁମି ତାଙ୍କର ଠିକଣା ଲେଖି ଦେଇଥିଲେ। ବାରମ୍ବାର ତନ୍ନ ତନ୍ନ କରି ଖୋଜିବା ପରେ ବି ସେ ଖାତାରେ ତାଙ୍କର ଠିକଣା ମିଳିଲା ନାହିଁ। ଅତି ଅସ୍ପଷ୍ଟ ଭାବରେ ମୋର ମନେ ପଡୁଥିଲା ତାଙ୍କର ମୁହଁ, କିନ୍ତୁ କିପରି ତାଙ୍କୁ ଧନ୍ୟବାଦ ଜଣାଇବି ବୁଝିପାରୁ ନ ଥିଲି। ମୁଁ ପୁଣି ଲଫାପାକୁ ଓଲଟାଇ ଦେଖିଲି। ଉପରେ ଗୋଲ ଗୋଲ ଅକ୍ଷରରେ

ଲେଖା ମୋର ଠିକଣା ଥିଲା। ଚିଠିଟି ଭାରତର କୌଣସି ଜାଗାରୁ ଆସିଥିଲା, କିନ୍ତୁ ଡାକଘର ମୋହରର ଅସ୍ପଷ୍ଟ ଛାପରୁ ଜାଣି ହେଉ ନ ଥିଲା ଠିକ୍ କେଉଁଠାରୁ। ତମେ ଯେଉଁଠାରେ ବି ଥାଅ, ତମକୁ ଅନେକ ଧନ୍ୟବାଦ ଆୟୁମି, ମୁଁ ମନେମନେ ସେଇ ଝାପ୍‌ସା ମୁହଁକୁ କହିଲି, ଏବଂ ଫୋନ୍ କରି ଅନୁପମକୁ ମଧ୍ୟ ଏଇ ସୁସମ୍ବାଦଟି ଦେଇଦେଲି।

ଏଥରକ ମୁଁ ପ୍ରକୃତିସ୍ଥ ହୋଇ ବସି ବାଛି ନେଲି ବହିରେ କେଉଁ ଚିତ୍ରଗୁଡ଼ିକ ବ୍ୟବହାର କରିବି। ପରଦିନ ଯାଇ ସୁଜାନଙ୍କୁ ଚିତ୍ରଗୁଡ଼ିକ ଦେଲାବେଳେ ମୁଁ ଭାବିଥିଲି ତାଙ୍କୁ ମୋର ଏଇ ଅପୂର୍ବ ଅନୁଭବ କଥା କହିବି, କିନ୍ତୁ ମତେ ବର୍ତ୍ତମାନ ଜଣାଗଲା ମୋ ପାଇଁ ଯାହା ଅଲୌକିକ ଥିଲା, ଅନ୍ୟମାନଙ୍କ ପାଇଁ ହୁଏ ତ ଏ କାହାଣୀର କୌଣସି ଆକର୍ଷଣ ନ ଥାଇପାରେ। ସୁଜାନ ଫଟୋଗୁଡ଼ିକରୁ ତାଙ୍କର କେଉଁଟି କାମରେ ଲାଗିବ ବାଛିବାରେ ଲାଗିଲେ। ଏ ଫଟୋ ଭିତରେ ମୁଁ ଭୁଲରେ ସେଇ ଚାରିଟି ଭୁଲ ଫଟୋ ବି ରଖି ଦେଇଥିଲି। ତାକୁ ଆଡ଼େଇ ରଖି ସୁଜାନ ଏତେଗୁଡ଼ିଏ ଫଟୋରୁ ଚାରିଟି ଫଟୋ ବାଛିଲେ ଏବଂ ତାକୁ ଅଲଗା ରଖି ମତେ ବାକି ଫଟୋ ସବୁ ଫେରାଇ ଦେଇ ପଚାରିଲେ, ଏଇ ଫଟୋଗୁଡ଼ିକର କ୍ରେଡ଼ିଟ କାହାକୁ ଦିଆଯିବ? ମୁଁ କହିଲି, ଲେଖକକୁ। ସୁଜାନ ଫଟୋକୁ ଆହୁରି ଥରେ ଦେଖି କହିଲେ, ହୋଇ ନ ପାରେ, କାରଣ ପ୍ରତିଟି ଫଟୋରେ ସେବକଙ୍କ ଗହଣରେ ଆପଣ ବି ଅଛନ୍ତି ! ମୁଁ ଆୟୁମି କଥା କହିବି ବୋଲି ଭାବିଲି, କିନ୍ତୁ ପୁଣି ଏତେ କଥାର ଟୀକା ଟିପ୍‌ପଣୀ ଦେବାକୁ ହେବ ଭାବି କହିଲି, କାହାରି ନାଁ ନ ଦେଲେ ବି ଚଳିବ।

ମୁଁ ଘରକୁ ଫେରିବା ସାଙ୍ଗେ ସାଙ୍ଗେ ସୁଜାନଙ୍କର ଫୋନ୍ ପାଇଲି ଯେ ମୋର ଆଉ ଚାରିଟି ଫଟୋ, ଯାହାକୁ ସେ ବ୍ୟବହାର କରିବେ ନାହିଁ, ମୁଁ ତାଙ୍କ ଅଫିସରେ ଛାଡ଼ି ଆସିଲି। ମୁଁ ଜାଣିଲି ଯେ ଏଗୁଡ଼ିକ ଥିଲା ମୁଁ ଉଠାଇ ନ ଥିବା ସେଇ ଭୌତିକ ଫଟୋଗ୍ରାଫ। ମୁଁ କହିଲି, ସେ ଫଟୋ ମୋର ଆଉ ଦରକାର ନାହିଁ।

କିଛି ମାସ ପରେ ମୋର ଜଗନ୍ନାଥ ଚିତ୍ରପଟ ବହି ପ୍ରୁଫ ଦେଖା, ଲେ ଆଉଟ, କଭର ଡିଜାଇନ ଇତ୍ୟାଦିର ବିଭିନ୍ନ କ୍ରମ ଦେଇ ଛପା ସରିଲା। ଏଥରକ ମୁଁ ମୋର ଜୀବନରୁ ଏଇ ଗବେଷଣା ପର୍ବଟିକୁ କାଟି ଦେଲି ଏବଂ ଅନ୍ୟ କାମରେ ମନ ଦେଲି। ଏଇ ଭିତରେ ଦିନେ ମୋର ପ୍ରକାଶକ ଜଣାଇଲେ ଯେ ସେ ବହିଟିର ଉନ୍ମୋଚନ ପାଇଁ ତାଙ୍କ ଘରେ ଏକ ଛୋଟ ଆୟୋଜନ କରୁଛନ୍ତି। ଆଗରୁ ତାଙ୍କର ଏଭଳି ଅନେକ ଅନୁଷ୍ଠାନରେ ଯୋଗ ଦେଇଥିବାରୁ ମୁଁ ଜାଣିଥିଲି ଯେ ଏଗୁଡ଼ିକ କେବଳ ସାମାଜିକ ଭେଟର ପର୍ବ, ବହି ଉପଲକ୍ଷ୍ୟ ମାତ୍ର।

ମୁଁ ଯାଇ ତାଙ୍କ ଘରେ ପହଞ୍ଚିଲି ଠିକ୍ ସେ ଦେଇଥିବା ସମୟରେ, ଶୀତଦିନ ସଂଧ୍ୟାର ଠିକ୍ ସାତଟାରେ । ମୁଁ ପହଞ୍ଚିଲା ବେଳକୁ ସେଠାରେ ଆଉ କେହି ନ ଥିଲେ ସୁଜାନ ବ୍ୟତୀତ। ପ୍ରକାଶକ ବନ୍ଧୁ କହିଲେ, ଆଜି ଅନ୍ୟ ଜାଗାରେ ଆଉ ଗୋଟିଏ ଅନୁଷ୍ଠାନ ବି ଅଛି; ଆମର ଅତିଥିମାନେ ଏଠାକୁ ଡେରିରେ ଆସିବେ। ତେବେ ଆମେ ସେମାନଙ୍କୁ ଅପେକ୍ଷା ନ କରି ଆମର ଡ୍ରିଙ୍କ ଆରମ୍ଭ କରିପାରିବା। ସୁଜାନ ଆଉ ମୋ ହାତକୁ ଦୁଇଟି ଗ୍ଲାସ ବଢ଼ାଇ ଦେଇ ପ୍ରକାଶକ ଭିତରକୁ ଚାଲିଗଲେ ସଂଧ୍ୟାର ବ୍ୟବସ୍ଥା ବିଷୟରେ ବୁଝାବୁଝି କରିବା ପାଇଁ।

ବସିବା ଘରର ଗୋଟାଏ କଣ ଟେବୁଲ ଉପରେ ମୋ ବହିର ପନ୍ଦର କୋଡ଼ିଏଟି କପି ସଜା ହୋଇ ରହିଥିଲା। ତା ଭିତରୁ ଗୋଟାଏ କପି ଉଠାଇ ଆଣି ତାକୁ ଓଲଟାଇ ସୁଜାନ କହିଲେ, ବହିଟି ଭଲ ହୋଇଛି। ମୁଁ କହିଲି, ଯଦି ଆପଣ ବହିର ସାଜସଜ୍ଜା, ପରିପାଟୀ, ଗେଟ ଅପ କଥା କହୁଛନ୍ତି, ତେବେ ଏଇଟିକୁ ସୁନ୍ଦର ଭାବରେ ବାହାର କରି ଥିବାର ଶ୍ରେୟ ଆପଣଙ୍କର। ସୁଜାନ କହିଲେ, ମୁଁ ବହିର ତଥ୍ୟ ବିଷୟରେ କହୁଥିଲି। ବହିଟି ଲେଖିବାକୁ ଆପଣଙ୍କୁ ଅନେକ କଷ୍ଟ କରିବାକୁ ପଡ଼ିଥିବ। ମୁଁ କହିଲି, ମୋ ପାଇଁ ସବୁଠାରୁ ବେଶି କଷ୍ଟକର କାମ ଥିଲା ଆପଣ ଯେତେବେଳେ ମତେ ପୁରୀ ପଠାଇଥିଲେ ଅଣସର ପଟିର ଫଟୋ ଆଣିବା ପାଇଁ।

ଏ ପର୍ଯ୍ୟନ୍ତ ଆମ ଦୁହିଁଙ୍କ ବ୍ୟତୀତ ଅନ୍ୟ କେହି ଅତିଥି ଆସି ନ ଥିଲେ। ମୁଁ ତେଣୁ ସୁଜାନଙ୍କୁ କହିବାକୁ ଆରମ୍ଭ କରି ସେଇ ଫଟୋଗ୍ରାଫ ରହସ୍ୟ କଥା। ପୁରୀ ଭୂତ କୋଠିରେ ରହଣିର ଦିନ ସବୁ, ବାନାମ୍ବରର ମତେ ଆଣି ସୁଭଦ୍ରା ମୁଖା ଦେଇଥିବା, ଅଣସର ରାତିରେ ଜାପାନୀ ସ୍ତ୍ରୀଟିର ଆବିର୍ଭାବ ଓ ଅନ୍ତର୍ଦ୍ଧାନ, ମୋର କ୍ୟାମେରା ଭିତରେ ଭୂତ ପଶି ମୋର ଫିଲ୍ମ ରୋଲ୍‌କୁ ନଷ୍ଟ କରିଦେଇଥିବା ଓ ଶେଷରେ ମୋର ଦରକାରୀ ଫଟୋ ଠିକ୍ ଦିନ ନିଜ ଆଡୁ ଆସି ମୋ ପାଖରେ ପହଞ୍ଚିବା କଥା କହିବା ବେଳକୁ ମୁଁ ଆହୁରି ଥରେ ରୋମାଞ୍ଚିତ ହୋଇଗଲି। ସୁଜାନ ଆଗ୍ରହର ସହିତ ମୋ କଥା ଶୁଣୁଥିଲେ ଏବଂ ବିଭିନ୍ନ କଥା ଆହୁରି ତନ୍ନତନ୍ନ କରି ପଚାରୁଥିଲେ। ହାତରେ ଗିଲାସ ଧରି ସିଗାରେଟ ପିଉ ପିଉ ମୋ କଥା ଶୁଣି ସେ ଆମୋଦିତ ହେଉଥିଲେ ଯେପରି। ମୋ କଥା ଶେଷରେ ତାଙ୍କର ଆଖି କୁଞ୍ଚିତ ହୋଇଗଲା; ସେ ମୋ ଆଡ଼କୁ ସିଧା ସଳଖ ଅନାଇ ମତେ ଏକ ଅସଂପୃକ୍ତ ପ୍ରଶ୍ନ କଲେ, ଆପଣ ଗପ ବି ଲେଖନ୍ତି, ନୁହେଁ ?

ମୁଁ କହିଲି, ହଁ, କିନ୍ତୁ ଏ କଥାର ମାନେ କଣ ? ସୁଜାନ କହିଲେ, ଆପଣ ମତେ ଯାହା ସବୁ କହିଲେ, ଏଇଟି ଗୋଟିଏ ସୁପରିକଳ୍ପିତ ରହସ୍ୟ କାହାଣୀ। ମୁଁ

କହିଲି, କିନ୍ତୁ ଏ ସବୁ ଶତ ପ୍ରତିଶତ ସତ; ଯାହା ଯେମିତି ଘଟିଥିଲା ମୁଁ ଠିକ ସେମିତି କହିଲି। ଟିକିଏ ବି ଅତିରଂଜନ ନାହିଁ ମୋ କଥାରେ।

ଏହି ସମୟରେ ସଂଧ୍ୟାର ପ୍ରଥମ ଅତିଥି ଆସି ପହଞ୍ଚିଲେ। ମୁଁ ଉଠି ଯାଇ ତାଙ୍କୁ ଅଭିବାଦନ ଜଣାଇଲି। ମୋ ସହିତ ହାତ ମିଳାଇ ସେ କିନ୍ତୁ ଯାଇ ପ୍ରକାଶକଙ୍କ ସହିତ କଥାବାର୍ତ୍ତାରେ ବ୍ୟସ୍ତ ହୋଇଗଲେ ଓ ମୁଁ ଫେରିଆସି ସୁଜାନଙ୍କ ପାଖରେ ବସିଲି। ସୁଜାନ କହିଲେ, ମୋର ସିଧାସଳଖ କହିଦେବା ଉଚିତ ହେବ ଯେ ମୁଁ ବର୍ତ୍ତମାନ ଗୋଟିଏ ରହସ୍ୟ ବହିର ସଂପାଦନା କରୁଛି, କଲିକତାରେ ଶେରଲକ ହୋମସ୍। ମୁଁ କହିଲି ଅନେକ ଦିନ ତଳେ ଗୋଟିଏ ବଙ୍ଗଳା ଗପ ବହି ପଢ଼ିଥିଲି କିପରି ଶ୍ରୀଯୁକ୍ତ ସରଳାକ୍ଷ ହୋମ ଏବଂ ତାଙ୍କର ସହକାରୀ ବାଟୁ ସେନ ଗୋଟିଏ ଅତି ଭୟଙ୍କର ଅପରାଧର ସମାଧାନ କରିଥିଲେ। ସୁଜାନ କହିଲେ, ନା, ଏ ଉପନ୍ୟାସରେ ପ୍ରକୃତ ହୋମସ୍ ଇଂଲାଣ୍ଡରୁ କଲିକତା ଆସିଛନ୍ତି; ତାଙ୍କ ସାଙ୍ଗରେ ୱାଟ୍‌ସନ ନାହାନ୍ତି, କିନ୍ତୁ ତାଙ୍କୁ ସାହାଯ୍ୟ କରିବାକୁ ମିଳିଯାଇଛନ୍ତି ବଙ୍ଗାଳୀ ମନସ୍ତତ୍ତ୍ୱବିଦ୍ ପ୍ରଫେସର ମୁଖାର୍ଜୀ, ଯେ କି ପତ୍ର ମାଧ୍ୟମରେ ଫ୍ରଏଡଙ୍କର ବନ୍ଧୁ। ସେମାନେ ଜଣେ ବିବଦମାନ ସନ୍ନ୍ୟାସୀ ଆଶ୍ରମରେ ଘଟିଯାଇଥିବା ଏକ ଅଲୌକିକ ଅପରାଧର ରହସ୍ୟକୁ ଉଦ୍‌ଘାଟନ କରୁଛନ୍ତି। କଣ ଏ ଉପକ୍ରମଣିକା ଆପଣଙ୍କୁ ଆକର୍ଷକ ଲାଗୁଛି କି ନାହିଁ ?

ନିଶ୍ଚୟ; କିନ୍ତୁ ମୁଁ କହିଥିବା ମୋର କଥା ସହିତ ତାର ସଂପର୍କ ?

ଏଇ ଭିତରେ ଆସି ପହଞ୍ଚିଥିବା ଆଉ ଜଣେ ଅତିଥିକୁ ଭେଟି ଆମେ ପୁଣି ଆମ ଜାଗାରେ ଆସି ବସିଲୁ। ସୁଜାନ କହିଲେ, ଏଇ ଉପନ୍ୟାସଟିକୁ ଏଡିଟ୍ କରିବା ବେଳେ ମୋର ମନ ବି ହୋମ୍‌ସ୍‌ଙ୍କ ଅନୁପ୍ରେରଣାରେ କାମ କରୁଛି। ମୁଁ ଆପଣଙ୍କ କାହାଣୀରେ ଏପରି ଅନେକ ଦିଗ ଦେଖି ପାରୁଛି, ଯାହା ଗ୍ରେଟ୍ ଡିଟେକ୍‌ଟିଭ ଅତି ସହଜରେ ଧରିପାରିଥାନ୍ତେ।

ଯଥା ? ମୁଁ ପ୍ରଶ୍ନ କଲି।

ପ୍ରଥମ କଥା ହେଲା ରଂଗ। ଅବଶ୍ୟ ଏ କଥା ଆପଣଙ୍କ କାହାଣୀରେ ଆସିବା ସ୍ୱାଭାବିକ, କାରଣ ଆପଣ ସେତେବେଳେ ରଂଗୀନ ଚିତ୍ର ବିଷୟରେ ଗବେଷଣା କରୁଥିଲେ। ମୁଁ କିନ୍ତୁ ଗୋଟିଏ ନିର୍ଦ୍ଦିଷ୍ଟ ରଂଗ କଥା କହୁଛି।

କି ପ୍ରକାର ରଂଗ? ମୁଁ କୌଣସି ରଂଗ କଥା କହିନାହିଁ ମୋର ଭୂତ କାହାଣୀରେ।

ହଳଦିଆ ରଂଗ, ଯାହା କି ସୁଭଦ୍ରାଙ୍କର ରଂଗ। ଏବଂ ଆପଣ କାନ୍ଥରେ ସୁଭଦ୍ରାଙ୍କର ମୁଖା ହିଁ ଟାଙ୍ଗିଥିଲେ।

ତାର କାରଣ ବାନାମ୍ବର ମତେ ସୁଭଦ୍ରାଙ୍କର ଚିତ୍ର ଦେଇଥିଲା। ସେ ଯଦି ମତେ ଜଗନ୍ନାଥ ବା ବଳଭଦ୍ରଙ୍କର ମୁଖା ଦେଇଥାନ୍ତା, ତେବେ ମୁଁ ତାକୁ ଟାଙ୍ଗିଥାନ୍ତି କାନ୍ଥରେ। ତେବେ ସେ ମତେ ସୁଭଦ୍ରାଙ୍କର ଚିତ୍ର ଦେଲା କାହିଁକି ?

ଏଲିମେଣ୍ଟାରି ମାଇ ଡିଅର ୱାଟସନ୍ ! ଏଥରକ ସୁଜାନ ମୋ ଗବେଷଣାଲବ୍ଧ ଜ୍ଞାନର ସଂପୂର୍ଣ୍ଣ ସଦୁପଯୋଗ କରି କହିଲେ, ଚିତ୍ରକାରମାନେ ଜଗନ୍ନାଥ ବଳଭଦ୍ର ସୁଭଦ୍ରା ତିନିଜଣଙ୍କ ମୁଖାର ସେଟ ତିଆରି କରିଥାନ୍ତି, ଯେମିତି ଗୋଟିଏ ସେଟ ଆପଣ ମତେ ଦେଇଥିଲେ। କିନ୍ତୁ କେହି କେହି ବିଦେଶୀ ପର୍ଯ୍ୟଟକ ଖାଲି ଜଗନ୍ନାଥ ବଳଭଦ୍ରଙ୍କର ମୁଖା ନିଅନ୍ତି, କାରଣ ଆକାର ପ୍ରକାରରେ ସୁଭଦ୍ରା ମୁଖା ଅନ୍ୟ ଦୁଇଟିଠାରୁ ଛୋଟ ଓ ବିଷମ। ଚିତ୍ରକାର ପାଖରେ ବିଚରା ସୁଭଦ୍ରାଙ୍କର ମୁଖା ବଳକା ରହିଯାଏ।

ହଉ, ହେଲା କିନ୍ତୁ ହଳଦିଆ ରଂଗର ତାତ୍ପର୍ଯ୍ୟ କଣ ?

ସୁଜାନ ମୋ ବହିରୁ ଉଦ୍ଧୃତ କରି ମତେ କହିଲେ, ଭରତଙ୍କ ନାଟ୍ୟଶାସ୍ତ୍ର ଅନୁସାରେ ହଳଦିଆ ରଂଗ ହେଉଛି ଅଦ୍‌ଭୁତ ରସର ଦ୍ୟୋତକ। ଆପଣଙ୍କ ପାଖକୁ ଯୋଉ ତାନ୍ତ୍ରିକ ଆସିଥିଲା, ସେ ବି ତ ଆପଣଙ୍କୁ ହଳଦୀ ପୁଡ଼ିଆ ଦେଇଥିଲା ବୋଲି ଆପଣ ଏବେ କହିଲେ। ଏଥିରୁ କଣ ଜଣା ପଡ଼ିଲା ?

ଏ ତ ଅତି ସାଧାରଣ କଥା। ହିନ୍ଦୁମାନଙ୍କର ପୂଜା ପାର୍ବଣରେ ହଳଦୀ ବ୍ୟବହାର ହୋଇଥାଏ। ଏଥିରେ ମୁଁ କୌଣସି ଗହନ ତତ୍ତ୍ୱ ଦେଖି ପାରୁନାହିଁ।

ମୁଁ ବର୍ତ୍ତମାନ ମୋର ମୂଳ ବକ୍ତବ୍ୟକୁ ଆସୁଛି। ଆପଣଙ୍କୁ ଶେଷରେ ସୁଭଦ୍ରା ହିଁ ସାହାଯ୍ୟ କଲେ। ସେଇ ଜାପାନୀ ମହିଳାର ବେଶରେ।

ଏଥରକ ସୁଜାନ ଗ୍ଲାସରୁ ପାନୀୟ ପୂରା ପିଇଲେ, ସିଗାରେଟ୍‌ରୁ ଶେଷ ଧୂଆଁ ଟାଣି ଉଠି ଛିଡ଼ା ହେଲେ। କହିଲେ, ଜାପାନୀମାନଙ୍କର ରଂଗ କଣ ?

ସେତେବେଳକୁ ଅନ୍ୟ ଅତିଥିମାନେ ଆସି ଯାଇଥିଲେ। ସାମାନ୍ୟ ଭାବରେ ବହି ଉନ୍ମୋଚନର ପର୍ବ ସରିଲା। ମୋର ମନ କିନ୍ତୁ ସେଥିରେ ନ ଥିଲା। ସମସ୍ତେ ଖାଇବା ପିଇବା ପର୍ବରେ ଲାଗିଗଲେ। ମୁଁ ସୁଜାନ କହିଥିବା କଥା ହିଁ ଭାବୁଥିଲି। ତାଙ୍କର ବ୍ୟାଖ୍ୟା ଚମତ୍କାର ଥିଲା ନିଶ୍ଚୟ, କିନ୍ତୁ ତା ରହସ୍ୟକୁ ସମାଧାନ କରୁଥିଲା ନା ଆହୁରି ଜଟିଳ କରି ଦେଉଥିଲା ସେ କଥା ମୁଁ ସ୍ଥିର କରିପାରୁ ନଥିଲି। ପାର୍ଟିରେ ମୋର ଆଉ ମନ ଲାଗୁ ନଥିଲା ଯଦିଓ ଅନ୍ୟମାନେ ସମସ୍ତେ ନିଜକୁ ବେଶ ଉପଭୋଗ କରୁଥିବାର ଜଣା ପଡୁଥିଲେ। ସୁଜାନ ବର୍ତ୍ତମାନ ଆଉ ଜଣେ ଲେଖକଙ୍କ ସହିତ କିଛି ଗଭୀର ଆଲୋଚନାରେ ବ୍ୟସ୍ତ ଥିଲେ।

ପାର୍ଟି ସରି ଆସିଲା। ମୁଁ ସେଠାରୁ ବାହାରିବା ପାଇଁ ସମସ୍ତଙ୍କ ପାଖରୁ ଯାଇ ବିଦାୟ ନେଲି। ଯେତେବେଳେ ସୁଜାନଙ୍କ ସହିତ ହାତ ମିଳାଇଲି, ସେ କହିଲେ, କେମିତି ମୁଁ ଆପଣଙ୍କର ସବୁ ସମସ୍ୟାର ସହଜ ସମାଧାନ କରିଦେଲି, ଦେଖିଲେ?

ମୋର କ୍ୟାମେରାର ସ୍ପିରିଟ ଫଟୋଗ୍ରାଫି ବିଷୟରେ ଶେରଲକ୍ ହୋମ୍ସ୍‌ଙ୍କର ଯଦି କିଛି ମତ ଥାଏ, ଆପଣ ସେ ବିଷୟରେ ମତେ ଜଣାଇଲେ ନାହିଁ।

ସୁଜାନ ସାମାନ୍ୟ ମାତ୍ରାଧିକ ପାନୀୟ ପିଇଥିବାର ସହଜ ହସ ହସିଲେ। କହିଲେ, ମୁଁ ଆପଣଙ୍କୁ କହିବାକୁ ଯାଉଥିଲି, ମତେ କିଏ ଡାକିନେଲା। ମୁଁ ଆପଣଙ୍କୁ କାଲି ଟେଲିଫୋନ୍‌ରେ ଜଣାଇ ଦେବି।

ସୁଜାନଙ୍କ ପାଖରୁ ଫୋନ ନ ଆସିବାରୁ ଦି ଦିନ ପରେ ମୁଁ ହିଁ ଟେଲିଫୋନ କଲି। ମୁଁ କିଛି କହିବା ଆଗରୁ ସେ କହିଲେ, ବ୍ୟସ୍ତ ରହି ମୁଁ ଆପଣଙ୍କୁ ଫୋନ କରି ପାରିଲି ନାହିଁ। ତେବେ ମୁଁ ଯଦି ବର୍ତ୍ତମାନ ଶେରଲକ ହୋମ୍ସ୍‌ଙ୍କ ଭୂମିକା ନିଏ ଆପଣଙ୍କର ଆପତ୍ତି ଅଛି କି ?

ନା, ମୁଁ କହିଲି।

ଆପଣ ନିଶ୍ଚୟ ଆପଣଙ୍କ କ୍ୟାମେରାରେ କେବେ କେବେ ମାଇକ୍ରୋ ଲେନ୍ସ ବି ବ୍ୟବହାର କରନ୍ତି।

ହଁ, ମୁଁ କହିଲି, ମୋ ବହିରେ କେତେ ଗୁଡ଼ିଏ ମିନିଏଚର ଚିତ୍ରର କ୍ଲୋଜ ଅପ୍ ମୁଁ ହିଁ ନେଇଛି। ଆପଣ ନିଶ୍ଚୟ ଦେଖିଥିବେ।

ଆପଣ ଉଭୟ ରଂଗୀନ ଓ କଳାଧଳା ଫଟୋ ପାଇଁ ଗୋଟିଏ କ୍ୟାମେରା ବ୍ୟବହାର କରନ୍ତି। ଏବଂ ଅନେକ ସମୟରେ କିଛି ଫ୍ରେମ ଉଠାଇବା ପରେ କ୍ୟାମେରାରୁ ରୋଲ ବାହାର କରି ଅନ୍ୟ ପ୍ରକାରର ରୋଲ ପକାଇଥାନ୍ତି।

ମୁଁ ପୁଣି ହଁ ଭରିଲି। ବର୍ତ୍ତମାନ ମୁଁ ଜାଣିପାରିଲି ସେ ଏସବୁ କଥା କହି କେଉଁ ଉପସଂହାର ଆଡ଼କୁ ଯାଉଛନ୍ତି। ମୁଁ କହିଲି, ହଁ, ଏ କଥା ସମ୍ଭବ ଯେ ମୁଁ ଦୁଇ ଚାରିଟି କଳାଧଳା ଫଟୋ ଉଠାଇବା ପରେ ସେ ରୋଲଟି ବାହାର କରି କ୍ୟାମେରାରେ ରଙ୍ଗୀନ ରୋଲ ପକାଇ ଥାଇପାରେ; ପରେ ପୁଣି ସେଇ ଅଧା ରୋଲଟି ବ୍ୟବହାର କରିଥାଇ ପାରେ। କିନ୍ତୁ–

ମତେ କହିବାକୁ ନ ଦେଇ ସୁଜାନ କହିଲେ, ଆପଣଙ୍କ କ୍ୟାମେରା କେବେ କେବେ ଅନ୍ୟମାନଙ୍କ ହାତରେ ପଡ଼ିଥାଏ।

ମୁଁ ହଁ କହିବାକୁ ବାଧ୍ୟ ହେଲି। ମୁଁ ଯେତେ ସତର୍କ ରହିଲେ ମଧ୍ୟ ଅନେକଙ୍କୁ ମୁଁ ଦେଖିଛି ମୋର କ୍ୟାମେରା ସହିତ ଖେଳିବାର। ଯଥା ମାଳି, ବାନାମ୍ବର ତଥା

ଧଡ଼ିଆ ରିକ୍‌ସାବାଲା। ଅବଶ୍ୟ ମୁଁ ମଧ୍ୟ କେବେ କେବେ ମୋର କ୍ୟାମେରାରେ ସେମାନଙ୍କୁ ଫଟୋ ଉଠାଇବାକୁ ଦେଇଛି। ମୁଁ ଜାଣିପାରିଲି ସୁଜାନ କଣ କହିବାକୁ ଚାହାନ୍ତି। ସେଇ ଚାରିଟି ଭୌତିକ ଫଟୋ ମୋର ଅଜ୍ଞାତସାରରେ ଉଠାଇଛି ଆଉ କେହି ଏବଂ ସେଇ ରୋଲଟି ଅନ୍ୟ ରୋଲ ସହିତ ମିଶିଯାଇ ଏ ଭଳି ପରିସ୍ଥିତି ଉପୁଜାଇଛି। ମତେ ଆଉ କିଛି ଭାବିବାକୁ ନ ଦେଇ ସୁଜାନ କହିଲେ, ଆପଣଙ୍କର ଚାରିଟିଯାକ ଭୌତିକ ପ୍ରିଣ୍ଟ ବର୍ତ୍ତମାନ ମୋ ସାମନାରେ। ଏଗୁଡ଼ିକ କୌଣସି ମଣିଷର ଆନାଟମିର ଫଟୋ ନୁହେଁ। ଏଗୁଡ଼ିକ କୌଣସି ପଟଚିତ୍ରରୁ ମାଇକ୍ରୋଲେନ୍‌ସରେ ନିଆଯାଇଥିବା ଜଗନ୍ନାଥଙ୍କର ଆଖିର ଚିତ୍ର !

ଆରେ, ଏ ତ ଠିକ କଥା। ଯାହା ସୁଜାନଙ୍କ ଆଖିରେ ଧରା ପଡ଼ିଲା, ମତେ ଅନେକ ଆଗରୁ ଉପଲବ୍ଧି କରିବା ଉଚିତ ଥିଲା। କିନ୍ତୁ ମୁଁ ଫଟୋର ରହସ୍ୟ ନେଇ ଏତେ ବିଚଳିତ ଥିଲି ଯେ ଏ କଥାଟି ମୋର ମୁଣ୍ଡ ଭିତରକୁ ଆସି ନ ଥିଲା। ମୁଁ କିନ୍ତୁ ସୁଜାନଙ୍କ ପାଖରେ ହାରି ନ ଯାଇ କହିଲି, କିନ୍ତୁ ମୁଁ ସେଦିନ ରାତିରେ ଶୋଭାଯାତ୍ରାର ଯେଉଁ ସବୁ ଫଟୋ ଉଠାଇଥିଲି, ତାର ହେଲା କଣ ?

ଏ କଥାର ସିଧା ସଳଖ ଉତ୍ତର ନ ଦେଇ ସୁଜାନ କହିଲେ, କିଛି ରହସ୍ୟର ସମାଧାନ ହୁଏ ନାହିଁ; ସେସବୁ ରହସ୍ୟ ହୋଇ ହିଁ ରହିଯାଏ। ଆପଣ ଏ କଥାକୁ ନେଇ ଗପ ଲେଖି ପାରନ୍ତି !

ଏ ବିଷୟରେ ଗପ ଲେଖିବା ତ ଦୂରର କଥା, ସୁଜାନଙ୍କ ବିଶ୍ଳେଷଣ ପରେ ଏ ବିଷୟରେ ଆଉ ଚିନ୍ତା କରିବାର ଇଚ୍ଛା ନ ଥିଲା ମୋର। ତେବେ ଅନେକ ବର୍ଷ ପରେ ଏ ସବୁ କଥା ମୋର ମନେ ପଡ଼ିଲା ଯେତେବେଳେ ମୁଁ ଆମେରିକାରୁ ଆସିଥିବା ଛାତ୍ର ମାଇକ ସହିତ ମୋର ଗବେଷଣା ବିଷୟରେ ଆଲୋଚନା କରୁଥିଲି। ଏ ଭିତରେ ଓଡ଼ିଶାର ଚିତ୍ରକଳା ବିଷୟରେ ଏକାଧିକ ବହି ପ୍ରକାଶ ପାଇଥିଲା ଏବଂ ଦେଶ ବିଦେଶର ଗବେଷକ ଏ ବିଷୟରେ ଆଗ୍ରହ ପ୍ରକାଶ କରୁଥିଲେ। ମାଇକ ଆସିଥିଲା କୋଉ ଫେଲୋଶିପ ନେଇ ଚିତ୍ରକାରଙ୍କ ଗାଁ ଉପରେ 'ରଘୁରାଜପୁର ରିଭିଜିଟେଡ୍' ବହି ଲେଖିବା ପାଇଁ।

ମୁଁ ସେତେବେଳେ ଭୁବନେଶ୍ୱରରେ ଥିଲି ଏବଂ ବିଭିନ୍ନ କଥା ଭିତରେ ମୁଁ ମାଇକକୁ

ମୋର ଭୌତିକ ଅନୁଭୂତି କଥା କହିଥିଲି। ତାର ପ୍ରତିକ୍ରିୟାରୁ ମୁଁ ଠିକ ଜାଣିପାରୁ ନ ଥିଲି ସେ ଠିକ କଣ ଭାବୁଛି ଏଇ ରହସ୍ୟ କାହାଣୀ ବିଷୟରେ। ଆମେ କିନ୍ତୁ ଦିନେ ଯେତେବେଳେ ସାଙ୍ଗ ହୋଇ ପୁରୀ ଯିବାକୁ ବାହାରିଲୁ ମାଇକ ଆଗ୍ରହ

ଜଣାଇଲା ସେଇ ଭୂତ କୋଠି ଦେଖିବାକୁ। ମୋର ମଧ୍ୟ ଇଚ୍ଛା ହେଲା ଯାଇ ଦେଖିବାକୁ ସେଇ ଘରଟି, ଯେଉଁଠାରେ ମୁଁ ମୋର ଜୀବନର ଅନେକ ସ୍ମରଣୀୟ ଦିନ କଟାଇଥିଲି।

ମୁଁ ରବିନକୁ ଫୋନ କରିବାରୁ ସେ କହିଲା, ତମେ ମତେ ଠିକ ସମୟରେ ଫୋନ କରିଛ। ଆଉ କିଛି ଦିନରେ ବିଲ୍ଡର ସେ ଘରକୁ ଭାଙ୍ଗି ସେଠାରେ ନୂଆ ଘର ତିଆରି କରିବାକୁ ଯାଇଛନ୍ତି।

ରବିନ ପାଖରୁ ଚାବି ନେଇ ମାଇକ ଓ ମୁଁ ଗୋଟିଏ ଗାଡ଼ି ନେଇ ପୁରୀକୁ ବାହାରିଲୁ। ପୁରୀରେ ପହଞ୍ଚିଲା ବେଳକୁ ସଂଧ୍ୟା ହୋଇଗଲା ଏବଂ ମୁଁ ମାଇକକୁ କହିଲି ଯେ ପ୍ରଥମେ ଭୂତକୋଠିକୁ ଦେଖିନେବା ପରେ ଆମେ ଆମର ହୋଟେଲକୁ ଯିବା। ଆମ ଗାଡ଼ି ଯେତେବେଳେ ସେ ଘର ସାମନାରେ ଯାଇ ଅଟକିଲା, ମୋ ଛାତି ଭିତରେ ହଠାତ୍ କିପରି ଏକ ଛନକା ପଶିଲା। ତେବେ ମୁଁ ଆଜି ଏକା ନ ଥିଲି। ମାଇକ ଓ ମୁଁ କବାଟ ଖୋଲି ଭିତରକୁ ପଶିଲୁ। ଆଲୁଅ ଜଳାଇ ଦେଖିଲି ଘରଟି ଠିକ ସେମିତି ଥିଲା ଯେମିତି ମୁଁ ଛାଡ଼ିଥିଲି ଅନେକ ବର୍ଷ ତଳେ। ଆଜି ବିଜୁଳି ବତି ଠିକ ଜଳୁଥିଲା ଏବଂ ବସିବା କୋଠରୀଟି ଏତେ ରହସ୍ୟମୟ ଦେଖାଯାଉ ନ ଥିଲା ଯାହା ମୁଁ କଳ୍ପନା କରି ଆସିଥିଲି। ମୁଁ ମନେକଲି ମୁଁ ଯଦି ଇଚ୍ଛା କରେ ବସିବା ଘରର ସିଡ଼ି ଉପରକୁ ଉଠି ନିର୍ଭୟରେ ସେଇ ଅନ୍ଧ କୋଠରୀର ରହସ୍ୟ ବି ଉଦ୍‌ଘାଟନ କରି ପାରିବି।

ଶୋଇବା ଘର ଟେବୁଲ ଉପରେ ଆଉ ସେଇ ସୁଭଦ୍ରା ମୁଖା ବା ଆଙ୍ଗାମାଳ ନ ଥିଲା। ତେବେ ଆଉ ସବୁ ଆସବାବ ପତ୍ର ଠିକ ସେମିତି ଥିଲା ଯାହା ମୁଁ ଦେଖିଥିଲି ଅନେକ ବର୍ଷ ଆଗେ। ଏ ସବୁ ସେଇଭଳି ରହିଥିବେ ବିଲ୍ଡର ଆସି ଘରଟିକୁ ପୂରା ଭାଙ୍ଗି ଦେବା ପର୍ଯ୍ୟନ୍ତ। ମାଇକ ଓ ମୁଁ ବିନା କଥାବାର୍ତ୍ତାରେ କୋଠରୀଗୁଡ଼ିକୁ ବୁଲି ଦେଖିଲୁ। ମୁଁ ପୁଣି ଥରେ ଫେରିଯିବାକୁ ଚାହିଁଲି ଏଠାରେ କଟାଇଥିବା ସେଇ ରହସ୍ୟମୟ ଦିନଗୁଡ଼ିକୁ ଏବଂ ଆଖି ବନ୍ଦକରି ସମୁଦ୍ର ଓ ଝାଉଁବଣକୁ ଶୁଣିଲି, କିନ୍ତୁ ସେଥିରେ ଯେପରି ଆଉ ସେ ଦିନର ଭୟମିଶା ସମ୍ମୋହନ ନ ଥିଲା।

ଏଥରକ ବାହାରକୁ ଯିବା ପାଇଁ ମୁଁ ସବୁ ଘରର ଆଲୁଅ ଲିଭାଇଲି ଓ ଶେଷରେ ବସିବା ଘରର ଆଲୁଅ ଲିଭାଇ ବାହାର କବାଟରେ ଚାବି ଲଗାଇଲି। ଅନ୍ଧାର ଘରଟିକୁ ପଛରେ ରଖି ଆମେ ଛୋଟ ବଗିଚା ପାରି ହୋଇ ରାସ୍ତା ପାଖ ଫାଟକ ପାଖରେ ପହଞ୍ଚିଲୁ। ଏଇ ସମୟରେ ସେଇ ବିସ୍ମୟକର ଘଟଣାଟି ଘଟିଲା। ବନ୍ଦ ଝରକା ଦେଇ ଦେଖାଗଲା ଯେ ଭୂତକୋଠି ବସିବା ଘରର ଟ୍ୟୁବ ଲାଇଟଟି ହଠାତ୍ ଜଳି ଉଠିଲା। ମୁଁ ତ ଚମକି ପଡ଼ିଲି ; ମାଇକ ମଧ୍ୟ ମୁହୂର୍ତ୍ତେ ପାଇଁ ସ୍ତବ୍ଧ

ହୋଇ ରହିଗଲା। ମୁଁ ଆଉ ଥରେ ଭିତରକୁ ଯାଇ ସେଇ ଭୌତିକ ଆଲୁଅକୁ ଲିଭାଇବାର ମନୋବୃତ୍ତିରେ ନ ଥିଲି। ମାଇକ କଣ କହିବାକୁ ଯାଉଥିଲା, ମୁଁ ତାକୁ ଟାଣି ନେଇ କହିଲି, ଚାଲ ଯିବା।

ମାଇକ ତର୍କସଂଗତ ପିଲା ଥିଲା ଏବଂ ମୁଁ ଜାଣିଥିଲି ସେ କଣ କହିବାକୁ ଯାଉଥିଲା। ଏଇ ପୁରୁଣା ଘରମାନଙ୍କରେ ବିଜୁଳି ତାର ପୁରୁଣା ହୋଇ ଅନେକ ସମୟରେ କନେକ୍ଶନ୍ ଢିଲା ହୋଇ ଯାଇଥାଏ। କିମ୍ବା, ସୁଇଚ ପୁରୁଣା ହୋଇ ଠିକ ଭାବରେ କାମ କରେ ନାହିଁ। କିମ୍ବା, ଟ୍ୟୁବଲାଇଟ ଜଳିବାକୁ ସମୟ ନେଇଥାଏ। କିମ୍ବା ଏଭଳି ଆଉ କୌଣସି ବ୍ୟାଖ୍ୟା। ବର୍ତ୍ତମାନ କିନ୍ତୁ ମୋର ଆଦୌ ଦରକାର ନ ଥିଲା ଏଇ ରହସ୍ୟର କୌଣସି ସ୍ପଷ୍ଟୀକରଣ। ସବୁ ରହସ୍ୟର ହୁଏ ତ ବ୍ୟାଖ୍ୟା ଅଛି, ମୁଁ ମନେମନେ ଭାବିଲି; ସୁଜାନ କିନ୍ତୁ ଠିକ କହିଥିଲା, କିଛି ରହସ୍ୟ ରହିଯିବା ଉଚିତ ସେଇଭଳି ରହସ୍ୟ ହୋଇ।

—

ଇନ୍ଦ୍ରଧନୁ

ବର୍ଷା ବର୍ଷା ବର୍ଷା, ବର୍ଷା ବର୍ଷା। ଏତେ ବର୍ଷା ସେ ଜୀବନରେ କେବେହେଲେ ଦେଖି ନ ଥିଲା। ମଟରଗାଡ଼ିଟି ବର୍ତ୍ତମାନ ଯେପରି ରାସ୍ତା ଉପରେ ଚାଲୁ ନ ଥିଲା, ପହଁରୁଥିଲା ସମୁଦ୍ର ପାଣିରେ। ସକାଳେ ବାହାରିବା ବେଳକୁ ଛମ ଛମ ଖରା ଥିଲା; ଅବିନାଶ ଭାବିଥିଲା ତିନି ଘଣ୍ଟା ଭିତରେ ଅତି ଆରାମରେ ସେମାନେ ଖାଇବା ବେଳକୁ ପହଞ୍ଚିଯିବେ। ଅଧା ରାସ୍ତାରେ ମେଘ ଦେଖାଯିବାରୁ ତା ମନ ଉଦାସ ହୋଇ ଯାଇଥିଲା। ତାପରେ ବିନ୍ଦୁ ବିନ୍ଦୁ ବର୍ଷା, ପୁଣି ଝିପିରି ଝିପିରି, ଆଉ ଏବେ ଆକାଶ ଭଙ୍ଗା ଧାରାସମ୍ପାତ। ରାସ୍ତା ଠିକରେ ଦେଖାଯାଉ ନ ଥିଲା। ଗାଡ଼ି ଚଳାଇବାକୁ କଷ୍ଟ। ରାସ୍ତା ଧାରରେ ଗାଡ଼ି ରଖି କିଛି ସମୟ ଅଟକିଗଲେ ହେବ, ଭାବିଲା ଅବିନାଶ। ପୁଣି ଭାବିଲା, ବରଂ ଧୀରେ ଧୀରେ ଗାଡ଼ି ଚଳାଇ ସେ କୌଣସିମତେ ଗନ୍ତବ୍ୟସ୍ଥଳରେ ପହଞ୍ଚି ଯିବ। ତାର ହିସାବ ଅନୁସାରେ ଆଉ ବେଶି ଦୂର ଯିବାର ବି ନ ଥିଲା।

ସାମନାରେ ଦେଖା ଯାଉ ନ ଥିବା ରାସ୍ତା ଉପରୁ ଆଖି ଫେରାଇ ବାଁ ପାଖେ ବସିଥିବା ଝିଅଟି ଆଡ଼କୁ ମୁହୂର୍ତ୍ତେ ଅନାଇଲା ଅବିନାଶ। ସେ ସଂପୂର୍ଣ୍ଣ ଅବିଚଳିତ ହୋଇ ସାମନାକୁ ଅନାଇ ବସି ରହିଥିଲା ଓ ମନେ ମନେ ଯେପରି କୌଣସି ଗୀତ ଗାଉଥିଲା। ତାକୁ ଦେଖି ଅବିନାଶର ମନ ଭିତରେ କିଛି ବିରକ୍ତି ଆସିଲା। ଗାଡ଼ି ଚଳାଇବାରେ ତାର କୌଣସି ସହାୟତା କରି ନ ପାରିଲେ ବି ସେ ତାର କଷ୍ଟ ଓ ଚିନ୍ତା ପାଇଁ ଅନ୍ତତଃ ସହାନୁଭୂତି ତ ଦେଖାଇ ପାରିଥାନ୍ତା ! ଏ ଭଳି ସ୍ତ୍ରୀ ଲୋକ ସହିତ କିପରି ସେ ଦୁଇ ଦିନ- ବା ଠିକରେ କହିଲେ ଦୁଇ ରାତି କଟାଇବ ଭାବି ପୁଣି ତାର ମନ ସନ୍ଦିଗ୍ଧ ହୋଇଗଲା। ତେବେ ଆଶ୍ୱାସନା ଥିଲା ଯେ ଭଲ ନ ଲାଗିଲେ ସେ ପୂରା ଦି ଦିନ ସେଠାରେ ନ ରହି ଆଗରୁ ଫେରି ଆସି ପାରିବ।

ସହର ଛାଡ଼ିବା ବେଳକୁ କେବଳ ପାଗ ଯେ ଭଲ ଥିଲା ତା ନୁହେଁ। ତାର ମନ ବି ସାମାନ୍ୟ ହାଲୁକା ଥିଲା। ପାଖରେ ବସିଥିବା ଝିଅଟିର ସାନ୍ନିଧ୍ୟ ତାକୁ ଉତ୍ଫୁଲ୍ଲ

କରୁଥିଲା ଏବଂ ପଛ କଥା ଭୁଲିଯାଇ ସେ ଭାବୁଥିଲା ଏଇ ସମୟତକ ତା ପାଇଁ କି ଆନନ୍ଦ ଆଣିଦେବ। ତେବେ ଏଇ ଅବସ୍ଥା ଅତି କ୍ଷଣସ୍ଥାୟୀ ଥିଲା। କିଛି ଦୂର ଯାଉ ନ ଯାଉଣୁ ପୁରୁଣା ଭାବନା ଚିନ୍ତା ମୁଣ୍ଡ ଭିତରକୁ ପଶିଲେ। ତାର ମନେହେଲା ଯେପରି ଅଫିସରୁ ଛୁଟି ନେଇ ଚାଲି ଆସିବା ଗୋଟିଏ ଭୁଲ ନିର୍ଣ୍ଣୟ ଥିଲା। ତାର ଅବର୍ତ୍ତମାନରେ ଅଫିସର କର୍ତ୍ତା ତାର କଣ ସବୁ କ୍ଷତି କରି ପାରନ୍ତି, ମନକୁ ଆସିଲା ସେ ସବୁ ଦୁଶ୍ଚିନ୍ତା। ତେବେ ଅଫିସରେ ତା ପାଇଁ ଯେଉଁ ପରିସ୍ଥିତି ସବୁ ସୃଷ୍ଟି ହୋଇଥିଲା, ଛୁଟି ନେଇ ପଳାଇ ଆସି ନ ଥିଲେ ଆଉ କିଛି ଦିନରେ ସେ ପାଗଳ ହୋଇ ଯାଇଥାନ୍ତା। ଅଥବା, ଆତ୍ମହତ୍ୟା କରିବା କଥା ଭାବିଥାନ୍ତା !

ଏଇପରି ଶୋଚନା ଭିତରେ ସେ ସାମାନ୍ୟ ଅନ୍ୟମନସ୍କ ହୋଇଗଲା ଓ ସେଥି ଯୋଗୁ ସାମନାରୁ ଆସୁଥିବା ଗାଡ଼ି ସହିତ ଧକ୍କା ଲାଗିବା ଅବସ୍ଥା। ଶାନ୍ତା ତା କାନ୍ଧ ଉପରେ ହାତ ରଖି କହିଲା, ଧୀରେ ଧୀରେ। ପ୍ରକୃତିସ୍ଥ ହୋଇ ଅବିନାଶ ସଜାଗ ହୋଇ ବସିଲା, ଏବଂ ଗାଡ଼ି ଚଲାଇବାରେ ଧ୍ୟାନ ଦେଲା। ଯଦି କୌଣସି ଦୁର୍ଘଟଣା ଘଟେ, ଭୟଙ୍କର ସମସ୍ୟା ଉପୁଜିବ ତା ପାଇଁ। ଅଫିସରେ ସେ ଜଣାଇଥିଲା ବ୍ୟକ୍ତିଗତ କାମରେ ଗାଁକୁ ଯାଉଛି ; ସ୍ତ୍ରୀକୁ କହିଥିଲା ଅଫିସ କାମରେ ଯାଉଛି ପାଖ ସହରକୁ। ତା ପାଖରେ କୌଣସି ବି ଉପାୟ ନ ଥିଲା କାହାରିକି ବୁଝାଇବାର ସେ କାହିଁକି ଜଣେ ଅଜଣା ସ୍ତ୍ରୀ ଲୋକ ସହିତ ଏଇ ଅବେଳରେ ରହିଥିଲା ଅଭୟାରଣ୍ୟ ଯିବାର ରାସ୍ତା ମଝିରେ !

ସାମାନ୍ୟ ପ୍ରକୃତିସ୍ଥ ଥିଲେ ସେ କଦାପି ଏ ଭଳି ଏକ ଦୁଃସାହସ କରି ନ ଥାନ୍ତା। ଏଥିପାଇଁ ସଂପୂର୍ଣ୍ଣ ଦାୟୀ ଥିଲା ତାର ପିଲା ଦିନର ସାଙ୍ଗ ମୋହନ। ଅବିନାଶ ନିଜେ ଧୀର ସ୍ଥିର ଶାନ୍ତ ଘରୋଇ ପ୍ରକୃତିର ଥିଲା ; ମୋହନ ତାର ପୂରାପୂରି ଓଲଟା : ଦାୟିତ୍ୱହୀନ, ଫୁର୍ତ୍ତିବାଜ, ମୁହୂର୍ତ୍ତରୁ ମୁହୂର୍ତ୍ତକୁ ବଞ୍ଚୁଥିବା ମଣିଷ। ସେ ହିଁ ତାକୁ ପରିଚୟ କରାଇ ଦେଇଥିଲା ଶାନ୍ତା ସହିତ। ଟୋନି ଓ ଶାନ୍ତାକୁ ସେମାନେ ଭେଟିଥିଲେ ସପ୍ତାହେ ତଳେ କଫି ହାଉସରେ। ଅନେକ ଭାବି ଚିନ୍ତି, ଯେତେବେଳେ ଅଫିସ୍‌ର ସମସ୍ୟା ତା ପାଇଁ ଅସହନୀୟ ହୋଇ ଉଠିଲା, ସେ ରାଜି ହୋଇଥିଲା ମୋହନର କଥାରେ, ଶାନ୍ତା ସହିତ ଦୁଇଦିନ କଟାଇବା ପାଇଁ। ମୋହନ ମତରେ ଅବିନାଶ ଯଦି ପୂରାପୂରି ଅଫିସ କଥା ଭୁଲିଯାଇ ଦୂରରେ କେଉଁଠାରେ ସମୟ କଟାଇପାରେ, ସେଠାରୁ ଫେରିବା ବେଳକୁ ସମର୍ଥ ହୋଇ ଯାଇଥିବ ନିଜର ସମସ୍ୟାକୁ ସାମନା କରିବା ପାଇଁ।

ବର୍ତ୍ତମାନ ବର୍ଷାର ମଳିନତା ଭିତରେ ଗାଡ଼ି ଚଳାଉ ଚଳାଉ ସେ ଭାବୁଥିଲା ଯେ ମୋହନର ପ୍ରରୋଚନାରେ ଏଭଳି ରାସ୍ତାକୁ ପାଦ ବଢ଼ାଇବା ଯେ ସଂପୂର୍ଣ୍ଣ ନିରର୍ଥକ ଥିଲା ତା ନୁହେଁ, ଥିଲା ଅତି ଅବିବେକୀ ଓ ବିପଜ୍ଜନକ। ତେବେ ସେ

ଯେତେବେଳେ ଷ୍ଟେସନ ପାଖରେ ହାତରେ ବ୍ୟାଗ ଧରି ଅପେକ୍ଷା କରୁଥିବା ଶାନ୍ତାକୁ ଗାଡ଼ିରେ ବସାଇଲା, ତା ମନରୁ ସବୁ ଦୁର୍ଭାବନା ଦୂର ହୋଇଗଲା। ଆଗରୁ କଫି ହାଉସରେ ଥରେ ମାତ୍ର ଭେଟିଥିବା ଶ୍ୟାମଳୀ ରଙ୍ଗର ଭରପୂର ଝିଅଟି ଅତି ସୁନ୍ଦରୀ ନ ଥିଲେ ବି ଖୁସି ଖୁସି ଚେହେରାର ଥିଲା, ଖୁବ ଭଦ୍ର ଭାବରେ ବ୍ୟବହାର କରୁଥିଲା ଏବଂ ତା ସହିତ କଥାବାର୍ତ୍ତା ବେଳେ ମନେ ହେଉଥିଲା ଯେପରି ସେ ତାର ଅନେକ ଦିନର ଜଣାଶୁଣା।

ଶାନ୍ତାକୁ ଦେଖିଲେ ତାର କାହିଁକି କେଜାଣି ମନେପଡ଼ି ଯାଉଥିଲା ସେଇ କେବେକାର କଲେଜ ଦିନର ଝିଅଟି କଥା, ଯାହା ସହିତ ଅତି ସାମାନ୍ୟ ସଂପର୍କକୁ ସେ ସେତେବେଳେ ପ୍ରେମ ବୋଲି ମନେ କରିଥିଲା, କିନ୍ତୁ ଯେଉଁ ସଂପର୍କଟି ଆଉ ଆଦୌ ଆଗକୁ ବଢ଼ି ନ ଥିଲା। ଝିଅଟିର ଚେହେରା ଠିକ ମନେ ପଡୁ ନ ଥିଲା; ସେ କୁଆଡ଼େ ଗଲା କଣ କଲା ସେ ଖବର ବି ନ ଥିଲା ତା ପାଖରେ। ଝିଅଟି କଥା ମନେ ପଡ଼ିଲେ ନିଜର ଅପରିପକ୍ୱତାର କଥା ହିଁ ମନକୁ ଆସୁଥିଲା ଅବିନାଶର। ସେତେବେଳେ ସେ ଝିଅଟିକୁ ଭେଟିବାକୁ ଭୟରେ ଭୟରେ ତାର ହଷ୍ଟେଲକୁ ଯାଉଥିଲା ଏବଂ ଅତି ପିଲାଳିଆ ଚିଠିମାନ ଲେଖୁଥିଲା। ଝିଅଟି କିନ୍ତୁ ତାଠାରୁ ଅଧିକ ବ୍ୟବସ୍ଥିତ ଓ ସନ୍ତୁଳିତ ଥିଲା। ଯେଉଁ କଥାଟି ତାକୁ ଅବିବେକୀ ପ୍ରମାଣ କରି ଲଜ୍ଜିତ କରୁଥିବାରୁ ଅବିନାଶ ତାକୁ ପାଶୋରି ଦେବାକୁ ଚାହୁଁଥିଲା, ସେଇକଥା ବର୍ତ୍ତମାନ ହଠାତ୍ ମନକୁ ଆସିଲା। ଝିଅଟି ତାକୁ ଦିନେ କହିଥିଲା, ଆପଣ ହଷ୍ଟେଲ ରେଜିଷ୍ଟରରେ ନିଜର ନାଁ ଲେଖିଲା ବେଳେ ଦୟାକରି ସଂପର୍କ ଭାଇ ବୋଲି ଲେଖିବେ ନାହିଁ। ସେ ମୁହଁ ପୋତି ଚାଲି ଆସୁଥିଲା; ଝିଅଟି ତାକୁ ପଛକୁ ଡାକି କହିଥିଲା, ଆଉ ଗୋଟେ କଥା, ଲଫାପା ଉପରେ ଲୋକାଲ ବୋଲି ନ ଲେଖିଲେ ବି ଚଳିବ !

ସତରେ କେଡ଼େ ନିର୍ବୋଧ ଥିଲା ସେତେବେଳେ ସେ। ଏବେ କି କଣ ସେ ସେଇଭଳି ରହି ଯାଇଛି ? ତାର ମନକୁ ଆସିଲା ତାର ଘରସଂସାରର ପୂର୍ଣ୍ଣତା ଓ ଚାକିରିରେ ସଫଳତା କଥା। ପୁଣି ଅନ୍ୟ ଭାବରେ ଦେଖିଲେ ପାରିବାରିକ ଜୀବନର ସଂପୂର୍ଣ୍ଣ ପ୍ରତ୍ୟାଶିତ ନିତ୍ୟନୈମିତିକତା ଓ ଅଫିସ୍‌ର ଅପ୍ରୀତିକର ପରିବେଶ। ଉଭୟରୁ ଉପଶମ ପାଇଁ ସେ ଯେଉଁ ଦୁଇ ଦିନର ବିରତି ଖୋଜୁଥିଲା, ତା ବି ବର୍ତ୍ତମାନ ଜଣା ପଡୁଥିଲା ଯେପରି ଝଡ଼ବର୍ଷାରେ ଉଚ୍ଛନ୍ନ ହୋଇଯିବ। ଏଇ ଭଳି ନକାରାତ୍ମକ ମନସ୍ଥିତି ବେଳେ ଶାନ୍ତା କହିଲା, ଆମେ ପହଞ୍ଚିଗଲେ। ନିଜର ଚିନ୍ତା ବାହାରକୁ ଆଖି ପକାଇ ଅବିନାଶ ଦେଖିଲା କିଛି ଦୂର ଆଗରେ ଥିଲା ଫରେଷ୍ଟ ବଙ୍ଗଳାର ଫାଟକ। ଭିତରକୁ ପଶି ତାର ଗାଡ଼ି ଯେତେବେଳେ ପୋର୍ଟିକୋ ତଳେ ଅଟକିଲା, ପ୍ରଥମ ଥର ପାଇଁ

ଏତେ ସମୟ ପରେ କ୍ରମାଗତ ବର୍ଷାର ଆକ୍ରମଣରୁ ରକ୍ଷା ପାଇ ଅବିନାଶ ଶାନ୍ତିର ନିଶ୍ୱାସ ନେଲା।

ବଙ୍ଗଳାରେ ଆଉ କେହି ରହୁ ନ ଥିଲେ। ଦାୟିତ୍ୱରେ ଥିବା ଲୋକଟି ତାକୁ ଚାରିଟି ଯାକ କୋଠରୀ ଦେଖାଇ ଯେଉଁଟି ପସନ୍ଦ ନେବା ପାଇଁ କହିଲା। ଶାନ୍ତା ବାଛିଲା କଣରେ ଥିବା ନିରୋଳା କୋଠରୀଟି, ଯାହାର ପଛ ପାଖରେ ବସାଉଠା କରିବା ପାଇଁ ପ୍ରଶସ୍ତ ବାରଣ୍ଡା ଥିଲା ଏବଂ ଯେଉଁଠାରୁ ଏକ ଖୋଲା ଉପତ୍ୟକା ଦେଖା ଯାଉଥିଲା। କୋଠରୀ ଭିତରକୁ ନିଜର ଜିନିଷ ନେଇ ରଖିବାବେଳେ ଅବିନାଶକୁ ତଥାପି ଚିନ୍ତାକୁଳ ଦେଖି ଶାନ୍ତା କହିଲା, ରିଲାକ୍ସ୍ ; ଆମକୁ କେତେ ସୁନ୍ଦର ଗୋଟିଏ କୋଠରୀ ମିଳିଲା। ଅବିନାଶ କହିଲା, କିନ୍ତୁ ଏ ବର୍ଷାର କଣ କରାଯିବ? ଶାନ୍ତା କହିଲା, ପ୍ରତ୍ୟେକ କଳା ମେଘର ଗୋଟିଏ ରୂପେଲୀ ଆସ୍ତରଣ ବି ଥାଏ। ଏତେ ବର୍ଷାରେ ଆଉ କେହି ଆସିବେ ନାହିଁ, ଏବଂ ପୂରା ବଙ୍ଗଳାଟି ଆମର।

ଏଇ ବର୍ଷା ଅନ୍ଧାର ଭିତରେ କିନ୍ତୁ ମୋର ଡିପ୍ରେଶନ ଆସୁଛି, କହିଲା ଅବିନାଶ।

ମୋର କଣ ମନେ ହେଉଛି ଜାଣ ଏତେବେଳେ? ଆମେ ଯେମିତି ପ୍ରକୃତ ପୃଥିବୀରେ ନାହୁଁ, ରହିଛେ ଏକ ସ୍ୱପ୍ନ ଭିତରେ। ତା ଠାରୁ ବଳି ଆଉ କି ଖୁସି ଥାଇ ପାରେ ?

ସେମାନଙ୍କର ପହଞ୍ଚିବାର ଥିଲା ଗୋଟାଏ ବେଳେ, କିନ୍ତୁ ଡେରି ହୋଇଗଲା ରାସ୍ତାରେ। ଚୌକିଦାର ସେମାନଙ୍କୁ ଖାଇବା କଥା ପଚାରିଲା ଓ ପାଖ ଘରେ ବାଢ଼ିବା ପାଇଁ ଚାଲିଗଲା। ବର୍ତ୍ତମାନ କୋଠରୀରେ କେବଳ ଅବିନାଶ ଓ ଶାନ୍ତା ଥିଲେ। ଅବିନାଶ କୋଠରୀର କବାଟ ବନ୍ଦ କଲା ଓ ଶାନ୍ତାକୁ ଜଡ଼ି ଧରି ଚୁମା ଖାଇଲା। ଶାନ୍ତା ତା କାନ୍ଧକୁ ଥାପୁଡ଼ାଇ କହିଲା, ତରତର ହେବାର କିଛି ନାହିଁ ; ଆମ ପାଖରେ ଦି ଦିନ ସମୟ ଅଛି। ଆଗେ ଟିକିଏ ରହିବା କଥା ଠିକଠାକ କରିନେବା।

ଏତିକି କହି ସେ ଯାଇ କବାଟ ଖୋଲି ଦେଲା ଓ ନିଜ ବ୍ୟାଗରୁ ଜିନିଷ ପତ୍ର ବାହାର କରି ସଜାଇବାରେ ଲାଗିଲା। ଅବିନାଶ ତଥାପି ନିଜକୁ ପ୍ରକୃତିସ୍ଥ କରି ପାରି ନଥିଲା; ବର୍ଷାରେ ଗାଡ଼ି ଚଳାଇ ଆସିବାର କଷ୍ଟ, ମନର କୋଣରେ ଅଫିସ ଚିନ୍ତା ତାକୁ ଛାଡ଼ି ନ ଥିଲେ ଏ ପର୍ଯ୍ୟନ୍ତ। ସେ ଯେପରି ସବୁକିଛି କରୁଥିଲା ଯନ୍ତ୍ର ଭଳି, ଯେପରିକି ଶାନ୍ତାକୁ ବାହୁରେ ଧରିବା, ଯେଉଁଥିରେ କୌଣସି ଉତ୍ତେଜନା ନ ଥିଲା, ଥିଲା କେବଳ କର୍ତ୍ତବ୍ୟର ଦାବୀ। ଶାନ୍ତାର ଦେଖାଦେଖି ସେ ନିଜର ସୁଟକେସରୁ ଜିନିଷ

ବାହାର କରି ରଖିବାରେ ମନ ଦେଲା। ଶାନ୍ତା ବାଥରୁମ ଭିତରକୁ ଯାଇ କବାଟ ବନ୍ଦ କଲା।

ଅବିନାଶ ଜାଣୁଥିଲା ଯେ ସେ ବର୍ତ୍ତମାନ କଳ୍ପନା କରିବା ଉଚିତ ଖାଲି ଦେହରେ ଶାନ୍ତା କିପରି ଦେଖା ଯାଉଥିବ। କିନ୍ତୁ ତା ମନକୁ ଆସୁଥିଲା ତାର ଉପରିସ୍ଥ କର୍ତ୍ତା ଆଚାରୀ କଥା। ଆଚାରୀ ତା ସହିତ ଭଦ୍ର ଭାବରେ ବ୍ୟବହାର କରୁଥିଲା, କିନ୍ତୁ କିଛି ଦିନ ହେଲା ସଂପର୍କ ଯେପରି ଶୀତଳ ହୋଇ ଯାଇଥିଲା। ଅବିନାଶର ଗୋଟିଏ ଅନିଚ୍ଛାକୃତ ଛୋଟ ଭୁଲ ଯୋଗୁ କମ୍ପାନୀର ବଡ଼ ଧରଣର କ୍ଷତି ହୋଇଥିଲା ଏବଂ ଅବିନାଶ ଭାବୁଥିଲା ଯେ ଆଚାରୀ ତାକୁ ରକ୍ଷା କରିବାରେ ଯଥେଷ୍ଟ ସାହାଯ୍ୟ ଓ ସମର୍ଥନ କରୁ ନ ଥିଲା। ସେଇ କଥାରୁ ଆରମ୍ଭ କରି ଅଫିସରେ ତାର ସ୍ଥିତି ଖରାପ ହେବାରେ ଲାଗିଥିଲା ଏବଂ କେତେବେଳେ ଯେ ହେଡ୍ ଅଫିସରୁ କିଛି ପ୍ରତିକୂଳ ଆଦେଶ ଆସିବ ସେଇ ଭୟରେ ରହୁଥିଲା ଅବିନାଶ। ଆଚାରୀ ନିଶ୍ଚୟ ହେଡ ଅଫିସର ମତିଗତି ବିଷୟରେ ଅବଗତ ଥିଲା, କିନ୍ତୁ ସେ ଅବିନାଶକୁ ନିଜର ବିଶ୍ୱାସକୁ ନେଉ ନ ଥିଲା। ଅବିନାଶ ଆଚାରୀକୁ ଖୋସାମତ କରିବାକୁ ଚାହୁଁ ନ ଥିଲା, କିନ୍ତୁ ମନ ଭିତରେ ଭୟ ବି ରହୁଥିଲା ଚାକିରି ଚାଲି ଯିବାର। ଆଚାରୀର ପ୍ରତ୍ୟେକ କଥାରେ ସେ ବର୍ତ୍ତମାନ ନିଜ ପ୍ରତି ବିଦ୍ୱେଷ ଓ ଶତ୍ରୁତା ଦେଖିବାକୁ ଆରମ୍ଭ କଲା। ଏଇ ସବୁ ପରିସ୍ଥିତିରେ ତାର ଭୟ ହେଲା ଯେ ସେ ନିଜ କାମରେ ଆହୁରି ଆହୁରି ଭୁଲ କରି ବସିବ।

ଶାନ୍ତା ବାଥରୁମରୁ ବାହାରିଲା ଓ ଚୌକିଦାର ଆସି ଖାଇବାକୁ ଡାକିଲା। ଅବିନାଶ ହାତ ମୁହଁ ଧୋଇ ଶାନ୍ତାକୁ ନେଇ ଖାଇବା ଟେବୁଲକୁ ଗଲା। ଚୌକିଦାର ସେମାନଙ୍କୁ ଖାଇବାର ବାଢ଼ିଲା ; କହିଲା, ଆଜି ମାଛ ମାଉଁସ ନାହିଁ। ବର୍ଷାରେ ବଜାରକୁ ଯାଇ ହେଲା ନାହିଁ। ଅବିନାଶ କହିଲା, ବର୍ଷା ତ ବନ୍ଦ ହେବା ଭଳି ଦେଖା ଯାଉ ନାହିଁ ; ରାତିକି କଣ କରିବ ?

ସକାଳେ ଯେମିତି ଖରା ହଉଥିଲା, କିଏ ଜାଣିଥିଲା ଏତେ ବର୍ଷା ହେବ ବୋଲି ? ବଜାର ତ ଏଠୁ ବେଶ ଦୂର। ଦେଖିବା ଯଦି ବର୍ଷା ଟିକିଏ ଛାଡ଼ି ଯାଏ।

ଅବିନାଶ କହିଲା, ତା ହେଲେ ତମେ କଣ ଆମକୁ ରାତିରେ ଉପାସ ରଖିବ ନା କଣ ? ଚୌକିଦାର କହିଲା, ଆଜ୍ଞା ଏବେ ମୁଁ ଏକା ଲୋକ...। ଅବିନାଶ ବିରକ୍ତ ହୋଇ ତାକୁ କଣ କହିବାକୁ ଯାଉଥିଲା, ଶାନ୍ତା ପଚାରିଲା, ତମର ନାଁ କଣ ?

ନରି, ଜବାବ ଦେଲା ଚୌକିଦାର।

ନରସିଂହ ନା ନରେନ୍ଦ୍ର ? ଶାନ୍ତା ପଚାରିଲା।

ଚୌକିଦାର କହିଲା, ନରହରି।

ଖାଉ ଖାଉ ଅବିନାଶ କହିଲା, ଡାଲି ଲୁଣିଆ ହୋଇ ଯାଇଛି। ନରହରିକୁ ଜବାବ ଦେବାର ଅବସର ନ ଦେଇ ଶାନ୍ତା କହିଲା, ଆଜି ରାତିରେ ମୁଁ ରାନ୍ଧିବାରେ ସାହାଯ୍ୟ କରିବି; ଡାଲି ତରକାରିରେ ଲୁଣ ଠିକ ରହିବ। ତା କଥାରୁ ସାହସ ପାଇ ନରହରି କହିଲା, କଥା କଣ କି ଆମର ରୋଷେଇଆ ଛୁଟିରେ ଯାଇଛି। ମୁଁ କୌଣସିମତେ କାମ ଚଳେଇ ଦଉଚି। ସେ ଫେରିବାର ଥିଲା ଆଜି। କିନ୍ତୁ ଯେମିତି ବର୍ଷା ହଉଚି, କେତେବେଳେ ଫେରିବ କେଜାଣି ?

ଖାଇ ସାରି ହାତ ମୁହଁ ଧୋଇ ନିଜ କୋଠରୀକୁ ଫେରିଲେ ଦୁହେଁ। ଝରକା ଦେଇ ବର୍ଷା ଛିଟିକା ପଡୁଥିଲା; ଶାନ୍ତା ଝରକା ବନ୍ଦ କରିଦେଲା। ଘର ଭିତର ଅନ୍ଧାରୁଆ ହୋଇଗଲା। ଶାନ୍ତା ପଚାରିଲା, କଣ ଆଲୁଅ ଜଳାଇ ଦେବି ? ଅବିନାଶ କହିଲା, ଥାଉ। ସେ ଯାଇ ତାର ପ୍ୟାଣ୍ଟସାର୍ଟ ବଦଳାଇ ପାଜାମା କୁର୍ତ୍ତା ପିନ୍ଧିଲା, ବିଛଣା ଉପରେ ଶୋଇ ପଡ଼ି ଶାନ୍ତାକୁ କହିଲା, ଏଠିକି ଆସ। ଶାନ୍ତା ଟେବୁଲ ପାଖକୁ ଯାଇ ବାଳରୁ କ୍ଲିପ୍ ଖୋଲିଲା, କପାଳରୁ ବିନ୍ଦି ବାହାର କରି ତାକୁ ଦର୍ପଣ ଉପରେ ଲଗାଇ ଦେଲା, ବେକରୁ ହାର ବାହାର କରି ଟେବୁଲ ଉପରେ ରଖିଲା ଓ ଯାଇ ଅବିନାଶ ପାଖରେ ଶୋଇଗଲା। ଅବିନାଶ ତାକୁ ପାଖକୁ ଟାଣି ନେଉଥିଲା, ଶାନ୍ତା କହିଲା, ଗୋଟେ ମିନିଟ। ଉଠିଯାଇ ସେ ଟେବୁଲ ଉପରେ ରଖିଥିବା ଫଟୋଟିକୁ ଘୁଞ୍ଚାଇ ରଖିଦେଲା ଓ ବିଛଣାକୁ ଫେରି ଆସିଲା। କହିଲା, ଠାକୁରଙ୍କ ମୁହଁ ମୁଁ କାନ୍ଥ ଆଡ଼କୁ କରିଦେଲି।

କି ଠାକୁର ? ଶାନ୍ତା ମନେ ମନେ କଣ ମନ୍ତ୍ର ଆବୃତ୍ତି କଲା ଓ ଟିକିଏ ପରେ ଜବାବ ଦେଲା, ତମେ ଏବେ ଠାକୁରଙ୍କ କଥା ଶୁଣିବ, ନା ଥକି ଯାଇଛ ଶୋଇଯିବ, ନା ଆଉ କିଛି ? ଅବିନାଶ କହିଲା, ଆଉ କିଛି। ଆଉ କିଛିକୁ ଯଦି ରାତିକୁ ରଖାଯାଏ ? ପଚାରିଲା ଶାନ୍ତା। ଅବିନାଶ କହିଲା, ନା ବର୍ତ୍ତମାନ। ଶାନ୍ତା କିନ୍ତୁ ଯେତେବେଳେ ଆଉ ଟିକିଏ ପାଖକୁ ଘୁଞ୍ଚି ଆସିଲା, ସେ କହିଲା, ଠିକ ଅଛି, ରାତିକୁ। ଟିକିଏ ଶୋଇଗଲେ ବୋଧହୁଏ ରାତିଟା ମୋ ପାଇଁ ଭଲ ହେବ। ଅବିନାଶ ଆର ପାଖକୁ ମୁହଁ ବୁଲାଇ ନେଲା। ଶାନ୍ତା କହିଲା, ତମର ଯେମିତି ଇଚ୍ଛା। ମୁଁ ତମକୁ ଥାପୁଡେଇ ଶୁଆଇ ଦେବି।

ଠାକୁରଙ୍କ ବିଷୟରେ ମତେ କେତେବେଳେ କହିବ ?

ତମେ ଯେତେବେଳେ ଚାହିଁବ। ଏବେ କିନ୍ତୁ ଶୋଇଯାଅ।

ତମେ କଣ ମନ୍ତ୍ର ପଢ଼ିଲ ମନେ ମନେ ଏବେ ! ସେ ମନ୍ତ୍ର କଣ ମତେ କହି ପାରିବ। ନା ସେ କଥା ଆଉ କାହାକୁ କହିବାକୁ ମନା ?

ଆଗେ ଶୋଇଯାଅ। ଅଧା ନିଦରେ ଦିଅଁ ଦେବତା ମନ୍ତ୍ର କଥା ଭାବି ଲାଭ ନାହିଁ। ବର୍ତ୍ତମାନ ବରଂ ବାହାରେ ବର୍ଷାର ଶବ୍ଦ ଶୁଣୁ ଶୁଣୁ ଶୋଇଯାଅ।

ଶାନ୍ତା କଥା ଶୁଣି ଅବିନାଶ ସଚେତନ ହେଲା ବର୍ଷା ବିଷୟରେ। ଏବେ ବି ପ୍ରବଳ ଜୋରରେ ବର୍ଷା ହେଉଥିଲା ଏବଂ ତାର ମନେ ପଡ଼ିଲା ପାଣି ଭିତରେ ଉବୁଟୁବୁ ହୋଇ ଗାଡ଼ି ଚଳାଇବାର କଷ୍ଟ। ଶାନ୍ତା ବିଛଣାରୁ ଉଠିବାରୁ ଅବିନାଶ କହିଲା, କୁଆଡ଼େ ଯାଉଛ? ଶାନ୍ତା ଯାଇ ଟେବୁଲ ଉପରୁ ଗୋଟିଏ ଛୋଟ ପର୍ସ ଆଣି ତକିଆ ତଳେ ରଖି ଶୋଇଗଲା ତା ପାଖରେ। କହିଲା, ଭୁଲି ଯାଇଥିଲି।

ଅବିନାଶ ଭାବିଲା ଯେ ତାର ଆଉ ନିଦ ହେବ ନାହିଁ, କିନ୍ତୁ କେତେବେଳେ ଆଖି ଲାଗିଗଲା ଜାଣି ପାରିଲା ନାହିଁ। ଯେତେବେଳେ ଆଖି ଖୋଲିଲା, ବାହାରେ ସେଇପରି ବର୍ଷା ପଡୁଥିଲା ଅବିରତ ଭାବରେ। ସେ ଶୋଇ ପଡ଼ିବା ପରେ ଶାନ୍ତା ତା ଉପରେ ଚାଦର ଘୋଡ଼ାଇ ଦେଇଥିଲା ; ସେଇଟିକୁ ଆଉ ଟିକିଏ ଉପରକୁ ଟାଣି ଅବିନାଶ ପାଖକୁ ଅନାଇଲା। ଶାନ୍ତା ନ ଥିଲା। ଘର ଭିତରେ ଅନ୍ଧାର ଥିଲା, କିନ୍ତୁ ପଛ ପାଖ ବାରଣ୍ଡାରେ ଆଲୁଅ ଜଳୁଥିଲା। ଶାନ୍ତା ସେଠାରେ ଚଉକି ପକାଇ ବସି କଣ ପଢୁଥିଲା।

ଅବିନାଶ ବିଛଣାରୁ ଉଠି ତା ପାଖକୁ ଗଲା। ପଚାରିଲା, ସମୟ କେତେ ହେଲା ? ମୁଁ ବହୁତ ସମୟ ଶୋଇଗଲି, ନା ?

ନା। ଏତେ ଅନ୍ଧାର ହୋଇଚି ସିନା, ବର୍ତ୍ତମାନ ବେଳ ମାତ୍ର ସାଢ଼େ ଛ'ଟା।

ସାଢ଼େ ଛ'ଟା ? ଅଫିସରୁ ସମସ୍ତେ ଚାଲି ଯିବେଣି। ମୁଁ ନାହିଁ ବୋଲି ଏବେ ଆଚାରୀ ଏକୁଟିଆ ବସି ମୁଣ୍ଡ ପିଟୁଥିବ।

ଆଚାରୀ କିଏ ?

ଆଚାରୀ ? ସେଇ ଜନ୍ତୁଟି ତ ମୋର ଏଠିକି ଆସିବାର କାରଣ ! ନ ହେଲେ ତମେ କିଏ, ମୁଁ କିଏ, ନା ଏ ଫରେଷ୍ଟ ବଙ୍ଗଳା କୋଉଠି ଏମିତି ବର୍ଷା ରାତିରେ। ଲୋକଟା ମୋର ହାକିମ।

ତା ହେଲେ ତ ମିଷ୍ଟର ଆଚାରୀଙ୍କୁ ଧନ୍ୟବାଦ ଦେବା କଥା ତମକୁ ଏପରି ଏକ ଛୁଟି ଦିନ ମନାଇବାର ସୁଯୋଗ ଦେଇଥିବାରୁ।

ଧନ୍ୟବାଦ ? ମୋର ଇଚ୍ଛା ହଉଛି ମୁଁ ସେ ଲୋକର ଗଳା ଚିପି ମାରିଦେବି। ସେଇ ତ ମୋର ସବୁ ଅଶାନ୍ତିର କାରଣ। ମୁଁ ଅଫିସ ଛାଡ଼ି ଏତେ ଦୂରରେ ଅଛି, ତେବେ ବି ସେ ଲୋକ ମୋ ମୁଣ୍ଡରେ ଲାଖି ରହିଛି। ଶୁଣିବ ସେ ଲୋକ କଥା ?

ଶାନ୍ତା ହସିଲା, କହିଲା, କଣ ଲାଭ ହେବ ଏମିତି ଅଶାନ୍ତିର କଥା ଶୁଣି? ବର୍ତ୍ତମାନ ଦେଖ ଆମେ କେମିତି ପୃଥିବୀ ବାହାରେ ଏଭଳି ଏକ ନିର୍ଜନ ଜାଗାରେ ଅଛେ। ଯୋଉଠି ଆଉ କିଛି ନାହିଁ, କେବଳ ଅନ୍ଧାର ଆଉ ବର୍ଷା। ଏବଂ କେବଳ ଆମେ ଦୁଇ ଜଣ।

ଅବିନାଶ ନିଜ ଚଉକିକୁ ତା ପାଖକୁ ଘୁଞ୍ଚାଇ ନେଇ ତା କାନ୍ଧରେ ହାତ ପକାଇଲା। ଶାନ୍ତା ପଢୁଥିବା ବହିଟିକୁ ବନ୍ଦ କରି ଝରକା ବନ୍ଧ ଉପରେ ରଖିଦେଲା ଓ ତା ହାତ ଉପରେ ହାତ ରଖିଲା। କହିଲା, ମୁଁ ଯାଇ ଦେଖେ ଖାଇବାର କଣ ବନ୍ଦୋବସ୍ତ କରୁଛନ୍ତି ନରହରି। ଶାନ୍ତା ଉଠି କବାଟ ବାହାରକୁ ଗଲା ଓ ଅବିନାଶ ତା ପଛରେ ଯାଇ ଠିଆ ହେଲା। କୋଠରୀ ଓ ରୋଷାଇ ଘର ଭିତରେ ବାରଣ୍ଡା ଥିଲା, ଯାହା ଉପରେ ଛାତ ଥିଲା କିନ୍ତୁ କାନ୍ଥ ନ ଥିବାରୁ ପାଣି ଛିଟିକାରେ ତା ଉପରେ ପାଣି ଜମି ଯାଇଥିଲା। ଶାନ୍ତା ରୋଷାଇ ଘର ଭିତରକୁ ଯିବା ପରେ ଅବିନାଶ ପୁଣି ପଛ ବାରଣ୍ଡାକୁ ଫେରି ଆସିଲା ଓ ଶାନ୍ତା ପଢୁଥିବା ବହିଟିକୁ ଉଠାଇ ଦେଖିଲା। ସେ ଭାବିଥିଲା ଯେ ବହିଟି କୌଣସି ଶସ୍ତା ଉପନ୍ୟାସ ହୋଇଥିବ। କିନ୍ତୁ ଅତି କୁଳୀନ ଦେଖାଯାଉଥିବା ବହିଟି ଥିଲା କବିତାର ବହି। ଅନ୍ୟମନସ୍କ ଭାବରେ ବହିଟିର ପୃଷ୍ଠା ଓଲଟାଇ ଧାଡ଼ିଏ ଦି ଧାଡ଼ି ପଢ଼ିଲା ଅବିନାଶ, କିନ୍ତୁ ତାକୁ ସେ ଶବ୍ଦ ସବୁ ଆକର୍ଷିତ କରି ପାରିଲେ ନାହିଁ। ସେ ବହିଟିକୁ ରଖି ଦେଇ କୋଠରୀ ଭିତରକୁ ଆସିଲା ଓ ସୁଟକେସରୁ ଜିନିଷ ବାହାର କରିବାରେ ମନ ଦେଲା।

ସୁଟକେସର ଲୁଗାପଟା ତଳେ ସେ ଟଙ୍କା ରଖିଥିଲା। ବେଶ୍ କିଛି ଟଙ୍କା। ଟୋନି ଯେତେବେଳେ ତାକୁ ଗୋଟିଏ ମୋଟା ଅଙ୍କର ସଂଖ୍ୟା କହିଲା, ଅବିନାଶ ବିଶ୍ୱାସ କରି ପାରିଲା ନାହିଁ। ମାତ୍ର ଦୁଇଦିନ ପାଇଁ ଏତେ ଟଙ୍କା ? ମୋହନ କହିଲା, ଶାନ୍ତା ଭଳି ଝିଅ ଲକ୍ଷେରେ ଜଣେ। ଟୋନି କହିଲା, ମୁଁ କେବେ କାହାରି ପାଖରୁ ଅଭିଯୋଗ ପାଇ ନାହିଁ ତା ବିଷୟରେ; ବରଂ ଅନେକ ଲୋକ ମତେ ଫୋନ କରି ତାଙ୍କର ସନ୍ତୋଷ ଜଣାଇଛନ୍ତି।

ଅବିନାଶର ଆଖି ପଡ଼ିଲା ଟେବୁଲ ଉପରେ କାନ୍ଥ ଆଡ଼କୁ ମୁହଁ କରି ରଖା ଯାଇ ଥିବା ଠାକୁରଙ୍କ ଫଟୋ ଉପରେ। ସେଇଟିକୁ ଉଠାଇ ଆଲୁଅ ତଳକୁ ନେଇ ତାକୁ ଭଲ କରି ଦେଖିଲା ସେ। ଭିନ୍ନ ଭିନ୍ନ ଦେବଦେବୀଙ୍କର ଚିତ୍ର ବିନ୍ୟାସ କରି ଲଗା ହୋଇଥିଲା କାଚ ଫ୍ରେମ ଭିତରେ। ସେ ଠାକୁରମାନଙ୍କୁ ଚିହ୍ନିବାକୁ ଚେଷ୍ଟା କଲା। ଗଣେଶ, ଲକ୍ଷ୍ମୀ, ସରସ୍ୱତୀ। ବ୍ରହ୍ମା, କୃଷ୍ଣ ଓ ଜଗନ୍ନାଥ। ଆଉ ଅନେକଙ୍କୁ ଚିହ୍ନି ପାରିଲା ନାହିଁ ସେ। ତଳକୁ ଅନାଇ ଦେଖିଲା ତା ପାଦରେ ଚପଲ ଥିଲା। ଜୋତା ପିନ୍ଧି

ଠାକୁରଙ୍କୁ ଛୁଇଁବା ଠିକ ହେଲା ନାହିଁ ବୋଧହୁଏ। ସେ ଗୋଡ଼ରୁ ଚପଲ ଖୋଲି ଫଟୋକୁ ମୁଣ୍ଡରେ ଲଗାଇ ପୁଣି ଟେବୁଲ ଉପରେ ରଖିଦେଲା।

ହାତରେ କିଛି କାମ ନ ଥିବାରୁ ତାକୁ ଖାଲି ଖାଲି ଲାଗିଲା। ସାଙ୍ଗରେ ଗୋଟାଏ ବହି ଆଣିଥିଲେ ଭଲ ହୋଇଥାନ୍ତା। କିନ୍ତୁ ଏତେ ଟଙ୍କା ଖର୍ଚ୍ଚ କରି ଗୋଟିଏ ଝିଅ ସାଙ୍ଗରେ ସମୟ କଟାଇବାକୁ ଆସି ସେ ବହି ପଢ଼ିବା କଥା ଭାବିଥାନ୍ତା ବା କାହିଁକି ? ବର୍ଷା ନ ହେଉଥିଲେ ସେମାନେ ଚାଲି ଚାଲି ଜଙ୍ଗଲ ଭିତରକୁ କିଛି ଦୂର ବୁଲି ଯାଇ ପାରିଥାନ୍ତେ। ସକାଳୁ ନିଶ୍ଚୟ ବର୍ଷା ଛାଡ଼ିଯିବ, ଏବଂ ଶାନ୍ତାକୁ ଗାଡ଼ିରେ ନେଇ ସେ ଆହୁରି ଗଭୀର ଜଙ୍ଗଲ ଭିତରକୁ ଯିବ। ବର୍ତ୍ତମାନ ଏଇ କୋଠରୀଟି ଭିତରେ ତାକୁ ଅଣନିଶ୍ୱାସୀ ଲାଗିଲା। ବାହାରେ ତଥାପି ପ୍ରବଳ ବର୍ଷା। ସେ ବାରଣ୍ଡାରୁ ଚଉକି ଓ ଶାନ୍ତାର ବହି ଭିତରକୁ ନେଇ ଆସିଲା ଓ କବାଟ ବନ୍ଦ କରିଦେଲା। ରୋଷାଇ ଘରେ ଶାନ୍ତା କଣ କରୁଛି ଦେଖା ଯାଇପାରେ।

ବାରଣ୍ଡାରେ ଠିଆ ହୋଇ ସେ ରୋଷାଇ ଘର ଆଡ଼କୁ ଅନାଇଲା। ସେଠାକୁ ଯିବା ଅଳିନ୍ଦରେ ପାଣି ଜମି ଯାଇଥିଲା ଓ ଦି ପାଖରୁ ପାଣି ଛିଟିକା ପଡୁଥିଲା। ତାର ଇଚ୍ଛା ହେଲା ଯାଇ ଦେଖିବ ଶାନ୍ତା କଣ କରୁଛି ରନ୍ଧା ଘରେ। ବର୍ଷା ଅନ୍ଧାର ଭିତରେ ଏଇ ଟିକିଏ ଜାଗାକୁ ଯିବା ପାଇଁ ତାକୁ କେମିତି ଭୟ ଲାଗିଲା। ପୂରା ଜଙ୍ଗଲଟି ଯେପରି ଘନ ଅନ୍ଧାର ଓ ମୂଷଳ ଧାରା ସହିତ ମାଡ଼ି ପଡୁଛି ଏଇ ଛୋଟ ଘରଟି ଉପରେ। ବାହାର ପୃଥିବୀରୁ ସଂପୂର୍ଣ୍ଣ ବିଚ୍ଛିନ୍ନ। ଯଦି କିଛି ଦୁର୍ବିପାକ ଘଟେ ? ସେ ଶାନ୍ତାକୁ ଡାକିବାକୁ ଯାଉଥିଲା, ଏଇ ସମୟରେ ଶାନ୍ତା ନିଜେ ରୋଷାଇ ଘରୁ ବାହାରି ତା ଆଡ଼କୁ ଆସିଲା।

ବିଚରା ନରହରି ବର୍ଷା ଯୋଗୁ ଅସୁବିଧାରେ ପଡ଼ି ଯାଇଛି, ଶାନ୍ତା କହିଲା। କାଠ ଓଦା ; ବାହାରୁ ଯାଇ ଜିନିଷପତ୍ର ଆଣି ପାରି ନାହିଁ। ତଥାପି ଆଜି ପାଇଁ ସବୁ ଠିକରେ ହୋଇଯିବ। କାଲି ସକାଳ କଥା କାଲି ସକାଳେ ଦେଖାଯିବ।

ଦୁହେଁ କୋଠରୀ ଭିତରେ ପଶିବା ପରେ ଅବିନାଶ ଶାନ୍ତାକୁ ବାହୁରେ ଧରିବା ବେଳେ ଦେଖିଲା ଯେ ଶାନ୍ତା ପୂରା ଭିଜି ଯାଇଛି। କିନ୍ତୁ ତା ଓଦା ଦେହ ଭିତରୁ ଯେପରି ଏକ ଅଦ୍ଭୁତ ଉଷ୍ମତା ଛିଟିକି ପଡୁଥିଲା। କୋଠରୀର ଅନୁଜ୍ଜ୍ୱଳ ଆଲୁଅରେ ରହସ୍ୟମୟୀ ଦେଖା ଯାଉଥିଲା ଶାନ୍ତା। ତା ଦେହରୁ ନିଜ ହାତ ବାହାର କରି ନେଇ ଅବିନାଶ କହିଲା, ଯାଅ ଲୁଗା ବଦଳାଇ ନିଅ ; ଥଣ୍ଡା ଧରିବ।

ମୁଁ ରନ୍ଧା ଦେଖିବାକୁ ଆଉ ଥରେ ରୋଷାଇ ଘରକୁ ଯିବି। ସେତେବେଳେ ଆଉ ଟିକିଏ ଭିଜି ଯିବି। ଯେତେବେଳେ ପୂରାପୂରି ଭିଜିଯିବି, ଯାଇ ଗାଧୋଇ ସାରି ଲୁଗା ବଦଳାଇବି। ତମର ଯଦି ଇଚ୍ଛା ହେଉଛି, ଯାଇ ବର୍ଷାରେ ଟିକିଏ ଭିଜି ଯାଅ।

ଅଦ୍ଭୁତ କଥା କହୁଛି ଝିଅଟି, ମନେ ମନେ ଭାବିଲା ଅବିନାଶ। ବୟସ ହେବା ଦିନରୁ କେବେ ବର୍ଷା ପାଣିରେ ଛିଡ଼ା ହୋଇ ଭିଜିଥିବାର ମନେ ପଡ଼ିଲା ନାହିଁ ତାର। ବର୍ଷାରେ ତିନ୍ତିଲେ ସନ୍ନିପାତ ଅନିବାର୍ଯ୍ୟ, ଏଭଳି ଏକ ଭୁଲ ଧାରଣା କେବେ ବି ଦୂର ହୋଇପାରି ନ ଥିଲା ମନ ଭିତରୁ।

ତାର ମନର କଥାକୁ ପ୍ରତିଧ୍ୱନିତ କରି ଶାନ୍ତା କହିଲା, କଣ ଭୟ ଲାଗୁଛି ? ଏଇ ଦେଖ। ସହଜ ପାଦ ପକାଇ ଶାନ୍ତା ବାହାର ବାରଣ୍ଡାକୁ ଗଲା ଓ ପାହାଚ ଦେଇ ବର୍ଷା ମଝିକୁ ଓହ୍ଲାଇ ଗଲା। ବାହାରେ ଘନ ଅନ୍ଧାର ଥିଲା ଓ କୋଠରୀ ଭିତରୁ ପଡୁଥିବା ସ୍ୱଚ୍ଛ ଆଲୁଅରେ ଶାନ୍ତା ଏକ ମୂର୍ତ୍ତି ଭଳି ଦେଖା ଯାଉଥିଲା। ସେ ଦୁଇ ହାତ ଉପରକୁ ଉଠାଇ ଅବିଚଳିତ ଠିଆ ହୋଇଥିଲା ଓ ତାର ବାହୁ ଦେଇ ପାଣି ଓହ୍ଲାଇ ଆସୁଥିଲା ପାଦ ପାଖକୁ। ମନ୍ତ୍ର ମୁଗ୍ଧ ହୋଇ ଅବିନାଶ ତା ଆଡ଼କୁ ଅନାଇ ରହିଲା। ମୁହୂର୍ତ୍ତକ ପାଇଁ ଇଚ୍ଛା ହେଲା ସେ ବି ଓହ୍ଲାଇ ଯିବ ବାରଣ୍ଡା ତଳକୁ ଓ ଶାନ୍ତା ଆଡ଼କୁ ହାତ ବଢ଼ାଇ ବର୍ଷା ଭିତରେ ହଜିଯିବ। ଦେହ କିନ୍ତୁ ତା ସହିତ ସହଯୋଗ କଲା ନାହିଁ। ଶାନ୍ତା ବାରଣ୍ଡା ଉପରକୁ ଉଠି ଆସିଲା ଓ ରୋଷାଇ ଘର ଆଡ଼କୁ ଗଲା।

ଅବିନାଶ ଚିନ୍ତା କଲା ସେ ଯଦି ବର୍ଷା ଭିତରକୁ ଯାଇଥାନ୍ତା, ଏବଂ ସେଥିଯୋଗୁ ତାର ଯେଉଁ ଥଣ୍ଡା ଜର ହୋଇଥାନ୍ତା, ସେଥିପାଇଁ କଣ ତା ପାଖରେ ଔଷଧ ଅଛି ? ସୁଟକେସ ଭିତରୁ ଔଷଧ ରଖିଥିବା ବ୍ୟାଗଟି ବାହାର କରି ସେ ଟେବୁଲ ଉପରେ ତାକୁ ଖେଳାଇ ଦେଖିଲା। ଆଜି ସକାଳେ ଯେଉଁ ଟ୍ୟାବେଲଟ୍‌ଟି ଖାଇବାର ଥିଲା, ସେ ତାକୁ ଖାଇବାକୁ ଭୁଲି ଯାଇଥିଲା। ସେ ପାଣି ନେଇ ସେଇଟିକୁ ଖାଇଲା। ତା ପରେ ଔଷଧ ସବୁକୁ ଦେଖିଲା। ଦି ଦିନ ପାଇଁ ଯାହା ଦରକାର ହୋଇପାରେ, ସବୁ ଔଷଧ ତା ପାଖରେ ଥିଲା। ଥଣ୍ଡା ଜରର ମଧ୍ୟ।

ଅବିନାଶ ସୁଟକେସରୁ ହ୍ୱିସ୍କି ବୋତଲଟି ବାହାର କରି ଟେବୁଲ ଉପରେ ରଖିଲା। ପାଖରେ ଦୁଇଟି ଗ୍ଲାସ ଥିଲା। ବର୍ଷା ନ ହେଉଥିଲେ ସେ ଖବର ନେଇଥାନ୍ତା ପାଖରେ କୋଉଠି ସୋଡ଼ା ମିଳିବ। ଖାଇବା ଘରେ ରେଫ୍ରିଜରେଟରରେ ବରଫ ଥାଇପାରେ। ଲଞ୍ଚ ଖାଇବା ବେଳେ ପଚାରି ପାରିଥାନ୍ତା। ପିଇବା ସହିତ ଖାଇବା ପାଇଁ କିଛି ପ୍ୟାକେଟ ବି ସେ ଆଣି ପାରିଥାନ୍ତା ସାଙ୍ଗରେ। କିନ୍ତୁ ଏତେ କଥା କଣ ଭାବିହୁଏ ନିଜର ସମସ୍ୟାରୁ ରକ୍ଷା ପାଇବା ପାଇଁ ଲୁଚି ଛପି ପଳାଇ ଆସିବା ବେଳେ ? ତା ପୁଣି ଏକ ଗର୍ହିତ କାର୍ଯ୍ୟକ୍ରମ ହାତରେ ନେଇ ?

ଓଦା ଲୁଗାରେ ଶାନ୍ତା ଭିତରକୁ ଆସି କହିଲା, ପୂରାପୂରି ଭିଜିଗଲି। ମୁଁ ଯାଉଚି ବାଥରୁମରେ ଲୁଗା ବଦଳାଇ ଦେଇ ଆସେ। ଅବିନାଶ କହିଲା, ତମେ ଓଦା ଲୁଗା ଶୁଖାଇବ କେମିତି ?

କାଲି ଯେତେବେଳେ ଛମ ଛମ ଖରା ହେବ, ବାହାରେ ନେଇ ଶୁଖାଇ ଦେବି।

ଯଦି କାଲି ବର୍ଷା ନ ଛାଡ଼େ ?

ତେବେ ମୋ ପାଖରେ ପଲିଥିନ ବ୍ୟାଗ ଅଛି, ସେଇଥିରେ ନେଇଯିବି।

ଏ ଝିଅର କୌଣସି ଚିନ୍ତା ନାହିଁ, ବୋତଲ ପାଖରେ ଗ୍ଲାସକୁ ସଜାଇ ପାଖକୁ ଦୁଇଟି ଚଉକି ଟାଣି ରଖୁ ରଖୁ ଭାବିଲା ଅବିନାଶ। ସେ କଣ କେବେ ବି ଏଭଳି ନିଶ୍ଚିନ୍ତ ହୋଇ ପାରିବ? ପୁଣି ଭାବିଲା, ସେ ଝିଅକୁ ତ ହିସାବ କରିବାକୁ ପଡୁ ନାହିଁ ଘର ପରିବାର ଅଫିସ ଟଙ୍କା ପଇସା କଥା। ଦିନରୁ ଦିନକୁ ବୋଧହୁଏ ଜୀଉଁଛି ଏ ଝିଅଟି। ସେଥିପାଇଁ ତା କଥା ଅଲଗା।

କିଛି ସମୟ ପରେ ଶାନ୍ତା ଯେତେବେଳେ ଗାଧୋଇ ପାଧୋଇ ଲୁଗା ବଦଳାଇ ସଲୱାର କୁର୍ତ୍ତା ପିନ୍ଧି ଗାଧୁଆ ଘରୁ ବାହାରିଲା, ସତରେ ସୁନ୍ଦର ଦେଖା ଯାଉଥିଲା। ଅବିନାଶର ଇଚ୍ଛା ହେଲା ଉଠି ଯାଇ ତାକୁ ଭିଡ଼ି ଧରି ବିଛଣା ଉପରକୁ ଟାଣି ନେବ ଏବଂ ଖାଇବା ପିଇବା କଥା ଭୁଲିଯାଇ ସେମାନେ ଆଲୁଅ ବନ୍ଦ କରି ବର୍ଷାର ନିର୍ଘୋଷ ଶୁଣୁ ଶୁଣୁ ଶୋଇଯିବେ। କିନ୍ତୁ ଶାନ୍ତାର ସ୍ଥିର ଅଚଞ୍ଚଳ ମୁହଁ ଆଡ଼କୁ ଅନାଇ ଏପରି କିଛି କରିବା ପାଇଁ ସେ ସାହସ ପାଇଲା ନାହିଁ।

ଶାନ୍ତା ଆସି ପାଖରେ ବସିବାରୁ ଅବିନାଶ ଦୁଇଟି ଯାକ ଗ୍ଲାସରେ ହ୍ୱିସ୍କି ଢାଳିଲା। ମୁଁ ପିଇବି ବୋଲି ତମେ କେମିତି ଜାଣିଲ ? ଶାନ୍ତା ପଚାରିଲା।

ତା ମାନେ କଣ ତମେ ପିଅ ନାହିଁ।

ମୁଁ ସେ କଥା କେତେବେଳେ କହିଲି ? ଠିକ ଉତ୍ତର ହେବ, ମୋର ପିଇବାର ଅଭ୍ୟାସ ନାହିଁ। କିନ୍ତୁ ସମସ୍ତେ ମତେ ପିଇବାକୁ ବାଧ କରନ୍ତି। ସେଥିପାଇଁ ସେମାନଙ୍କ ସାଙ୍ଗରେ ଉଚ୍ଚବାଚ ନ କରି ଗ୍ଲାସକୁ ନେଇ ଓଠରେ ଲଗାଇ ଦିଏ, ଯାହା ବର୍ତ୍ତମାନ କରୁଛି। ଚିୟର୍ସ କହି ଶାନ୍ତା ଗ୍ଲାସକୁ ଉଠାଇ ଅବିନାଶର ଗ୍ଲାସରେ ଛୁଆଁଇଲା ଏବଂ ଓଠରେ ଲଗାଇଲା। ଅବିନାଶ ନିଜ ଗ୍ଲାସରୁ ଢ଼ୋକେ ପିଇଲା।

ତମର ଯଦି ସୋଡ଼ା ବରଫ ଦରକାର ମୁଁ ନେଇ ଆସିବି।

କୋଉଠୁ ପାଇବ, ପଚାରିଲା ଅବିନାଶ।

ଆଗରୁ ବୋଧହୁଏ କିଏ ଫ୍ରିଜରେ ସୋଡ଼ା ଛାଡ଼ିଯାଇଛି ଓ ସେଥିରେ ଟ୍ରେରେ ବରଫ ବି ଅଛି। ମୁଁ ଆଣି ଦେଉଛି।

ଅତି ସହଜରେ, ଯେପରି ଏଇଟି କୌଣସି ଅପରିଚିତ ଘର ନୁହେଁ, ଶାନ୍ତା ଯାଇ ସୋଡ଼ା ଓ ବରଫ ନେଇ ଆସିଲା ଓ ଅବିନାଶର ଗ୍ଲାସରେ ମିଶାଇଲା। ଅବିନାଶ

ଆଉ ଢ଼ୋକେ ପିଇଲା ; କହିଲା, ତମେ ତ ସବୁ ଜିନିଷ ଆଣି ଦେଲ। ମତେ ଲାଗୁଛି ମୁଁ ଯେମିତି ଘରେ ବସି ଆରାମ କରି ମୋର ପ୍ରିୟ ପାନୀୟ ମୋର ସୁବିଧାରେ ପିଉଛି।

ତମେ ଯଦି ଟିକିଏ ଆଗରୁ କହିଥାନ୍ତ, ନରହରିକୁ କହି ଡ୍ରିଙ୍କ ସହିତ କିଛି ଖାଇବା ପାଇଁ କହି ଦେଇଥାନ୍ତି।

ଶାନ୍ତା ଉଠିଯାଇ ପାଖ ଥାକରେ ରଖିଥିବା ନିଜର ବ୍ୟାଗ ଭିତରୁ ଗୋଟିଏ ମିକ୍ଷ୍ଚର ପ୍ୟାକେଟ ଆଣିଲା ଓ ତାକୁ ଖୋଲି ଅବିନାଶ ଆଗରେ ରଖିଲା। ଅବିନାଶ କହିଲା, ତମେ ତ ଚମତ୍କାର କରିଦେଲ ! ତମେ କଣ ମନ୍ତ୍ର ଜାଣ ନା କଣ ?

ନିଜ ଗ୍ଲାସର ବାକିତକ ହ୍ୱିସ୍କି ନେଇ ଶାନ୍ତା ଅବିନାଶର ଗ୍ଲାସରେ ଢ଼ାଳିଦେଲା। ଆଉ ନିଜ ଗ୍ଲାସରେ ସୋଡ଼ା ଓ ବରଫ ଢ଼ାଳି ପିଇଲା।

ଅବିନାଶ କହିଲା, ତମେ ଅତି ଶାନ୍ତ ପ୍ରକୃତିର। ସେଇଥି ପାଇଁ କଣ ତମର ନାଁ ଶାନ୍ତା ?

ମୋ ନାଁ ବିଷୟରେ ସମସ୍ତେ ପଚାରିଥାନ୍ତି ; ସେଥିପାଇଁ ମୁଁ ତାର ଉତ୍ତର ପାଇଁ ବି ସବୁବେଳେ ପ୍ରସ୍ତୁତ ଥାଏ। ଶାନ୍ତା ତ ଶାନ୍ତରୁ ହିଁ, ତେବେ ଶାନ୍ତାର ଅନ୍ୟ ଅର୍ଥ ବି ଅଛି। ଯେପରି ଦୂବ ଓ ଅଁଳା। ପୁଣି ଶାନ୍ତା ହେଉଛନ୍ତି କୌଶଲ୍ୟା ଗର୍ଭଜାତ ଦଶରଥ କନ୍ୟା ଓ ଅଙ୍ଗରାଜ ଲୋମପାଦଙ୍କ ପାଳିତା ପୁତ୍ରୀ ଏବଂ ଋଷ୍ୟଶୃଙ୍ଗଙ୍କର ପତ୍ନୀ।

ଏତେ କଥା ଶୁଣି ମତେ ତ ତମକୁ ଭୟ କରିବାର କଥା !

ଶାନ୍ତାର ଆଉ ଗୋଟିଏ ଅର୍ଥ ଅଛି ଯାହା ମୁଁ ସମସ୍ତଙ୍କୁ କହେ ନାହିଁ, କିନ୍ତୁ ତମକୁ କହିବି। ଶାନ୍ତା ହେଲା ଏପରି ଗାଭୀ, ପଦ ବନ୍ଧନ ନ କରି ଯାହାକୁ ଦୋହନ କରାଯାଇ ପାରେ।

ଏ କଥାରେ ଅବିନାଶର ଚପଳତା କରିବା କିମ୍ବା ଅନ୍ତତଃ ହସିବା ଉଚିତ ଥିଲା, କିନ୍ତୁ ଓଠ ଉପରକୁ ହସ ଆସିଲା ନାହିଁ। ସେ ତରତରରେ ଗ୍ଲାସରୁ ଆଉ ଦୁଇ ଢ଼ୋକ ପିଇ ନେଲା। ତାର ଗ୍ଲାସ ଖାଲି ଦେଖି ଶାନ୍ତା ବୋତଲ ଉଠାଇ ତାକୁ ପଚାରିଲା, କଣ ଆଉ ଦେବି ?

ମୁଁ ସାଧାରଣତଃ ଯେତିକି ପିଏ ଆଜି ସେତିକି ପିଇ ସାରିଲିଣି। କିନ୍ତୁ ତମେ ଯଦି ମୋ ଗ୍ଲାସରେ ଢ଼ାଳିଦିଅ, ମୁଁ ଆଉ ଟିକିଏ ପିଇ ପାରିବି। ତମ ସମ୍ମାନରେ।

ଶାନ୍ତା ବୋତଲଟିକୁ ଗ୍ଲାସ ଉପରେ ସାମାନ୍ୟ ଓଲଟାଇ ରଖିଲା। କହିଲା, ତମ ପିଇବାରେ ମୁଁ କୌଣସି ଦାୟିତ୍ୱ ନେବାକୁ ଚାହୁଁନାହିଁ। ଯଦି ତମେ ଚାହଁ, ତମର ନିଜ ସମ୍ମାନରେ, ମୁଁ ଢ଼ାଳିବି, ନ ହେଲେ ବୋତଲକୁ ବନ୍ଦ କରି ରଖିଦେବି |

ଠିକ ଅଛି। ମତେ ଆଉ ଦିଅ, ମୁଁ ପିଇବି ମୋ ନିଜ ଦାୟିତ୍ୱରେ। ତମେ କଣ ତମ ନିଜ ଦାୟିତ୍ୱରେ ମୋ ସହିତ ପିଇବାରେ ଯୋଗ ଦେବ ?

ହସି ହସି ଶାନ୍ତା ନିଜ ଗ୍ଲାସରେ ଅଳ୍ପ ଢ଼ାଳିଲା, ସୋଡ଼ା ବରଫ ମିଶାଇଲା ଓ ଅବିନାଶ ସହିତ ପିଇବାରେ ଯୋଗ ଦେଲା। ଅବିନାଶ କହିଲା, ଦେଖ ଆମେ ଏତେ ଡେରିରେ ଖାଇଥିଲେ, ଅଥଚ ଏଇ ପିଇବା ପରେ ପୁଣି ଭୋକ ଲାଗିଲାଣି।

କଣ ଯାଇ ଦେଖିବି ରୋଷାଇ କେତେଦୂର ଗଲା ? ବିଚରା ନରହରି ପାଖରେ ଯାହା ଥିଲା ରାନ୍ଧିବାରେ ଲାଗିଛି। କାଲି ବର୍ଷା ବନ୍ଦ ହଉ ନ ହଉ ବଜାରକୁ ଯିବାକୁ ହେବ ।

ନା ନା, ତମର ରୋଷାଇ ଘରକୁ ଯିବା ଦରକାର ନାହିଁ। ତମେ ମୋ ପାଖରେ ବସିଥାଅ। ତମେ କଣ ଭାବୁଚ ମୁଁ ବେଶି ପିଇଦେଲି ?

ଏ ସବୁରେ ବେଶି କମ ବୋଲି କିଛି ନାହିଁ। କାହା ପାଇଁ ଯାହା ବହୁତ ବେଶି, ଆଉ କାହା ପାଇଁ ବହୁତ କମ। ତମେ ନିଜେ କଣ ଭାବୁଚ ?

ମୁଁ ଯଦି ଭାବି ପାରୁଥାନ୍ତି, ତମକୁ କାହିଁକି ପଚାରିଥାନ୍ତି ?

ମତେ ଯଦି ପଚାରିବ, ମୁଁ କହିବି ବେଶି ନୁହେଁ କି କମ ନୁହେଁ, ତମେ ଭାବିଚିନ୍ତି ଉପଯୁକ୍ତ ପରିମାଣର ପିଇଛ। କଣ ଠିକ କଥା ?

ତମ କଥା ମୁଁ ମାନି ନଉଛି। ବର୍ଷା ଯୋଗୁ ଯୋଉ ଅବସାଦ ଲାଗୁଥିଲା, ଡ୍ରିଙ୍କ ଯୋଗୁ କିଛି ତ କମିଲା !

ଶାନ୍ତା ଉଠି ଠିଆ ହେଲା; କହିଲା, ମୁଁ ଏଥର ଯାଇ ଖାଇବା କଥା ଦେଖେ। ଏଇ ସମୟରେ ନରହରି ଆସି ପଚାରିଲା, କଣ ଖାଇବା ଲଗାଇ ଦେବି ? ତାକୁ ହଁ କହି ଶାନ୍ତା ବୋତଲ ଗ୍ଲାସ ଠିକ ଜାଗାରେ ରଖି ଟେବୁଲକୁ ସଫା କଲା। କହିଲା, ଚାଲ ଖାଇବା ଘରକୁ।

ନରହରି ଖାଇବା ଟେବୁଲକୁ ଠିକଠାକ କରୁଥିଲା, ସେମାନେ ଯାଇ ବସିଲେ ଓ ନରହରି କିଛି ଖାଇବା ଜିନିଷ ଆଣି ସେମାନଙ୍କ ଆଗରେ ରଖିଲା। ସେ ଆଉ ଜିନିଷ ଆଣିବାକୁ ରୋଷାଇ ଘରକୁ ଯିବାବେଳେ ସାମାନ୍ୟ ଅଧୀର ହୋଇ ଅବିନାଶ କହିଲା, ଶୀଘ୍ର ଶୀଘ୍ର ଆଣ। ଶାନ୍ତା ତା ମୁହଁକୁ ଅନାଇଲା, ଉଠି ଛିଡ଼ା ହୋଇ କହିଲା, ମୁଁ ଯାଉଛି ନରହରିକୁ ସାହାଯ୍ୟ କରିବି। ଅବିନାଶର ମନା ନ ମାନି ସେ ନରହରି ସହିତ ବାହାରକୁ ଗଲା ଓ ଟେବୁଲ ଉପରେ ସବୁ ଖାଇବା ଜିନିଷ ରଖା ଯିବା ପରେ ଦୁହେଁ ଖାଇବାରେ ଲାଗିଲେ। ଅବିନାଶକୁ ଚୁପ ରହିବାର ଦେଖି ଶାନ୍ତା କହିଲା, ରାତିର ଖାଇବା କେମିତି ଲାଗୁଛି ? ଯଦି ଖରାପ ଲାଗୁଥାଏ, ତେବେ ଅଧା ଦୋଷ ମୋର।

ଅବିନାଶ ବାହାରକୁ ଅନାଇଲା। ଏ ପର୍ଯ୍ୟନ୍ତ ବର୍ଷା ଲାଗି ରହିଛି। ସେଇପରି ପ୍ରବଳ ଭାବରେ। କହିଲା, ଏତେ ଖରାପ ପାଗରେ, ଏ ଭଳି ନିର୍ଜନ ଜାଗାରେ ଯେ ଏମିତି ଗରମ ଗରମ ଖାଇବାକୁ ମିଳିଲା, ସେଇଟା ହିଁ ସୌଭାଗ୍ୟର କଥା। ଶାନ୍ତା ନରହରିକୁ କହିଲା, ବହୁତ ଭଲ ଖାଇବାର ହୋଇଛି।

ଖାଇସାରି ମୁହଁ ହାତ ଧୋଇ ନିଜ କୋଠରୀକୁ ଯିବା ବେଳେ ଶାନ୍ତା ରେଫ୍ରିଜରେଟରର ପାଣି ବୋତଲ ନେଲା ହାତରେ। ଅବିନାଶ କହିଲା, ତମ ହାତରେ ପାଣି ବୋତଲ ଦେଖି ମନେ ପଡ଼ିଗଲା ଯେ ରାତିରେ ମୋର ଔଷଧ ଖାଇବାର ଅଛି। ଦିନ ବେଳେ ଭୁଲି ଯାଇଥିଲି ସକାଳର ଔଷଧ ଖାଇବା ପାଇଁ।

ନରହରି ସେମାନଙ୍କ ପାଖରୁ ବିଦାୟ ନେବା ବେଳେ କହିଲା, ଭିତରୁ କବାଟ ଭଲ କରି ବନ୍ଦ କରିନେବେ। ଏଠାରେ ଆଖ ପାଖରେ କେହି ନାହାନ୍ତି। ମୁଁ ବି ସବୁ ବନ୍ଦ କରି ଘରକୁ ଚାଲିଯିବି। ମୋ ଘର ଗେଟ ପାଖରେ, କିନ୍ତୁ ଏ ବର୍ଷା ଭିତରେ ଡାକିଲେ ବି ଶୁଭିବ ନାହିଁ। କାଲି ସକାଳେ କେତେବେଳେ ଚା ଦେବି ?

ଶାନ୍ତା କହିଲା, କିଛି ଜଲଦି ନାହିଁ। ଆମେ ଉଠିଲେ ମୁଁ ତମକୁ ଚା ମାଗିବି। ନରହରି ଚାଲିଯିବା ପରେ ଅବିନାଶ କହିଲା, ଏ ଲୋକଟା କଥା ଶୁଣି ତ ମତେ ଭୟ ଲାଗୁଛି। ଏ ନିର୍ଜନରେ ଆମେ ଦି ଜଣ ଏକା।

ଏ ବର୍ଷା ରାତିରେ ଜଙ୍ଗଲ ଭିତରକୁ କିଏ କାହିଁକି ଆସିବ ?

ଚୋର, ଡକାୟତ, ଶିକାରୀ। ନ ହେଲେ ମଦ ପିଇ ମାତାଲ ଯୁବକ। ତମକୁ କଣ କିଛି ଭୟ ଲାଗୁ ନାହିଁ ?

ଭୟ କରିବାର ଜିନିଷ ତ ସବୁଆଡ଼େ ଭର୍ତ୍ତି ହୋଇ ରହିଚି। ସହରରେ ବି ଘର ଭିତରେ ଚୋରର ଭୟ, ରାସ୍ତାରେ ଦୁର୍ଘଟଣା, ବସ ଭିତରେ ଗୁଣ୍ଡାମି। କେତେ ମଣିଷ ଜିଇଁ ପାରିବ ଭୟରେ ଭୟରେ ? ଯେତେବେଳେ ବିପଦ ଆସିବ ଦେଖାଯିବ। ଆଗରୁ ଭୟରେ ଅଧା ଜୀବନ ଯିବ କାହିଁକି ?

ଶାନ୍ତା ଗ୍ଲାସରେ ପାଣି ଢ଼ାଳି ଅବିନାଶ ହାତକୁ ଦେଲା। ଅଲଗା ଅଲଗା ବୋତଲରୁ ଔଷଧ ସବୁ ବାହାର କରି ଅବିନାଶ ତାକୁ ଏକାଠି କଲା ଓ ଗୋଟିଏ ଗୋଟିଏ ବଟିକା ଖାଇଲା।

ଏତେ ଔଷଧ ?

କୋଉ ଔଷଧଟା ରକ୍ତଚାପ ପାଇଁ, କୋଉଟା ଥାଇରଏଡ। ତିନିଟା ଭିଟାମିନ, ଗୋଟାଏ ନିଦ ଔଷଧ। ଦେଖ ମୁଁ ଭାବିଥିଲି ଆଜି ରାତିରେ ନିଦ ଔଷଧ ଖାଇବି ନାହିଁ, କଥା କହୁ କହୁ ସେଇଟା ବି ଖାଇଦେଲି।

ଅବିନାଶ ଯାଇ ବିଛଣାରେ ଶୋଇଲା; କହିଲା, ମତେ ନିଦ ଆସିବା ଆଗରୁ ମୋ ପାଖକୁ ଚାଲି ଆସ। ଶାନ୍ତା କହିଲା, ମୁଁ ଠିକ ପାଞ୍ଚ ମିନିଟ ସମୟ ନେବି।

ଶାନ୍ତା ଗାଧୁଆ ଘରୁ ତାର ଓଦା ଶାଢ଼ିକୁ ଆଣି ତାକୁ ଘର ଭିତରେ ଦୁଇ ଝରକା ଭିତରେ କୌଣସିମତେ ବାନ୍ଧି ଦେଲା, ଓ ବାକି ଲୁଗା ସବୁ ବିଭିନ୍ନ ଜାଗାରେ ଟାଙ୍ଗିଲା। ତା ପରେ ଠାକୁରଙ୍କ ଫଟୋଟି ନେଇ ତଳେ ଯାଇ ବସିଲା। ଅବିନାଶ କାନ୍ଥ ଘଡ଼ି ଆଡ଼କୁ ଅନାଇଲା। ମାତ୍ର ସାଢ଼େ ଆଠଟା, କିନ୍ତୁ ଜଣା ଯାଉଛି ଯେମିତି ଅଧା ରାତି। ସେ ସକାଳ ଆଠଟାରେ ଘରୁ ବାହାରି ଥିଲା। ଦେଖୁ ଦେଖୁ ବାର ଘଣ୍ଟା ଚାଲିଗଲା। ଅଫିସ ଯାଇଥିଲେ ଏଇ ସମୟ ଭିତରେ ସେ କେତେ କଣ କାମ କରି ସାରିଥାନ୍ତା। ସେ କଥା ଆଉ ଭାବି ଲାଭ ନାହିଁ। ସେ ଶାନ୍ତା ଉପରେ ତାର ଚିନ୍ତାକୁ ନିବଦ୍ଧ କଲା। ତାକୁ ଯେତେବେଳେ ପ୍ରଥମେ ଭେଟିଥିଲା, ତା ପାଇଁ ଅବିନାଶର ମନ ଭିତରେ ଯେଉଁ ଦୈହିକ ଇଚ୍ଛା ଦେଖା ଦେଇଥିଲା, ଏବଂ ଆଜି ସକାଳେ ସେମାନଙ୍କର ଭାବି ମିଳନର ଉତ୍କଣ୍ଠା ଓ ସମ୍ଭାବନାରେ ମନ ଭିତରେ ଯେଉଁ ଉତ୍ତେଜନା ଥିଲା, ଏବେ ଆଉ ତା ଅନୁଭବ କରି ପାରୁ ନଥିଲା ଅବିନାଶ। ଅବିନାଶ ବରଂ ଭାବୁଥିଲା ତାକୁ ପଚାରିବ ତାର ଶାନ୍ତିର ଉତ୍ସ କଣ ? କେଉଁ ଠାକୁରଙ୍କୁ କି ପ୍ରକାର ପ୍ରାର୍ଥନା କରି ସେ ପାଇଥିଲା ତାର ଜୀବନର ଶୀତଳ ସନ୍ତୁଳନ।

ଶାନ୍ତା ଫଟୋକୁ ନମସ୍କାର କରି ଉଠାଇ ନେଇ ଥାକରେ ରଖିଲା ଓ ତାର ମୁହଁ କାନ୍ଥ ଆଡକୁ ବୁଲାଇ ଦେଲା। ପଚାରିଲା, ଏଥର ଲାଇଟ ବନ୍ଦ କରିବି ? ଅବିନାଶ ହଁ କଲା ଓ ଅନ୍ଧାର ଭିତରେ ଶାନ୍ତା ଦେହରୁ ପୋଷାକ ଓହ୍ଲାଇ ତା ପାଖରେ ଆସି ଶୋଇଗଲା।

ଅବିନାଶ ତା ମୁହଁକୁ ହାତରେ ନେଲା। ବର୍ତ୍ତମାନ ବାହାରେ ଆହୁରି ପ୍ରବଳ ବର୍ଷାର ଶବ୍ଦ ଥିଲା। ତା ସାଙ୍ଗରେ ମଝିରେ ମଝିରେ ବଜ୍ର ପଡୁଥିଲା। କବାଟ ଝରକାର ପରଦା ଦେଇ ବିଜୁଳି ଆଲୁଅ ମୁହୂର୍ତ୍ତକ ପାଇଁ ଘର ଭିତରକୁ ରହସ୍ୟମୟ କରି ଦେଉଥିଲା। ଶାନ୍ତା ଦେହରେ ମାଟି ବର୍ଷା ଓ ଅରଣ୍ୟର ଗନ୍ଧ ଥିଲା। ତା ପାଇଁ ଅବିନାଶର ଯେଉଁ ଇଚ୍ଛା ଥିଲା ସେଇଟି ତାକୁ ଜାଣିବାର, ବୁଝିବାର। ଶାନ୍ତା ଯେତେବେଳେ ତା ପାଖକୁ ଆହୁରି ଲାଗି ଆସିଲା, ଅବିନାଶ ପଚାରିଲା, ତମେ ଠାକୁରଙ୍କୁ କି ପ୍ରାର୍ଥନା କଲ?

ବିଷ୍ଣୁ ସହସ୍ରନାମ; ଶୁଣିବ ? ଓଁ ବିଶ୍ୱସ୍ମୈ ନମଃ। ଓଁ ବିଷ୍ଣବେ ନମଃ। ଓଁ ବୈଷଟ୍‌କାରାୟ ନମଃ। ଓଁ ଭୂତ ଭବ୍ୟ ଭବତ ପ୍ରଭବେ ନମଃ। ଓଁ ଭୂତକୃତେ ନମଃ। ଓଁ

ଭୂତ ଭୂତେ ନମଃ। ଓଁ ଭବାୟ ନମଃ। ଓଁ ଭୂତାତ୍ମନେ ନମଃ। ଓଁ ଭୂତ ଭାବନାୟ ନମଃ।। ଓଁ ପୂତାତ୍ମନେ ନମଃ। କଣ ଆଉ ଶୁଣିବ ?

ଅବିନାଶ କହିଲା, ହଁ। ଶାନ୍ତା କହିଲା, ଥାଉ; କାଲି ସକାଳେ ମେଘ ଛାଡ଼ିଲେ ମୁଁ ତମକୁ ପୂରା ପଢ଼ି ଶୁଣାଇବି। ଅବିନାଶ କହିଲା, ମୁଁ ଟଙ୍କା ବାହାର କରି ରଖିଥିଲି, ତମକୁ ଦବାକୁ ଭୁଲିଗଲି।

ତମେ କଣ ପାଗଳ ନା କଣ ? ବିଷ୍ଣୁ ସହସ୍ରନାମ ଶୁଣିବା ପରେ ତମର ଟଙ୍କା କଥା ହିଁ ମନେ ପଡ଼ିଲା ? ବର୍ତ୍ତମାନ କଣ ଶୋଇବ, ନା ଆଉ କିଛି ?

ଆରାମ କରିବା ପାଇଁ ଶାନ୍ତା କଡ଼ ଲେଉଟାଇଲା। ତା ଦେହରୁ ଅବିନାଶର ହାତ ଶିଥିଳ ହୋଇ ଖସିଗଲା। ସେ ନିଦରେ ଶୋଇଗଲା।

ଆଖି ଖୋଲିବାରୁ ନିଜକୁ ଏକ ଅପରିଚିତ ଜାଗାରେ ରହିଥିବାର ଅନୁଭବ କଲା ଅବିନାଶ। ଥଣ୍ଡା ଲାଗିବାରୁ ସେ ଚାଦରକୁ ଆଉ ଟିକିଏ ଉପରକୁ ଟାଣି ନେଲା। ପାଣିର ଜୋର ଟିକିଏ କମିଥିଲା ହୁଏ ତ, କିନ୍ତୁ ବର୍ଷା ବନ୍ଦ ହୋଇ ନଥିଲା। ଚାରି ପାଖକୁ ଅନାଇ ଦେଖିଲା କୋଠରୀରେ ମେଘ ଦେଇ ସକାଳର କିଛି ଆଲୁଅ ଆସି ପଡୁଥିଲା। ଶାନ୍ତା ତଳେ ବସି ଠାକୁରଙ୍କୁ ପୂଜା କରୁଥିଲା। ସେ ଧୂପକାଠି ଜାଳିଥିଲା କି କଣ, ଘରସାରା ଏକ ହାଲୁକା ଓ ମୋହକ ପୂଜା ମଣ୍ଡପର ସୁରଭି ଭରି ରହିଥିଲା। ବିଛଣାରୁ ଉଠିବା ପାଇଁ ଇଚ୍ଛା ହେଲା ନାହିଁ ଅବିନାଶର। ଭାବିଲା ଶାନ୍ତାକୁ ପାଖକୁ ଡାକିବ। କିନ୍ତୁ ସେ ତାର ପୂଜାରେ ନିମଗ୍ନ ଥିଲା। ଆଖି ବନ୍ଦ କରି ଅବିନାଶ ଥକା ଲାଗୁଥିବା ନିଜକୁ ସମର୍ପଣ କରିଦେଲା ଝାପସା ଆଲୁଅ, କୋହଲା ପାଗ, ବାହାରେ ବର୍ଷାର ଝର ଝର ଓ ଘର ଭିତରେ ଠାକୁରାଣୀଙ୍କ ଦେହର ବାସନା ପାଖରେ।

ପୁଣି ଯେତେବେଳେ ନିଦ ଭାଙ୍ଗିଲା, ଘର ଭିତରେ ଆଉ ଟିକିଏ ବେଶି ଆଲୁଅ ଥିଲା। ଶାନ୍ତା ବାରଣ୍ଡାରେ ଚଉକି ଉପରେ ବସିଥିଲା। ଅବିନାଶ ବିଛଣାରୁ ଉଠି ତା ପାଖକୁ ଗଲା, ତା ପଛରେ ଠିଆ ହୋଇ ତା କାନ୍ଧରେ ହାତ ରଖିଲା। ତା ହାତ ଉପରେ ହାତ ରଖି ଶାନ୍ତା ପଚାରିଲା, କଣ ଚା ପିଇବ? ମୁଁ ଯାଇ ନେଇ ଆସୁଚି। ଶାନ୍ତା ଉଠି ଠିଆ ହେଲା। ଉଦାସ ଦେଖା ଯାଉଥିଲା ଶାନ୍ତା। ଅବିନାଶ ପଚାରିଲା, କଣ କିଛି ଅସୁବିଧା ହେଲା ?

ପିଲାମାନଙ୍କ କଥା ମନେପଡ଼ି କିଛି ଭଲ ଲାଗୁ ନାହିଁ, କହିଲା ଶାନ୍ତା ଓ ଚା ଆଣିବା ପାଇଁ ରୋଷାଇ ଘରକୁ ଗଲା। ଅବିନାଶ ମୁହଁ ହାତ ଧୋଇ ଆସି ବାରଣ୍ଡାରେ ବସିଲା। ଆଜି ଶାନ୍ତାର ଚଉକି ପାଖରେ କବିତାର ବହି ନ ଥିଲା। ଶାନ୍ତା ଆସି ତା

ହାତକୁ ଚା କପ ବଢ଼ାଇଦେଇ କହିଲା, ଆଜି ବି ରୋଷାଇ କରିବା ପାଇଁ ଲୋକ ଆସିଲା ନାହିଁ। ନରହରିକୁ ବର୍ଷାରେ ବଜାରକୁ ଯିବାକୁ ହେଲା ଜିନିଷ କିଣିବା ପାଇଁ।

ତମେ ପିଲାମାନଙ୍କ କଥା କହୁଥିଲ ? ପଚାରିଲା ଅବିନାଶ। ତା କଥାରେ ଜବାବ ନ ଦେଇ ଶାନ୍ତା କହିଲା, କଣ ଚା ସାଙ୍ଗରେ ବିସ୍କିଟ୍ ଖାଇବ ?

ବିସ୍କିଟ୍ କୋଉଠୁ ଆସିବ ? ନରହରିକୁ କହିଥିଲେ ହୋଇଥାନ୍ତା।

ମୋ ବ୍ୟାଗରେ ଅଛି। ଶାନ୍ତା ଉଠି ଯାଇ ବିସ୍କିଟ ଆଣି ଅବିନାଶ ପାଖରେ ରଖିଲା। ଅବିନାଶ କହିଲା, ମୁଁ କଣ ତମ ପିଲାମାନଙ୍କ କଥା ପଚାରି କିଛି ଭୁଲ କଲି ?

ନା, ସେ କଥା ନୁହେଁ। ମୁଁ କାହିଁକି ମୋର ଦୁଃଖ କଥା କହି ତମର ମନ ଖରାପ କରିବି ? ତମେ ଆସିଚ ଦି ଦିନ ପାଇଁ; ହସ ଖୁସିରେ କଟିଯାଉ ଏଇ ଅଳ୍ପ ସମୟତକ।

ମୁଁ ବି ଭାବିଥିଲି ମୋର ସମସ୍ୟା ସବୁକୁ ପଛରେ ରଖି ସମୟ କଟାଇବି ନିଶ୍ଚିନ୍ତ ହୋଇ ଏକ ସୁନ୍ଦର ଜାଗାରେ। ତେବେ ପ୍ରଥମରୁ ଯେ ବର୍ଷା ଆରମ୍ଭ ହେଲା ଶେଷ ହେବାର ନାଁ ନାହିଁ। ଏଠାରେ ପହଞ୍ଚି ପ୍ରଥମେ କ୍ଳାନ୍ତି ଆସିଲା, ତା ପରେ ଶୋଇଗଲି ଆଠ ଘଣ୍ଟା କି ଦଶ ଘଣ୍ଟା। ଭାବିଥିଲି ଜଙ୍ଗଲ ଭିତରେ ଯାଇ ବୁଲାବୁଲି କରିବା, ତାର ବି ଆଶା ନାହିଁ।

ତମର ସବୁ ପ୍ରୋଗ୍ରାମ ଭିତରୁ ଗୋଟିଏ ଜିନିଷ ଭୁଲି ଯାଉଛ। ତମେ ମତେ ବି ଆଣିଥିଲ ସାଙ୍ଗରେ। କାହିଁକି ଆଣିଥିଲ ? କିଛି ସୁଖ ପାଇବା ପାଇଁ ନିଶ୍ଚୟ। ପାଗ ଖରାପ ହୋଇଯିବା ଭଳି ମୁଁ ମୋର ମୁହଁ ଶୁଖାଇ ତମକୁ ମୋ ନିଜ କଥା କହି କାହିଁକି ଭାରାକ୍ରାନ୍ତ କରିବି ? ବରଂ ତମକୁ ଗୋଟିଏ କବିତା ପଢ଼ି ଶୁଣାଉଛି।

ଶାନ୍ତା ଭିତରୁ ଯାଇ କବିତା ବହି ଆଣି ତାର ଆହୁରି ପାଖକୁ ଚଉକି ଟାଣି ଆଣି ବସିଲା। କହିଲା, କଣ ପ୍ରଥମେ କବିତା ଶୁଣିବ ନା ମୁଁ ଯାଇ ଜଳଖିଆର ଖବର ନେବି ?

ପ୍ରଥମେ କବିତା, କହିଲା ଅବିନାଶ।

ଶାନ୍ତା ବହି ଖୋଲି କିଛି ପୃଷ୍ଠା ଓଲଟାଇଲା ଓ କବିତାଟିଏ ବାଛି ତାକୁ ପଢ଼ିଲା। ତାର ସ୍ୱର ଶାନ୍ତ ସହଜ ଓ ସ୍ୱଚ୍ଛନ୍ଦ ଥିଲା। ଅବିନାଶ କବିତାର ଶବ୍ଦମାନଙ୍କରେ ଧ୍ୟାନ ଦେବାକୁ ଚେଷ୍ଟା କଲା। ଯଦିଓ ସେ କିଛି କିଛି ବୁଝିପାରୁଥିଲା, ଶାନ୍ତା ପୂରା କବିତାଟି ପଢ଼ି ସାରିବା ପରେ ବି ସେ ତାର ଅର୍ଥ ଧରି ପାରିଲା ନାହିଁ। ଶାନ୍ତାକୁ

ପଚାରିଲା, ଏ କବିତାର ଅର୍ଥ କଣ ? ଶାନ୍ତା କହିଲା, ମୁଁ କଣ ଜାଣିଛି ଏହାର ପୂରା ଅର୍ଥ କଣ। ତେବେ ମତେ ପଢ଼ିବାକୁ ଖୁସି ଲାଗୁଛି।

କବି ତାଙ୍କର ପ୍ରେମିକାଙ୍କୁ କିଛି କହିବାକୁ ଚାହୁଁଛନ୍ତି। ପ୍ରେମିକା ସହିତ ତାଙ୍କର କଣ କିଛି ସମସ୍ୟା ଅଛି; ନୁହେଁ ?

ତମେ ଏଇଟା ବସି ପଢୁଥାଅ। ମୁଁ ଯାଇ ଖାଇବା ନେଇ ଆସେ। ନରହରି ଫେରିଲାଣି କି ନାହିଁ କେଜାଣି।

ଶାନ୍ତା ଜଳଖିଆ ନେଇ ଆସିବା ବେଳକୁ ଅବିନାଶ କବିତାଟିକୁ ଆହୁରି ଦୁଇ ଥର ମନେ ମନେ ପଢ଼ିଥିଲା। ପଢ଼ିବାକୁ ଭଲ ଲାଗୁଥିଲା, ଏବଂ ଅନ୍ତତଃ ଏତିକି ବୁଝି ହେଉଥିଲା ଯେ କବିର ମନ ଭିତରେ କିଛି ଦୁଃଖ ରହି ଯାଇଛି। କିନ୍ତୁ ଅନେକ ଧାଡ଼ି ଅବୁଝା ଲାଗୁଥିଲା ଯଦିଓ କୌଣସି ଶବ୍ଦ କଠିନ ନ ଥିଲା ଓ ବାକ୍ୟ ସବୁ ସରଳ ଥିଲା। ଶାନ୍ତା ତା ସାମନାରେ ଖାଇବାର ରଖିଲା। ଅବିନାଶ ପଚାରିଲା, ତମେ କଣ ଏ ସବୁ କବିତା ବୁଝି ପାରୁଛ ?

କବିତା କଣ ବୁଝି ହୁଏ ? ହୁଏ ତ ବା ଅନୁଭବ କରି ହୁଏ। ଭଲ ଲାଗୁଚି ବୋଲି ପଢୁଚି; ବୁଝିବା କଣ ଦରକାର ?

କିନ୍ତୁ କବି କଣ ଚାହୁଁଛି, ତା ତ ଜାଣିବାକୁ ହେବ। ଏଥିରେ ଯେମିତି ହରିଣର ଛାଲ ଭଳି ବିଷଣ୍ଣତା। ହରିଣର ଛାଲରେ ପୁଣି ଦୁଃଖ କିପରି ?

ହରିଣ ଛାଲ ଦେଖିଲେ ତମର ମନ ଖରାପ ହୁଏ ନାହିଁ। ମୋର ତ ଦୁଃଖ ହୁଏ। ସେମିତି କହିଲେ ହରିଣକୁ ଦେଖିଲେ ହିଁ ମୋର ଦୁଃଖ ହୁଏ।

ହୁଏତ ମୋର ବି ହୁଏ। ପୁଣି ଅଛି, ପ୍ରେମର ତିନୋଟି ଯାକ ଶପଥ। କିନ୍ତୁ କବିତାରେ କେଉଁଠି ନାହିଁ ସେ ତିନୋଟି ଯାକ କଣ ଯାହା ପୂରା ହେବାର ଥିଲା।

ଏଇଟା ବେଶ ଭାବିବାର କଥା ହେଲା। ପ୍ରଥମେ ଖାଇ ନିଅ। ତାପରେ ଆମେ ଠିକ କରିବା ସେ ତିନିଟି ଜିନିଷ କଣ।

ଶାନ୍ତା ଆଡ଼କୁ ଭଲ ଭାବେ ଅନାଇ ଦେଖିଲା ଅବିନାଶ। ବର୍ତ୍ତମାନ ସେ ଆଉ ଉଦାସ ଦେଖାଯାଉ ନଥିଲା। ସକାଳୁ ଗାଧୋଇ ପାଧୋଇ ନୂଆ ଲୁଗା ପିନ୍ଧି ସତେଜ ସୁନ୍ଦର ଦେଖା ଯାଉଥିଲା ଶାନ୍ତା। ଅବିନାଶ କିନ୍ତୁ ତାର ଦେହ କଥା ଭାବୁ ନଥିଲା। ଭାବୁଥିଲା ତାର ସକାଳର ଉଦାସ ମୁହଁ, ତାର ପିଲାମାନଙ୍କ କଥା, ତାର ଅଜଣା ଅତୀତ କଥା। ବିଷ୍ଣୁ ସହସ୍ରନାମ ଓ ହରିଣର ଛାଲ ଓ ପ୍ରେମର ତିନୋଟି ଯାକ ଶପଥ କଥା।

ବର୍ଷା ତ ବନ୍ଦ ହେବାର ନାଁ ନାହିଁ, କଣ କରାଯାଇ ପାରେ ଏତେବେଳେ, ପଚାରିଲା ଶାନ୍ତା।

ତମର ନିଜ କଥା କହ। ମୁଁ ଦିନ ସାରା ବସି ରହି ସେ କଥା ଶୁଣିବା ପାଇଁ ପ୍ରସ୍ତୁତ।

ମୋ ଜୀବନ କେମିତି ହୋଇଥିବ ବୋଲି ତମେ ଭାବୁଛ ?

ସହଜ ଓ ସୁନ୍ଦର। ସମସ୍ୟା ରହିତ। ତମେ ନିଜ ଖୁସିରେ ଗ୍ରାହକ ଠିକ କରୁଛ। ଭଲ ରୋଜଗାର କରୁଛ। ଖୁସିରେ ଅଛ।

ତମେ ତ ଅତି ସରଳ କରିଦେଲ ମୋ ଜୀବନକୁ, ଯେପରି କୌଣସି ସମସ୍ୟା ନାହିଁ, କୌଣସି ଦୁଃଖ ଦୁର୍ଦ୍ଦଶା ଦୁର୍ବିପାକ ନାହିଁ ମୋ ଆଗରେ । ମୁଁ ଯେଉଁ ଭଳି ଜୀବିକାରେ ପାଦ ଦେଇଛି, ସେଥିରେ ଯେତେ ସତର୍କ ରହିଲେ ବି ସେଇଟି ଯଥେଷ୍ଟ ନୁହେଁ। ସେ ଦିନ କଫି ହାଉସରେ ତମ ସହିତ ପରିଚୟ ହେବା ପରେ ମୋର ଯଦି ସାମାନ୍ୟ ବି ସନ୍ଦେହ ବା ଭୟ ହୋଇଥାନ୍ତା, ମୁଁ ସେଥିରୁ ଓହରି ଯାଇଥାନ୍ତି। କିନ୍ତୁ ସବୁବେଳେ ତ ପାଞ୍ଚ ମିନିଟର ପରିଚୟ ଭିତରେ କାହାରିକୁ ଠିକ ଭାବରେ ଜାଣିବା ସମ୍ଭବ ନୁହେଁ। ସେଥିପାଇଁ ଭୁଲ ହୋଇ ଯାଏ ଓ ପସ୍ତାଇବାକୁ ପଡ଼େ। ଗୋଟିଏ ଉଦାହରଣ ଦେଖିବ ?

ଶାନ୍ତା ଅବିନାଶର ହାତକୁ ନିଜ ପିଠିରେ ବ୍ଲାଉଜ ଉପରେ ରଖିଲା। କହିଲା, କିଛି ଜାଣି ପାରୁଛ ?

ନା ତ। ଶାନ୍ତା ତା ଆଡକୁ ପିଠି କରି ଠିଆ ହେଲା ଓ ଦେହରୁ ବ୍ଲାଉଜ ଖୋଲି ଦେଲା। ପିଠି ଉପରେ ଅଧା ଭାଗ ମାଡ଼ି ଗୋଟିଏ ଗଭୀର କଟା ଦାଗ ଥିଲା। ଶାନ୍ତା କହିଲା, ଲୋକଟା ଗୋଟାଏ ଛୁରୀ ଧରି ମୋ ଉପରକୁ ଆକ୍ରମଣ କଲା। ଭାଗ୍ୟକୁ ମୋର ମୁହଁ ବଞ୍ଚିଗଲା। ଉପରକୁ ଠିକଠାକ ଦେଖା ଯାଉଥିବା ଲୋକଟି ଯେ ବିନା କାରଣରେ ଏଭଳି ହିଂସ୍ର ହୋଇପାରେ କିଏ ଜାଣିଥିଲା ?

ତମେ ତାହେଲେ ଜାଣି ଜାଣି ଏଭଳି ଗୋଟିଏ ପେଶାକୁ ନେଲ କାହିଁକି, ଯଦି ଏଥିରେ ଏତେ ବିପଦର ସମ୍ଭାବନା ଅଛି ?

କୋଉ ଜୀବିକାରେ ଭଲମନ୍ଦର ଆଶଂକା ନାହିଁ କହିଲ। ତମେ ତ ତମର ଚାକିରିକୁ ନେଇ ଚିନ୍ତିତ ରହୁଛ।

ମୁଁ କିନ୍ତୁ ଜାଣିବାକୁ ଚାହୁଁଛି ତମେ କାହିଁକି କେମିତି ଏ ଜୀବିକାକୁ ନେଲ। ତାର ପ୍ରଶ୍ନକୁ ଏଡ଼ାଇ ଦେଇ ଶାନ୍ତା କହିଲା, ଚା ପିଇବ ? ବର୍ଷାର ଥଣ୍ଡାରେ ଆଉ କପେ ଚା ପିଆ ଯାଇପାରେ।

ଚା ପିଉ ପିଉ ଅବିନାଶ ଭାବୁଥିଲା ଯେ କାଲି ଏତେବେଳକୁ ସେମାନେ ଫେରିବା ରାସ୍ତାରେ ଥିବେ, ବର୍ଷା ବନ୍ଦ ହେଉ ନ ହେଉ। ତା ଆଗରୁ କିନ୍ତୁ ତାର ନିତାନ୍ତ ଜାଣିବା ଦରକାର ଶାନ୍ତା କିଏ କଣ ଓ କାହିଁକି। ବାହାରେ ଲାଗି ରହିଥିବା ବର୍ଷା ଭଳି ଏଇ ଭାବନାଟି ତାକୁ ଆଚ୍ଛନ୍ନ କରି ରଖିଥିଲା ବର୍ତ୍ତମାନ। ଶାନ୍ତା କିନ୍ତୁ ଅତି ଧୀର ସ୍ଥିର ହୋଇ ତା ସାମନାରେ ଚା ପିଉଥିଲା ଓ ତା ଆଡ଼କୁ ଚାହିଁ ନରମ ହସୁଥିଲା। ତା ମୁହଁରେ ସକାଳର ମେଘର ଲେଶମାତ୍ର ନ ଥିଲା।

ବର୍ତ୍ତମାନ ଏଇ ବର୍ଷା ପାଗରେ କଣ ଆଉ କରାଯାଇ ପାରେ, ପଚାରିଲା ଶାନ୍ତା।

ଅବିନାଶ ଭାବିଲା କହିବ, ଚାଲ ବିଛଣାକୁ ଯିବା। କିନ୍ତୁ ତାର ଦେହ ଓ ମନ ପ୍ରସ୍ତୁତ ନ ଥିଲେ ସେଥିପାଇଁ। ସେ କହିଲା, ମୁଁ ତମ ବିଷୟରେ ଜାଣିବାକୁ ଚାହେଁ।

ବେଶ। କିନ୍ତୁ ମୋ କଥା ଶୁଣିବା ପରେ ତମର ଯଦି ମନ ଖରାପ ହୋଇଯାଏ, ସେଥିପାଇଁ ମୁଁ ଦାୟୀ ନୁହେଁ।

ଗାଁ ସ୍କୁଲରୁ ପାଠ ପଢ଼ି ସାରିବା ପରେ ଶାନ୍ତାର ବାପା ମା ତାକୁ ବାହା କରାଇ ଦେଲେ ତା ଠାରୁ ଅଳ୍ପ ପାଠ ପଢ଼ିଥିବା, ଚାକିରି ବାକିରି ନ ଥିବା ଅପଦାର୍ଥ ଅମାର୍ଜିତ ଲୋକଟି ସହିତ। ତା'ର ଦୁଇଟି ପିଲା ହେଲେ। ସ୍ୱାମୀ ମଦ୍ୟପ ହୋଇ ତାକୁ ମାରପିଟ କରି ଶେଷରେ ଘର ଛାଡ଼ି ଚାଲିଗଲା। ପିଲାଙ୍କୁ ବାପାମାଙ୍କ ପାଖରେ ରଖି ଦେଇ ଶାନ୍ତା ସହରରେ ଯାଇ ଫିଜିଓଥେରାପି ଟ୍ରେନିଂ ନେଲା। ପାଠ ସରିବାରୁ ଚାକିରି କରି ସେ ପାଖକୁ ନେଇ ଆସିଲା ପିଲା ଦୁହିଁଙ୍କୁ।

ଶାନ୍ତା ଉଠି ଯାଇ ତାର, ଓଦା ଶାଢ଼ିକୁ ବାରଣ୍ଡାରୁ ଆଣି ଭିତରେ ପଙ୍ଖା ତଳେ ଟାଙ୍ଗିଲା। କହିଲା, ମୁଁ ଯାଇ ଦେଖି ଆସେ ନରହରି ଆଜି ଆମର ଖାଇବାର କି ବନ୍ଦୋବସ୍ତ କରୁଛନ୍ତି।

ବର୍ଷା ହୁଏ ତ କିଛି ପରିମାଣରେ କମିଛି, କିନ୍ତୁ ବନ୍ଦ ହେବାର ଆଶା ନାହିଁ। ଚବିଶ ଘଣ୍ଟାରୁ ବେଶି ହୋଇଗଲାଣି ବର୍ଷା ହେବାର। ବର୍ତ୍ତମାନ ମନେ ହେଉଛି ଯେପରି ଏ ଧାରାର ଆଉ ଶେଷ ହେବ ନାହିଁ ଏବଂ ପୃଥିବୀ ଏକ ଅସରନ୍ତି ଶ୍ରାବଣ ଭିତରେ ଅଟକି ରହିଯିବ। ବର୍ଷା ଯେଉଁ ଧୂମାଚ୍ଛନ୍ନ ଉଦାସ ଆଣି ଦେଇଥିଲା, ତାକୁ ଆହୁରି ବିଷଣ୍ଣ କରି ଦେଇଥିଲା ଶାନ୍ତାର ଜୀବନ କାହାଣୀ। ହରିଣର ଛାଲ ଭଳି ? ନିଜକୁ ପଚାରିଲା ଅବିନାଶ।

ଶାନ୍ତା ଚାକିରି କଲା ସତ, କିନ୍ତୁ ଚାକିରିର ସର୍ତ୍ତ ପୂରଣ କରି ପାରିଲା ନାହିଁ। ଯେତେ ଯେଉଁଠାରେ ସେ କାମ କଲା, ସବୁଠାରେ ତାର ଦେହ ଉପରେ ଦାବୀ ରହିଲା। କ୍ଲିନିକ, ନର୍ସିଂ ହୋମ ଓ ହସ୍‌ପିଟାଲର ମାଲିକ ଡାକ୍ତର କର୍ମକର୍ତ୍ତା, ଯଦି ସେ

କେଉଁ ରୋଗୀର ଘରକୁ କିଛି ଦିନ ପାଇଁ ଯାଇ କାମ କରୁଥିଲା ସେଠାରେ ନିଜେ ରୋଗୀ ସମେତ ପରିବାରର ଅନ୍ୟ ପୁରୁଷ, କାହାରି ଦୃଷ୍ଟିରୁ ସେ ବର୍ଞ୍ଚି ପାରିଲା ନାହିଁ। ପ୍ରଥମେ ପ୍ରତିବାଦ କରି, ବାରମ୍ବାର ଚାକିରି ବଦଳାଇ ସେ ଜାଣିଲା ଯେ ଯଦି ବଞ୍ଚି ରହି ସେ ପିଲାଙ୍କୁ ଠିକ ଭାବରେ ବଢ଼ାଇବାକୁ ଚାହେଁ, ତେବେ ତାକୁ ଆପୋଷ କରିବାକୁ ହିଁ ପଡ଼ିବ।

ଏବଂ ଅନେକ ଭାବିଚିନ୍ତି ସ୍ଥିର କଲା ଯେ ଯଦି ବାଧ୍ୟ ହୋଇ ତାକୁ ଏ ଭଳି ଆପୋଷ କରିବାକୁ ପଡ଼େ, ସେ ତା କରିବ ନିଜ ସର୍ତ୍ତରେ। ତାର ଅଧିକାର ରହିବ ଗ୍ରାହକକୁ ପସନ୍ଦ ନାପସନ୍ଦ କରିବାର। ସେ ନିଜର ବିବେକ ସହିତ ଚୁକ୍ତି କରିନେଲା ଓ ନୂଆ ଜୀବନ ଆରମ୍ଭ କଲା। ସେ ବର୍ତ୍ତମାନ ପୁଅ ଦୁହିଁଙ୍କୁ ବେଶି ସମୟ ଦେଉଥିଲା। ତା ପାଖରେ ଥିଲା ସେବିକା ହୋଇ କୌଣସି ରୋଗୀ ପାଇଁ ଦିନେ ଦୁଇ ଦିନ ବାହାରକୁ ଯିବାର ବାହାନା। ତା ମନରେ ଆଉ ପୃଥିବୀ ପ୍ରତି କ୍ରୋଧ ଘୃଣା ବା ହିଂସା ନାହିଁ। ସଂସାରର ଅନେକ ଲୋକଙ୍କ ଭଳି ଜୀବନ ଯାପନ ପାଇଁ ସେ ମଧ୍ୟ ଏପରି ଗୋଟିଏ ବୃତ୍ତି ନିଜର କରିଥିଲା ଯାହା ତାର ମନଃପୂତ ନଥିଲା। ତା ଭଳି ପରିସ୍ଥିତିରେ ଥିବା ମଣିଷ ଆଉ କଣ ବା କରିପାରେ ?

ଶାନ୍ତା ଯାଇ ରୋଷାଇ ଘରେ ଖରାବେଳର ଖାଇବା କଥା ବୁଝୁଥିଲା। ଅବିନାଶର ମନେ ପଡ଼ିଲା ଏଇ କିଛି ଦିନ ତଳେ ଖବର କାଗଜରେ ପଢ଼ିଥିବା ଛୋଟ ଖବର କଥା। କୌଣସି ଗାଁରେ କୁଆଡ଼େ ସବୁ ଝିଅ ବେଶ୍ୟାବୃତ୍ତି କରନ୍ତି ଏବଂ ଏଥିରେ ତତ୍ତ୍ୱାବଧାନ କରନ୍ତି ସେମାନଙ୍କର ବାପା ମା ଭାଇ। ଏ ବ୍ୟବସ୍ଥାକୁ ସମସ୍ତେ ନାକ ଟେକୁଥିଲେ, କିନ୍ତୁ ଜଣେ ନାରୀବାଦୀ ସେଠାକୁ ଯାଇ ମତ ଦେଇଥିଲେ ଯେ ସେମାନଙ୍କର ଅବସ୍ଥା ସହରରେ ରହୁଥିବା ଦେହଜୀବୀମାନଙ୍କଠାରୁ ଯଥେଷ୍ଟ ଭଲ କାରଣ ସେମାନେ ଦଲାଲ, ପୁଲିସ ଓ ଅସାମାଜିକ ଲୋକଙ୍କ କବଳରୁ ସଂପୂର୍ଣ୍ଣ ଭାବରେ ମୁକ୍ତ।

ଅବିନାଶର ପୁଣି ମନେ ପଡ଼ିଲା ପ୍ରଥମ ଜୀବନରେ ସେ କି କି ପ୍ରକାରର ଚାକିରି ସବୁ କରିଥିଲା, ଏବଂ ତାର ସାଙ୍ଗମାନେ କିଏ କୋଉ ପର୍ବ ଦେଇ ବର୍ତ୍ତମାନ କି ପ୍ରକାରର ଜୀବିକା ନିଜର କରିଛନ୍ତି। ସେ ଭାବିଲା ନିଜର ପରିବାର କଥା; କେତେ କମ ସମୟ ସେ ଦେଇପାରୁଛି ନିଜର ପିଲାଙ୍କୁ। ନିଜର ଦେହ କଥା। ଅଫିସର ସମସ୍ୟା ଜନିତ ନିଜର ମାନସିକ ଅବସ୍ଥା କଥା ଓ ସେଥିରୁ ମୁକ୍ତି ପାଇଁ ଦୁଇ ଦିନର ବିରାମ କଥା।

ଖାଇବା ଟେବୁଲରେ ବସି ଶାନ୍ତା ଯେତେବେଳେ ତାକୁ ପଚାରିଲା, କଣ ମୋ କଥା ଆଉ କିଛି ଶୁଣିବ, ଅବିନାଶ କହିଲା, ନା, ତମେ ତମ ବହିରୁ ପଢ଼ି ମତେ କବିତା ଶୁଣାଇବ।

ଖାଇସାରି ବିଛଣାରେ ପାଖାପାଖି ଶୋଇଥିବା ବେଳେ ଶାନ୍ତା ତାର କବିତା ବହି ଖୋଲି ପଚାରିଲା, କଣ ସେଇ ପୁରୁଣା କବିତାଟା ପଢ଼ିବି ନା ନୂଆ କବିତା ? ଅବିନାଶ କହିଲା, ସେଇ ଯୋଉ କବିତା ସକାଳେ ପଢ଼ିଥିଲ, ତାକୁ ଆଉ ଥରେ ଶୁଣାଅ।

ମୁଁ ତ ତାକୁ ଥରେ ପଢ଼ି ଶୁଣାଇ ସାରିଛି ତମକୁ। ବର୍ତ୍ତମାନ ତମେ ବରଂ ସେଇଟିକି ପଢ଼ି ମତେ ଶୁଣାଅ।

ଅବିନାଶ ତା ହାତରୁ ବହିଟି ନେଇ କବିତାଟିକୁ ପଢ଼ିବାକୁ ଚେଷ୍ଟା କଲା, କିନ୍ତୁ ଗୋଟିଏ ଧାଡ଼ି ପଢ଼ିବାକୁ ଯାଇ ଦୁଇଥର ଝୁଣ୍ଟିଲା। କହିଲା, ମୋ ହାତରେ କବିତା ପଢ଼ିବା ହୋଇ ପାରିବ ନାହିଁ; ତମେ ମତେ ପଢ଼ି ଶୁଣାଅ। ଶାନ୍ତାର ଗଳା ସ୍ପଷ୍ଟ ଓ ସଂଯତ ଥିଲା। କବିତାର ଶବ୍ଦ ସବୁ ନିର୍ଦ୍ଦିଷ୍ଟ ଭାବରେ ଆସି ସିଧା ଛୁଇଁ ଯାଉଥିଲେ ଅବିନାଶର ସଂବିତ୍‌କୁ। ଶାନ୍ତାର ପଢ଼ା ଶେଷ ହେଲା, କିନ୍ତୁ ଆଖି ବୁଜି ଅବିନାଶ ଅନୁଭବ କଲା ଯେପରି ଶାନ୍ତାର ସ୍ୱର ଆହୁରି ଦୂରକୁ ଯାଇ ପୁଣି ତା ପାଖକୁ ଫେରି ଆସୁଛି। ସେ ନିଦରେ ଶୋଇଗଲା।

ଶାନ୍ତା ଚା କପ ହାତରେ ଧରି ତାକୁ ଉଠାଇଲା ଓ ସେମାନେ ପୁଣି ଯାଇ ବର୍ଷାର ବାରଣ୍ଡାରେ ବସିଲେ। ଅବିନାଶ କହିଲା, କାଲି ସକାଳୁ ସକାଳୁ ବାହାରି ଯିବା, ବର୍ଷା ବନ୍ଦ ହଉ ନ ହଉ।

କାଲି ସକାଳୁ ବର୍ଷା ବନ୍ଦ ହୋଇଯିବ। ସବୁ ଭଲ ଜିନିଷ ଭଳି ସବୁ ଖରାପ ଜିନିଷର ବି ଶେଷ ଅଛି।

ବର୍ଷା ହୋଇ ସବୁ ନଷ୍ଟ କରି ଦେଲା।

କଣ ସବୁ ନଷ୍ଟ ହେଲା ? ତମେ କଣ ସବୁ କରିବା ପାଇଁ ଭାବିଥିଲ ଯାହା ବର୍ଷା ହେବାରୁ କରି ପାରିଲ ନାହିଁ ?

ଖରା ହୋଇଥିଲେ ଆମେ ଚାଲି ଚାଲି ଜଙ୍ଗଲ ଭିତରକୁ ବୁଲି ଯାଇଥାନ୍ତେ। କିମ୍ବା ଗାଡ଼ି ନେଇ କୋଉ ନୂଆ ଜାଗା ଯାଇ ଦେଖିଥାନ୍ତେ।

ତମେ କଣ ଭାବୁଚ ତମେ ଏପରି କିଛି କରି ପାରିଲ ଯାହା ବର୍ଷା ନ ହୋଇଥିଲେ କରି ପାରିନଥାନ୍ତ ?

ଟିକିଏ ଭାବି ଅବିନାଶ କହିଲା, ପାଗ ଭଲ ଥିଲେ ଆମେ ବାହାରକୁ ବୁଲିବାକୁ ଯାଇଥାନ୍ତେ, ଆଉ ମୁଁ ତମ ପାଖରୁ କବିତା ଶୁଣି ପାରିନଥାନ୍ତି। ବର୍ଷା ହେଉ ଥିବାରୁ ମୁଁ ତମକୁ ଆହୁରି ପାଖରେ ପାଇ ପାରିଲି।

ଶାନ୍ତା କହିଲା, ବର୍ଷାକୁ ନେଇ ବୋଧହୁଏ ଆଉ କେହି ଏମିତି ଚାଟୁ କଥା କହି ପାରି ନଥାନ୍ତା।

ଅବିନାଶ ବର୍ତ୍ତମାନ ଭଲ ମିଜାଜରେ ଥିଲା। କହିଲା, ପ୍ରତ୍ୟେକ କଳା ମେଘର ଏକ ରୂପେଲୀ ଆସ୍ତରଣ ଅଛି ତମେ ନିଶ୍ଚୟ ଜାଣ।

ଏଇଭଳି କଥାବାର୍ତ୍ତା କରୁକରୁ ବର୍ଷାର ଆଲୁଅ ଆସ୍ତେ ଆସ୍ତେ ଲିଭି ଲିଭି ଆସିଲା। ଜଙ୍ଗଲ ଓ ବର୍ଷା ଯେପରି ଦିନଟିକୁ ଆହୁରି ଛୋଟ କରି ଦେଉଥିଲେ।

ଶାନ୍ତା କହିଲା, ନରହରି କହୁଥିଲା ଆଜି ଶୀଘ୍ର ଘରକୁ ଯିବ। ସେଥିପାଇଁ ସେ ଶୀଘ୍ର ଖାଇବା ପାଇଁ ଦେଇଦେବ। ଅବଶ୍ୟ ତମେ ଯଦି ଚାହଁ, ସେ ଚାଲିଗଲେ ବି ମୁଁ ପରେ ଖାଇବାର ବ୍ୟବସ୍ଥା କରିଦେଇ ପାରିବି।

ନା ନା। ଆମେ ଆଜି ଚଞ୍ଚଳ ଖାଇନେବା ଏବଂ ଶୀଘ୍ର ବିଛଣାକୁ ଯିବା। ଆମ ପାଖରେ ତ ଆଉ ମାତ୍ର ବାର ଘଣ୍ଟା ସମୟ ରହିବ।

ବାର ଘଣ୍ଟା ତ ବହୁତ ସମୟ! କେତେ କଣ କରାଯାଇପାରେ ବାର ଘଣ୍ଟାରେ।

ଜଣେ ଲୋକ ତ କେବଳ ନିଦରେ ଶୋଇ ବି ପୂରା ସମୟଟା କଟାଇ ଦେଇପାରେ। କାଲି ରାତିରେ ମୁଁ ଯେମିତି ନିଘୋଡ଼ ନିଦରେ ଶୋଇଲି, ଆଗରୁ କେବେ ଏତେ ଭଲ ନିଦରେ ଶୋଇଥିବାର ମୋର ମନେ ନାହିଁ।

ଭଲ କଥା। ଆଉ ଯାହା କରି ପାରିଲେ ନ କରି ପାରିଲେ ବି ମନେ ରଖିବା ଭଳି ନିଦ ହେଲା, ସେ ବି ଗୋଟିଏ ବଡ଼ କଥା।

ଶାନ୍ତା ଯାଇ ରୋଷାଇ ଘରେ ବୁଲି ଦେଇ ଆସିଲା। କହିଲା, ତମେ ଯଦି ଡ୍ରିଙ୍କ ନବ, ଆରମ୍ଭ କରି ଦିଅ।

ଚଉକି ଟାଣି ଦୁହେଁ ଟେବୁଲ ପାଖରେ ବସିଲେ। ଶାନ୍ତା ଯାଇ ଫ୍ରିଜରୁ ବରଫ ଓ ଥଣ୍ଡା ପାଣି ଆଣିଲା, ବ୍ୟାଗରୁ ପ୍ୟାକେଟ ଆଣି ପ୍ଲେଟ ଉପରେ ଢ଼ାଳି ଦେଲା। ଏବଂ ଦୁଇଟି ଯାକ ଗ୍ଲାସରେ ଭଲ ପରିମାଣରେ ହ୍ୱିସ୍କି ଢ଼ାଳିଲା।

ଅବିନାଶ ପଚାରିଲା, ତମେ କଣ ପିଇବ ନା କଣ ?

ନିଶ୍ଚୟ। କାଲି କଥା କାଲି ଥିଲା, ଆଜି କଥା ଆଜି।

ତା ହେଲେ କାଲି ତମେ ପିଇଲ ନାହିଁ କାହିଁକି ?

କାଲି ମୁଁ ତମକୁ ଠିକରେ ଜାଣି ନଥିଲି। ମୋ ଭଳି ପରିସ୍ଥିତିରେ ଲୋକକୁ ଯେତେ ସମ୍ଭବ ସତର୍କ ରହିବାକୁ ତ ହେବ।

ବର୍ତ୍ତମାନ ବି ତମେ ମତେ କେତେ ଜାଣିଛ ?

ଯେମିତି ଜାଣିବା ଉଚିତ, ସେତିକି। ବେଶି ନୁହେଁ। କିନ୍ତୁ କମ ବି ନୁହେଁ।

ତମେ କିଛି ବି ଜାଣି ନାହଁ ମୋ ବିଷୟରେ। ତମେ କେମିତି ଜାଣିବ ମୋ ସୁଟକେସ ଭିତରେ ଛୁରୀ ଅଛି ନାହିଁ ?

ସେ ସମ୍ଭାବନା ତ ରହିବ ହିଁ ରହିବ। ପ୍ରତି ମୁହୂର୍ତ୍ତରେ କିଛି ନା କିଛି ବିପଦର ଆଶଙ୍କା ଅଛି। ତା ବୋଲି କଣ ଆମେ ସାରା ଜୀବନ ଭୟରେ ଭୟରେ ରହିବା ? ଯେତିକି ସାବଧାନତା ସହଜରେ ନିଆ ଯାଇପାରେ, ସେତିକିରେ ସନ୍ତୁଷ୍ଟ ରହିବା କଥା।

ତା ସାଙ୍ଗେ ତାଳ ଦେଇ ଶାନ୍ତା ହ୍ୱିସ୍କି ପିଉଥିଲା। ସେମାନଙ୍କର ପ୍ରଥମ ଗ୍ଲାସଟି ଶେଷ ହେବା ଉପରେ ଥିଲା। ଅବିନାଶ ଅନ୍ଦାଜ କରିବାକୁ ଚେଷ୍ଟା କରୁଥିଲା ଶାନ୍ତା ତା ସହିତ ଦ୍ୱିତୀୟ ଗ୍ଲାସଟି ନେବ କି ନାହିଁ। ଶାନ୍ତା କହିଲା, ପ୍ରକୃତରେ କହିଲେ ମତେ ଡ୍ରିଙ୍କ ଭଲ ଲାଗେ। ଏବଂ ସେ ଅବିନାଶ ସହିତ ଦ୍ୱିତୀୟ ଗ୍ଲାସଟି ନେଲା। ଅବିନାଶ କହିଲା, ମୁଁ ଆଜି ମାତାଲ ହୋଇ ଯିବାକୁ ଚାହେଁ। ଶାନ୍ତା କହିଲା, ପ୍ରତିଟି ମଣିଷକୁ କେବେ କେବେ ମାତାଲ ହେବା ଉଚିତ। ତା ମଦ ପିଇ ହେଉ ବା ଅନ୍ୟ କେଉଁ ଭଳି।

ଆଉ କେଉଁ ଭଳି ଜଣେ ମାତାଲ ହୋଇ ପାରେ ?

କବିତା ପଢ଼ି। ପୂଜା ପାଠ କରି। ଧର୍ମ କରି। ତମେ ପୂଜା ବେଳେ ମନ୍ଦିରରେ ସଂକୀର୍ତ୍ତନ କରୁଥିବା ଭକ୍ତଙ୍କୁ ଦେଖିଛ ?

ମତେ କିନ୍ତୁ ତମେ ଆଜି ତମର ବିଷ୍ଣୁ ସହସ୍ରନାମ ପୂରା ପଢ଼ି ଶୁଣାଇବ।

ମୁଁ ଯେତେବେଳେ ଶୋଇବା ଆଗରୁ ଠାକୁରଙ୍କ ଆଗରେ ବସି ପଢ଼ିବି, ତମେ ଚୁପଚାପ ବସି ଶୁଣିପାର।

ତମେ ପୂଜା କଲା ବେଳେ କଣ ମାଗ ଠାକୁରଙ୍କୁ ?

ପୂଜା କରି ଠାକୁରଙ୍କୁ ମାଗିଲେ ଯଦି ସବୁ କିଛି ମନ କାମନା ପୂରଣ ହୋଇ ଯାଉଥାନ୍ତା, ତେବେ ତ କାହାରି କିଛି ସମସ୍ୟା ରହନ୍ତା ନାହିଁ।

ତେବେ ତମେ ଠାକୁରଙ୍କୁ ପୂଜା କରୁଛ କାହିଁକି ?

ପୂଜା ସହିତ ମାଗିବାର କଣ ସଂପର୍କ ? ଆଉ ଠାକୁର ବି କଣ ? ମୁଁ ନିଜେ କ୍ୟାଲେଣ୍ଡରରୁ କାଟି ଯୋଡ଼ି ମୋର ଠାକୁରଙ୍କୁ ତିଆରି କରିଛି। ଆଉ କିଛି ନ ହେଲେ ମୁଁ ଅନ୍ତତଃ ଦିନକୁ ଦୁଇଥର ଚୁପଚାପ ସେଇ ଫଟୋ ଆଗରେ ବସି ଦଶ ମିନିଟ ଖୁସିରେ ପାଠ କରିପାରୁଛି।

ତମେ ଯାହା ପଢୁଛ, ତାର ଅର୍ଥ କଣ ?

ତମେ କବିତାର ଅର୍ଥ ପଚାରୁଥିଲ, ବର୍ତ୍ତମାନ ଠାକୁରଙ୍କ ନାଁର ଅର୍ଥ ପଚାରୁଛ। ଅର୍ଥ ତ ନିଶ୍ଚୟ ଅଛି, ତେବେ ସେଥିରେ ମୋର ଦରକାର କଣ ? ପଢ଼ିବାକୁ ଭଲ ଲାଗୁଛି। ହରିଣର ଛାଲ ଭଳି ବିଷଣ୍ଣତା; ଓଁ ବିଶ୍ୱସ୍ମୈ ନମଃ, ଓଁ ବିଷ୍ଣବେ ନମଃ। ସେତିକି କଣ ଯଥେଷ୍ଟ ନୁହେଁ ?

ଖାଇବା ଟେବୁଲରେ ବସି ଅବିନାଶ ଭାବିଲା, ଶାନ୍ତା ପାଖରେ ସବୁ ପ୍ରଶ୍ନର ଉତ୍ତର ଅଛି। ଟିକିଏ ବେଶି ପିଇ ଦେଇଥିବାରୁ ତାର ମସ୍ତିଷ୍କ ସରଳଗତିରେ କାମ କରୁ ନ ଥିଲା। ତେବେ ସେ ଖାଇସାରି ଶୋଇବାକୁ ଯିବା ପୂର୍ବରୁ ନିଶ୍ଚୟ ସହସ୍ରନାମ ପଢ଼ିବା ବେଳେ ତା ପାଖରେ ବସି ତାକୁ ପୂରାପୂରି ଶୁଣିବ।

ଖାଇପିଇ ସାରି ଶାନ୍ତା ନରହରିକୁ ପର ଦିନ ପାଇଁ କଣ କରିବାକୁ ହେବ ବୁଝାଇ ଦେଲା, କାରଣ ସେମାନେ ସକାଳୁ ସକାଳୁ ବାହାରି ଯିବେ। ଅବିନାଶ ଯୋଗ କଲା, ବର୍ଷା ହେଉଥାଉ ପଛେ। ନରହରି କହିଲା, କାଲି ସକାଳକୁ ବର୍ଷା ଛାଡ଼ିଯିବ। ଶାନ୍ତା ତା ସହିତ ତାଳ ଦେଇ କହିଲା, ସେ କଥା ଠିକ, କାଲି ସକାଳକୁ ବର୍ଷା ନ ଥିବ। ଅବିନାଶ କିନ୍ତୁ ଭାବି ପାରୁ ନଥିଲା ଯେ ଏ ବର୍ଷାର ଶେଷ ବି ଅଛି।

ଅବିନାଶ ବିଛଣାରେ ପଡ଼ି ଅପେକ୍ଷା କଲା କେତେବେଳେ ଶାନ୍ତା ନିଜ କାମ ସାରି ଠାକୁରଙ୍କୁ ନେଇ ତଳେ ବସିବ। ତା ହେଲେ ସେ ଯାଇ ତା ପାଖରେ ବସି ତାର ପୂଜା ଦେଖିବ। କିନ୍ତୁ ଦଶ ମିନିଟ ପରେ ଶାନ୍ତା ଯେତେବେଳେ ତାର ଠାକୁରଙ୍କୁ ନେଇ ତଳେ ଚକା ପକାଇ ବସିଲା, ଅବିନାଶର ଆଉ ଉଠିବାକୁ ଇଚ୍ଛା ହେଲା ନାହିଁ। ସେ ମନ ଲଗାଇ ଶାନ୍ତାର ପାଠକୁ ଶୁଣିବାରେ ଧ୍ୟାନ ଦେଲା ଓ ହିରଣ୍ୟଗର୍ଭାୟ ରୁଦ୍ରାୟ ମାରୀଚୟେ ସାଧବେ କାନ୍ତାୟ ଗରୁଡ଼ଧ୍ୱଜାୟ ଶୁଣୁ ଶୁଣୁ ନିଦରେ ଶୋଇଗଲା।

ସେ ଯେତେବେଳେ ନିଦରୁ ଉଠି ଆଖି ଖୋଲିଲା, କିଛି ଗୋଟାଏ ଅସ୍ୱାଭାବିକ ଘଟି ଯାଇଥିବାର ଜଣାଗଲା ତାକୁ। ଘରେ ସାମାନ୍ୟ ଅନ୍ଧାର ଥିଲା, କିନ୍ତୁ ବର୍ଷା ପୂରାପୂରି ବନ୍ଦ ହୋଇ ଯାଇଥିଲା। ସମୟ ପାଞ୍ଚଟା ବାଜିଛି। ସବୁ ଚୁପଚାପ ଥିଲା ବର୍ତ୍ତମାନ କେବଳ ପାଖରେ ଶୋଇଥିବା ଶାନ୍ତାର ସହଜ ଓ ଧୀର ନିଶ୍ୱାସର ଉତ୍‌ଥାନ ପତନ ବ୍ୟତୀତ। ତାକୁ କଣ ଉଠାଇବ ବର୍ତ୍ତମାନ ? ଏ କଥା ଭାବିଥିବାରୁ ନିଜକୁ ଲଜ୍ଜା ଲାଗିଲା ଅବିନାଶର। ସେ ପୁଣି ଶୋଇବାକୁ ଚେଷ୍ଟା କଲା, କିନ୍ତୁ ନିଦ ଆଉ ଆସିଲା ନାହିଁ। ସେ ବିଛଣାରୁ ଉଠି ଆସିଲା।

ସାମାନ୍ୟ ଫରଚା ହୋଇ ଆସୁଛି ବାହାରେ। ଭାବିଲା ବାରଣ୍ଡାରେ ଯାଇ ବସିବ। କବାଟ ସାମନାରେ ଶାନ୍ତାର ଶାଢ଼ି ଟଙ୍ଗା ହୋଇଥିଲା। ହାତ ଦେଇ ଦେଖିଲା ଶାଢ଼ି ଶୁଖି ଯାଇଛି। ତାକୁ ଖୋଲି ଭାଙ୍ଗି ଅବିନାଶ ଶାଢ଼ିକୁ ଟେବୁଲ ଉପରେ ରଖିଲା। ଟେବୁଲରେ ଶାନ୍ତାର ଆଉ ସବୁ ଛୋଟ ଛୋଟ ଜିନିଷ ପଡ଼ିଥିଲା। ସେ ତାର ହାତ ଘଡ଼ି ଚଷମା ଓ କବିତା ବହିକୁ ଥର ଥର କରି ଛୁଇଁଲା। ତା ପରେ କବାଟ ଖୋଲି ବାରଣ୍ଡାକୁ ଗଲା।

ବାହାରେ ସବୁ କିଛି ଅଦ୍ଭୁତ ସବୁଜ ଦେଖା ଯାଉଛି। ସେ ଯଦି ଆଉ ଦିନେ ଦୁଇ ଦିନ ରହି ପାରିଥାନ୍ତା, ଦୁହେଁ ଚାଲି ଚାଲି ଯାଇ ଜଙ୍ଗଲ ଭିତରେ କିଛି ବାଟ ବୁଲି ଥାନ୍ତେ। ଆଗରୁ ତାକୁ ଥକା ଥକା ଲାଗୁଥିଲା। ଆଜି ଯଦିଓ ସେ ଶୀଘ୍ର ନିଦରୁ ଉଠି ପଡ଼ିଥିଲା, ସତେଜ ଲାଗୁଥିଲା ତାକୁ। ରାତିରେ ବେଶି ମଦ ପିଇବାର ଭାର ବି ନଥିଲା ମୁଣ୍ଡ ଭିତରେ। ବର୍ଷା ସହିତ ତାର ଅବସାଦ ବି ଦୂର ହୋଇ ଯାଇଥିଲା ଯେପରି।

ତାକୁ ନିଜ ଗାଡ଼ିର ଖବର ବି ନେବାକୁ ହେବ। ଚୁପଚାପ ପାଦରେ ସେ ଅନ୍ୟ ବାରଣ୍ଡା ଦେଇ ପୋର୍ଟିକୋକୁ ଆସିଲା। ଗାଡ଼ି ଉପରେ ବିନ୍ଦୁ ବିନ୍ଦୁ ପାଣି ଥିଲା ଓ କାଦୁଅ ଛିଟିକା ଲାଗିଥିଲା। ଗାଡ଼ି ଖୋଲି ସେ ପୋଛା କନା ବାହାର କରି ଗାଡ଼ିକୁ ସଫା କଲା। ସେ ଚାବି ଲଗାଇ ଗାଡ଼ି ଚାଲୁଚି କି ନା ଦେଖିବ ବୋଲି ଭାବିଲା, କିନ୍ତୁ ଶବ୍ଦରେ କାଳେ ଶାନ୍ତା ଉଠି ପଡ଼ିବ ସେଥିପାଇଁ ଗାଡ଼ିର କବାଟ ବନ୍ଦ କରି ପୁଣି ଘର ଭିତରକୁ ଆସିଲା।

ଶାନ୍ତା ତଥାପି ନିଦରେ ଶୋଇଥିଲା। ଅବିନାଶ ଠିକ କଲା ସେ ବରଂ ଏକା ଯାଇ ବାହାରେ କିଛି ସମୟ ବୁଲି ଆସିବ। ସେ ଜୋତା ପିନ୍ଧି ବାହାରକୁ ଆସିଲା ଓ ବଙ୍ଗଳାର ଗେଟ ଟପି ରାସ୍ତାରେ ପାଦ ଦେଲା। ବର୍ଷାରେ ଧୋଇ ଯାଇଥିବା ଗଛ ପତ୍ର ଆଲୁଅରେ ସତେଜ ଓ ଉଜ୍ଜ୍ୱଳ ଦେଖା ଯାଉଥିଲେ। ପବନରେ ମାଟିର ଗନ୍ଧ ଥିଲା। ବର୍ଷା ବୋଧହୁଏ କିଛି ସମୟ ଆଗରୁ ବନ୍ଦ ହୋଇ ଯାଇଥିଲା, ରାସ୍ତାରେ ପାଣି କାଦୁଅ ନ ଥିଲା। ସେ ଫେରିଯିବା କଥା, ଘର କଥା, ଅଫିସ କଥା ଭାବିଲା। କିନ୍ତୁ ଏଇ ଗଛ ଗହଳରେ ଛିଡ଼ା ହୋଇଥିବା ବେଳେ ଯେଉଁ କଥା ତାର ବେଶି ମନକୁ ଆସୁଥିଲା ସେଇଟି ତାର ନିଜର ପିଲାଦିନର କଥା।

ସୂର୍ଯ୍ୟ ଆଉ ଟିକିଏ ଉପରେ ଥିଲା ଓ ସକାଳର ଖରା ଆହୁରି ଟାଣ ହେଉଥିଲା। ଅବିନାଶ ଫେରିବା ବାଟ ଦେଖିଲା। ହାତରେ ଘଣ୍ଟା ପିନ୍ଧିବାକୁ ଭୁଲି ଯାଇଥିଲା ସେ। ଗେଟ ଭିତରକୁ ପଶି ଦେଖିଲା ଯେ ନରହରି ରୋଷାଇ ଘର ଖୋଲି ସାରିଛି। ଘର ଭିତରେ ଶାନ୍ତାର ଜିନିଷ ସବୁ ସଜଡ଼ା ହୋଇ ରହିଥିଲା ଓ ସେ ବାଥରୁମରେ ଥିଲା। ଅବିନାଶ ନିଜର ଜିନିଷକୁ ଏକାଠି କଲା। ଶାନ୍ତା ବୋଧହୁଏ ଏଇମାତ୍ର ଭିତରକୁ ଯାଇଛି। ତେଣୁ ବାହାରକୁ ଯାଇ ଅବିନାଶ ନରହରିକୁ ଖାଇବା ଘରକୁ ଡାକିଲା ତାର ହିସାବ ପତ୍ର ଠିକ କରିବା ପାଇଁ। ଏ କାମଟି ବି ସରିଗଲା ଅଳ୍ପ ସମୟରେ। ନରହରି କହିଲା, ବର୍ଷା ଯୋଗୁ ଆପଣଙ୍କର ଅସୁବିଧା ହେଲା। ଆଉ ରୋଷେଇଆ ନ ଥିବାରୁ ଖାଇବା ପିଇବା ବି ଠିକରେ ହେଲା ନାହିଁ। ବର୍ଷା ଛାଡ଼ି ଗଲାଣି; ଆଜି ପୂଜାରୀ ଫେରିବ ନିଶ୍ଚେ। ଅବିନାଶ କହିଲା, ନା, ସବୁ ଠିକ ଥିଲା। ଆମର କିଛି ଅସୁବିଧା ହୋଇ ନାହିଁ।

ଶାନ୍ତା ଗାଧୁଆ ଘରୁ ବାହାରିବଣି। ଖାଇବା ଘରୁ ବାହାରି ନିଜ କୋଠରୀକୁ ଯିବା ପୂର୍ବରୁ ପାଗ କିପରି ଦେଖିବାକୁ ଅବିନାଶ ଆକାଶକୁ ଅନାଇଲା। ଏବଂ ଯାହା ଦେଖିଲା ତାର ମନ ଏକ ଅପୂର୍ବ ଆନନ୍ଦରେ ଭରିଗଲା। ସେ କବାଟ ପାଖରେ ପାଟି କରି କହିଲା, ଶୀଘ୍ର, ଶୀଘ୍ର ବାହାରକୁ ଆସ ଦେଖିବ। ଶାନ୍ତା କିନ୍ତୁ ପୂଜା କରୁଥିଲା, ତାର କୌଣସି ଜବାବ ଦେଲା ନାହିଁ। ଅବିନାଶ ଗାଧୁଆ ଘରେ ପଶିଲା ଏବଂ ଯେତେବେଳେ ପୋଷାକ ପିନ୍ଧି ବାହାରିଲା, ଶାନ୍ତା ବାରଣ୍ଡାରେ ବସିଥିଲା। ଅବିନାଶ ଚୁପଚାପ ସୁଟକେସରେ ନିଜର ଜିନିଷ ସଜାଇ ରଖିବାରେ ଲାଗିଲା।

ଶାନ୍ତା ଭିତରକୁ ଆସିବାରୁ ଅବିନାଶ କହିଲା, ଆମର ଯିବାର ବେଳ ହୋଇଗଲା। ହୁଏତ କାଲି ଭଳି ନିଜ ପିଲାଙ୍କ କଥା ଭାବୁଥିଲା କି କଣ, ଶାନ୍ତା ଅନ୍ୟମନସ୍କ ଜଣା ପଡୁଥିଲା। ତାକୁ ବାହୁରେ ନେଇ ଅବିନାଶ ତା କପାଳରେ ଚୁମା ଖାଇଲା। ଶାନ୍ତା ଅବିନାଶକୁ ଥରେ ମାତ୍ର ଦେହରେ ଜଡ଼ି ନେଇ ତା ପାଖରୁ ନିଜକୁ ମୁକୁଳାଇ ନେଲା। ପଚାରିଲା, ତମର ସକାଳର ଔଷଧ ଖାଇଛ କି ନାହିଁ ?

ବ୍ରେକ୍‌ଫାଷ୍ଟ ଖାଇ ସାରି ଜିନିଷ ନେଇ ସେମାନେ ଗାଡ଼ିକୁ ଗଲେ। ଗାଡ଼ିରେ ବସିବା ଆଗରୁ ନରହରିକୁ ଡାକି ଶାନ୍ତା ତା ହାତକୁ କିଛି ଟଙ୍କା ବଢ଼ାଇ ଦେଲା। ନରହରି କହିଲା, ବାବୁ ଦେଇଛନ୍ତି। ତାକୁ ଅଶୁଣା କରି ଦେଇ ଶାନ୍ତା କହିଲା, ପର ଦିନ ରଜ; ତମ ଝିଅ ପାଇଁ ଏଥିରେ କିଛି କିଣି ଦେବ।

ରାସ୍ତା ଠିକ ଥିଲା। ବାହାରେ ଛମ ଛମ ଖରା ପଡୁଥିଲା। ଗାଡ଼ି ମୃଦୁ ଗତିରେ ଚାଲୁଥିଲା। ଅବିନାଶର ମନ ହାଲୁକା ଥିଲା। ବାଁ ପାଖରେ ବସି ସାମନାକୁ ଅନାଇ ଶାନ୍ତା ଗୁଣୁ ଗୁଣୁ କରି ଗୀତ ଗାଉଥିଲା। ଅବିନାଶ ପଚାରିଲା, କଣ ଆମର ପୁଣି ଶୀଘ୍ର ଦେଖା ହେବ ତ ? ଶାନ୍ତା କହିଲା, ନିଶ୍ଚୟ। କିଛି ସମୟ ଚୁପ ରହି ଅବିନାଶ ପୁଣି ପଚାରିଲା, ତମ ସହିତ କେମିତି ଯୋଗାଯୋଗ କରିବି ? ଶାନ୍ତା ତା ଆଡ଼କୁ ମୁହଁ ବୁଲାଇ ଟିକିଏ ହସିଲା ଓ ଛୋଟ ଉତ୍ତର ଦେଲା, ଟୋନି।

ଅବିନାଶ ତାକୁ ଆଉ କିଛି କହିବାକୁ ଯାଉଥିଲା, କିନ୍ତୁ କଣ ଭାବି ଚୁପ ରହିଲା। ସେ ଭାବିବାକୁ ଚେଷ୍ଟା କଲା ପ୍ରେମର ତିନୋଟି ଶପଥ କଣ ହୋଇପାରେ।

—

କବିତାର ଦୀର୍ଘ ଜୀବନ

ଝରକା ଦେଇ ଆସୁଥିବା ଆଲୁଅ ଓ ଶୋର ଶବ୍ଦ ଭିତରେ ଆଖି ଖୋଲିଲା ଦେବନାଥ। ଆଜିକାଲି ଶୋଇବା ଉଠିବା, ବା ଅନ୍ୟ କିଛି କାମ କରିବାର, କୌଣସି ଠିକଣା ସମୟ ନାହିଁ ତାର। ଭୋକ ଲାଗିଲେ ଖାଏ, ନିଦ ଲାଗିଲେ ଶୁଏ, ଆଖି ଖୋଲିଲେ ଉଠେ। କାଲି ରାତିରେ ଭଲ ନିଦ ହୋଇଥିଲା, ସକାଳକୁ ଭଲ ଲାଗୁଛି ଆଜି। ତଳକୁ ହାତ ବଢ଼ାଇ ଚଟାଣରେ ପଡ଼ି ଯାଇଥିବା ତକିଆକୁ ଉଠାଇଲା ଓ ପାଖ ଟେବୁଲରୁ ଚଷମା ଆଣି ଆଖିରେ ଲଗାଇଲା ଦେବନାଥ। ଏଥିରେ ଆଉ ଠିକରେ ଦେଖା ଯାଉନାହିଁ। ଚଷମା ଓ ନିଜ ଆଖିକୁ କାନିରେ ପୋଛି ଆଉଥରେ ଚାରିଆଡ଼କୁ ଅନାଇ ସେ ବୁଝିଲା ଯେ ଏଥରକ ଚଷମାର କାଚ ବଦଳାଇବାକୁ ହେବ। ଏଇ ସୂତ୍ରରୁ ତାର ମନେ ପଡ଼ିଲା ଯେ ଆହୁରି ଅନେକ କାମ ବାକି ରହିଯାଇଛି, କିନ୍ତୁ ଇଚ୍ଛାକରି ସେ ତାକୁ ସବୁ ମନରୁ ବାହାର କରିଦେଲା। କିଛି ଲାଭ ନାହିଁ ସେ ସବୁର ହିସାବ ରଖି। ଯାହା କାଲି କରାଯାଇ ପାରେ, ତା ଆଜି କାହିଁକି ?

ସେ ହାତ ମୁହଁ ଧୋଇ ଟେବୁଲ ପାଖରେ ବସିଛି, ହରି ମାଷ୍ଟରଙ୍କ ଚାକର ପିଲା ତା ଆଗରେ ଗରମ ଚା ଗ୍ଲାସ ଆଣି ରଖି ଦେଇଗଲା। ନିଜର ଭାଗ୍ୟକୁ କୃତଜ୍ଞତା ଜଣାଇଲା ଦେବନାଥ ଏପରି ଏକ ବତ୍ସଳ ପରିବାର ପାଖରେ ପାଇଥିବାରୁ। ସେ ଯେତେବେଳେ ବି ନିଦରୁ ଉଠୁ ନା କାହିଁକି, ତା ପାଖରେ ଚା ପହଞ୍ଚି ଯାଉଥିଲା ; ଭୋକ ଲାଗିଲା ବେଳକୁ ତା ଆଗରେ ଭାତ ଥାଳି ରହୁଥିଲା।

କାନ୍ଥ ଥାକରୁ ଡବା ଆଣି ଦେବନାଥ ସେଥିରୁ ଗୋଟିଏ ବିସ୍କୁଟ ବାହାର କରି ଚା'ରେ ବୁଡ଼ାଇଲା ଓ ଉଠୁଥିବା କ୍ଷୀଣ ଧୂଆଁର ଆବର୍ତ୍ତ ଆଡ଼କୁ ଅନାଇ ଠିକ କଲା ଯେ ଆଜି ଖଟ ତଳୁ ଟ୍ରଙ୍କ ବାହାର କରି ତା ଭିତରୁ ଗରମ ଲୁଗା ବାହାର କରିବ। ଅନେକ ଦିନ ହେଲା ସାମାନ୍ୟ ଶୀତ ପଡୁଛି, କିନ୍ତୁ ସେ କରିବ କରିବ ବୋଲି ଏଇ ଛୋଟ କାମଟିକୁ ଏ ପର୍ଯ୍ୟନ୍ତ ଟାଳି ଦେଉଛି। ଗଲାକାଲିର ଖବରକାଗଜ ବି ଏ ପର୍ଯ୍ୟନ୍ତ

ପଢ଼ା ହୋଇ ନାହିଁ ତାର। ଟେବୁଲ ଉପରୁ ସେଇଟିକୁ ଉଠାଇ ଆଣି ତା ଉପରେ ଆଖି ବୁଲାଇଲା। ଦେଶ ବିଦେଶର ଏତେ ଖବର ଭିତରୁ କୌଣସିଟି ତା ମନ ଭିତରେ କୌଣସି ପ୍ରତିକ୍ରିୟା ତିଆରି କରି ପାରିଲା ନାହିଁ। ଅନାସକ୍ତ ଭାବରେ ପୃଷ୍ଠା ଓଲଟାଇ ସେ ଫେରିଗଲା ଏଇମାତ୍ର ଦେଖିଥିବା କେଉଁ ଆସବାବ ବିଜ୍ଞାପନରେ ଥିବା ଧାଡ଼ିଟି ଆଡ଼କୁ : ବୈକୁଣ୍ଠ ସମାନ ଆହା ଅଟେ ସେହି ଘର। କିଛିକ୍ଷଣ ଅନୁଧ୍ୟାନ କରି ଏଇ ପରିଚିତ ଯୁଗଳ ପଂକ୍ତିର ଅନ୍ୟ ଧାଡ଼ିଟିକି ମନେ ପକାଇବାକୁ ଚେଷ୍ଟା କଲା। ନା, ମନେ ପଡୁନାହିଁ।   ଛନ୍ଦ ମିଳୁଥିଲା, ଯହିଁ ଥାଏ ନିରନ୍ତର ଭଳି ଶବ୍ଦ ଯୋଜନାରେ, କିନ୍ତୁ ତା ଆଗରୁ କଣ ଥିଲା ? କଣ ଯହିଁ ଥାଏ ନିରନ୍ତର ? ସୁନ୍ଦର ସାଜ ସଂରଜାମ ? ସେ କଣ ଆଉ ଗୋଟିଏ ନୂଆ ଧାଡ଼ି ଲେଖି ଗୋଟିଏ ପଦ ମିଳାଇ ପାରିବ ? ତା ଆଗରୁ ପ୍ରଥମ ଧାଡ଼ିଟିକୁ ସଜାଇ ଲେଖିବ ପୁଣି ଥରେ, ସ୍ୱଚ୍ଛ ବିରତି ଚିହ୍ନ ସମେତ : ବୈକୁଣ୍ଠ ସମାନ, ଆହା, ଅଟେ ସେହି ଘର ! ଆହା ବଦଳରେ ଯଦି ସେ ହାୟ ଲେଖିଦିଏ ? ଶବ୍ଦମାନଙ୍କୁ ଏପାଖ ସେପାଖ କରି ଲେଖେ : ସେହି ଘର ଅଟେ ଆହା ବୈକୁଣ୍ଠ ସମାନ ? କିମ୍ବା, ସେହି ଘର ଅଟେ ଯାହା ବୈକୁଣ୍ଠ ସମାନ ?

ଦିନ ଥିଲା ଯେତେବେଳେ ତାର ସବୁ ସମୟ କଟିଯାଉଥିଲା ଶବ୍ଦମାନଙ୍କ ସହିତ ଏଇପରି ଖେଳ କୌତୁକ କରି। ମନ କାମ କରୁଥିଲା ଅବିରତ ଅଭିଧାନ ଓ ସମାର୍ଥ ଶବ୍ଦକୋଷ ଭଳି। ଆନନ୍ଦ ଥିଲା ଶବ୍ଦ ବଦଳରେ ଆଉ ଗୋଟିଏ ଶବ୍ଦକୁ ସଂଯୋଜନା କରିବାରେ; ଚାରି ଓ ଦୁଇ ଅକ୍ଷରର କେଉଁ ଶବ୍ଦ ବିନିମୟରେ ଦୁଇଟି ତିନି ଅକ୍ଷରର ଶବ୍ଦ ସେଇ ଜାଗାରେ ଖଂଜିବାରେ। ଧାଡ଼ିକୁ ଯୋଡ଼ି ପୁଣି ଭାଙ୍ଗିବାରେ। ବିରାମ ବନ୍ଧନୀ ଓ ବିସ୍ମୟ ଚିହ୍ନକୁ ଏପାଖ ସେପାଖ କରିବାରେ। ସମୟ କଟୁଥିଲା ତତ୍‌ସମ ବଦଳରେ ତଦ୍‌ଭବ ଖୋଜି; ଉତ୍ତେଜନା ଥିଲା ପୁରୁଣା ଶବ୍ଦର ନୂଆ ରୂଢ଼ି ପ୍ରୟୋଗ କରି। ପଂକ୍ତି ଭିତରକୁ ଅନାୟାସ ଆସି ଯାଇଥିବା ଅନୁପ୍ରାସକୁ ଇଚ୍ଛାକରି ବର୍ଜନ କରିବାରେ ଥିଲା ଏକ ଅନୁଚିତ ସନ୍ତୋଷ।

ଏବଂ ଶେଷରେ ପୃଷ୍ଠା ବ୍ୟାପୀ ଯେଉଁ ଜୀବନ୍ତ କବିତାଟି ତା ଆଗରେ ସାକାର ହେଉଥିଲା, କଣ ତାକୁ ହିଁ ଚାହୁଁଥିଲା ସେ ? ତା ମନ ଭିତରେ କଣ ଠିକ ସେହି ରୂପଟି ଥିଲା ଯାହା ବର୍ତ୍ତମାନ ଆଖି ଆଗରେ ସାବୟବ ? ସକାଳର ସ୍ମରଣ କେତେ ଧରି ରଖି ପାରିଛି ରାତିର ସ୍ୱପ୍ନକୁ ? ପୂରା କବିତାଟି ପଢ଼ିଲା ବେଳେ ସେଇଟି କେବେ ସଂପୂର୍ଣ୍ଣଭାବେ ସଂପନ୍ନ ମନେ ହେଉଥିବା ବେଳେ ଆଉ ଥରେ ପଢ଼ିଲା ବେଳେ ମନେ ହେଉଥିଲା କେଉଁଠାରେ କିପରି କିଛି ଅବ୍ୟକ୍ତ ରହିଯାଇଛି। ଯେପରିକି ଅତି ସୁବିନ୍ୟସ୍ତ ଏକ ମୃଣ୍ମୟୀ ମୂର୍ତ୍ତିର ଚକ୍ଷୁଦାନର ଅପେକ୍ଷା; କୌଣସି ବିଶେଷ ଭାବର ଅଭାବ। ପୁଣି ଥରେ ଆରମ୍ଭ ହେଉଥିଲା ଭାବନା ରାଜ୍ୟର ପରିକ୍ରମା, ଶବ୍ଦକଳ୍ପଦ୍ରୁମର

ବରଦାନର ଉନ୍ମୁଖ ପ୍ରତ୍ୟାଶା। ପୁଣି ଥରେ କଲମ ଉଠି ଆସୁଥିଲା କାଗଜ ଉପରକୁ। ଏଥରକ ଆଉ ଶବ୍ଦ ସହିତ ଖେଳକୌତୁକ ନୁହେଁ, ଏଥରକ ସେମାନଙ୍କ ସହିତ ଶୀତଳ ଯୁଦ୍ଧର କଳକୌଶଳ।

ଖବରକାଗଜରେ ବୈକୁଣ୍ଠରୁ ଆଖି ଫେରାଇ ଦେବନାଥ ନିଜର ଖଟ ଟେବୁଲ ଚଉକିର ରୁକ୍ଷ ନିରନ୍ତରତାକୁ ଅନାଇଲା। ତା ନିଜ ଭଳି ଏ ସବୁ ଭଙ୍ଗାରୁଜା ଓ ଜରାଜୀର୍ଣ୍ଣ। ହଠାତ୍ ତାର ମନେ ପଡ଼ିଲା ରବୀନ୍ଦ୍ରନାଥଙ୍କ ପ୍ରସିଦ୍ଧ ଆରାମ କେଦାରାଟି କଥା, ଯଦିଓ କିଛି ସାମଂଜସ୍ୟ ନାହିଁ ସେ ବସିଥିବା ସ୍ଥବିର ଚଉକିଟି ସହିତ ସାତସମୁଦ୍ର ପାରିରୁ ବିଦେଶିନୀଙ୍କ ପ୍ରୀତି ଉପହାର ହୋଇ ଶାନ୍ତି ନିକେତନରେ ପହଞ୍ଚିଥିବା ସୁଖାସନର। ତଥାପି, ଏ ଭଳି କୌଣସି ସନ୍ଦର୍ଭ ବିନା ଦେବନାଥର ମନେହେଲା ସତେ ଯେପରି ତାର ଭଙ୍ଗା ଚଉକିର ଆବେଦନ ବି ଥିଲା ଗୁରୁଦେବଙ୍କ ଚଉକିର ଭାଷା ଭଳି କରୁଣ କାତର, ଶୂନ୍ୟତାର ମୂକ ବ୍ୟଥା ବ୍ୟାପ୍ତ କରେ ପ୍ରିୟହୀନ ଘର।

କବିତାର ଅସଂଲଗ୍ନ ପଂକ୍ତି ସବୁ ତାର ମନ ଭିତରକୁ ପଶି ଆସି ଏଇଭଳି ତାକୁ ଅସ୍ତବ୍ୟସ୍ତ କରନ୍ତି କେବେ କେବେ। ହଜି ଯାଇଥିବା ପ୍ରେମର ବ୍ୟଥା ଭଳି ମନ ଗହୀରକୁ ଛୁଇଁଯାଏ କେତୋଟି ଶବ୍ଦର ଲଳିତ ମିତ୍ରାକ୍ଷର ମୁହୂର୍ତ୍ତକ ପାଇଁ। ଦେବନାଥ ପୁଣି ସଜାଡ଼ି ନିଏ ନିଜକୁ ; ସଜଗ ହୋଇଯାଏ। ସେ କାହିଁକି ତାର ସହଜ ସଂସାରକୁ ଛାଡ଼ି ଆଶ୍ରୟ ଖୋଜିବ କେଉଁ ଅଳୀକ ପରାବାସ୍ତବରେ ? ଆଜି ତାର ଦେହ ଭଲ ଲାଗୁଛି। ଝରକା ବାହାରେ ଦେଖାଯାଉଛି ଖରାଟିଆ ପାଗ। ସେ ଆରାମରେ ଚାଲି ଚାଲି ଯାଇପାରିବ ଛକ ପର୍ଯ୍ୟନ୍ତ । ନା, ତାର କୌଣସି ଅଭିଯୋଗ ନାହିଁ ଜୀବନ ପ୍ରତି। ଭାଗ୍ୟ ବରଂ ତା ପ୍ରତି ଅତ୍ୟନ୍ତ ପ୍ରସନ୍ନ ବୋଲି କହିବାକୁ ହେବ। ନ ହେଲେ ତାକୁ କିପରି ମିଳିଥାନ୍ତେ ଏ ଭଳି ଏକ ସୁବିଧା ଜାଗାରେ ପୈତୃକ ଘର, ହରି ମାଷ୍ଟରଙ୍କ ଭଳି ଭଡ଼ାଟିଆ, ଚାଲିଚାଲି ପହଞ୍ଚିଯାଇ ପାରୁଥିବା ଦୂରତ୍ୱରେ ବଜାର ? ଆହୁରି ସୌଭାଗ୍ୟର କଥା କହିବାକୁ ହେବ ତାଙ୍କ ଗାଁ ପାଖ ଦେଇ ଇସ୍‌ପାତ କାରଖାନାକୁ ଯାଉଥିବା ଲୁହାପଥର ସରବରାହର ରାସ୍ତା ଏବଂ ଟ୍ରକ ଚଳାଉଥିବା ଲୋକଙ୍କ ପାଇଁ ଛକ ଉପରେ ଢାବା ଓ ମଦ ଦୋକାନ!

ଲୁଗା ବଦଳାଇ ସେ ବାହାରକୁ ଯିବାକୁ ବସିଛି, ପିଲାଟି ତା ଆଗରେ ଆଣି ଜଳଖିଆ ରଖିଦେଲା। ଛକ ଦୋକାନରେ ତାକୁ ଖାଇବାକୁ ମିଳିଯାଏ, ତେବେ ମାଷ୍ଟରଙ୍କ ଘରୁ ଠିକ୍ ସମୟରେ ଖାଇବା ପହଞ୍ଚିବାରେ କେବେ ବି ଅବହେଳା ହୁଏ ନାହିଁ। ଭଲ ହେଲା ; କାହିଁକି ସେ ବଜାର ଜିନିଷ ଖାଇଥାନ୍ତା ? ଖାଇ ସାରି ମୁହଁହାତ ଧୋଇ ସେ ଥାଳିକୁ ବାରଣ୍ଡାରେ ରଖିଦେଲା ଓ କବାଟ ଝରକା ବନ୍ଦ କରି, ତାଲା

ଦେଇ ବାହାରକୁ ଆସିଲା। ଖଣ୍ଡେ ବାଟ ଗାଁ ରାସ୍ତା ପାରି ହେଲେ ହିଁ ହାଇ ୱେ; ଅନ୍ୟ ଏକ ପୃଥିବୀ।

ରାସ୍ତାରେ ଯାତାୟାତ ଆରମ୍ଭ ହୋଇଗଲାଣି। ଗୋଟିଏ ପରେ ଗୋଟିଏ ଲୁହାପଥର ବୋଝେଇ ଟ୍ରକ। ସେ ନ ମନେପକାଇବାକୁ ଚାହୁଁଥିବା ସତ୍ତ୍ୱେ ପୁଣି ଧାଡ଼ିଏ କବିତା ତା ମନ ଭିତରକୁ ଧସି ପଶି ଆସିଲା : ପ୍ରାଗୈତିହାସିକ ଲୌହ ପ୍ରସ୍ତରର ଶେଷ ପରିତ୍ରାଣ। ତା ପର ଧାଡ଼ିଟି ଠିକ୍ ମନେ ନାହିଁ। ଆଦିମ ସମୟ, ଶାପଗ୍ରସ୍ତ ଇତ୍ୟାଦି ଶବ୍ଦ ପରେ ଶେଷକୁ ଅଛି ଘାତ ପ୍ରତିଘାତ, ଇସ୍‌ପାତ ଇସ୍‌ପାତ। ସେ କୋଉ ଯୁଗର କଥା ହେଲାଣି। ସେତେବେଳେ ଓଡ଼ିଶାର ଚିନ୍ତା ଚେତନାର କେନ୍ଦ୍ରବିନ୍ଦୁ ହୋଇ ଯାଇଥିଲା ଇସ୍‌ପାତ; ଇସ୍‌ପାତ କାରଖାନା ଦାବିରେ ସରଗରମ ହୋଇ ରହୁଥିଲା ସାମାଜିକ ରାଜନୀତିକ ବାତାବରଣ। ବନ୍ଦେ ଉତ୍କଳ ଜନନୀ ସାଙ୍ଗରେ ସହଜରେ ମିଶି ଯାଉଥିଲା ଇସ୍‌ପାତର ଦାବି। ସେ ସ୍ୱପ୍ନ ବି ସାକାର ହେଲା ସମୟକ୍ରମେ। କାରଖାନା ଆସିଲା। ତାଳତମାଳ ଶୋଭିତ ତୀର ଓ ଘନଘନ ବନଭୂମି ନୂଆ ରୂପ ନେଲା। ରାସ୍ତା ଦି ପାଖ ସବୁଜ ଉପରେ ବର୍ତ୍ତମାନ ଲୁହାପଥର ଧୂଳିର ଲାଲ ଆସ୍ତରଣ।

ମଦ ଦୋକାନ ଏ ସମୟରେ ଖୋଲିବା କଥା ନୁହେଁ, ତେବେ ଏଇ ସକାଳୁ ସକାଳୁ ଗ୍ରାହକ ପହଞ୍ଚିଗଲେଣି। ହୁଏ ତ ଏଠାରେ ମଦ ଦୋକାନର ଅବସ୍ଥିତି ହିଁ ବେଆଇନ। ହୁଏ ତ ପୂରାପୂରି ବେଆଇନ ଏଇ ଛକର ଗହଳଚହଳ ଭରା ଉଠା ବଜାରଟି। ଦେବନାଥର ମନେ ହୁଏ ଏଇଟି ଯେପରି କେଉଁ ବାରବୁଲା ଲୋକଙ୍କର କେତେ ସମୟ ମାତ୍ରର ସାମୟିକ ଛାଉଣି। ହଠାତ୍ ଆଜି ସକାଳେ ଗଢ଼ି ଉଠିଛି ଏକ ଅଢ଼େଇ ଦିନିଆ ବ୍ୟସ୍ତସମସ୍ତ ଚଳଚଞ୍ଚଳ ଡେରା। ପୁଣି କାଲି ସକାଳେ ସେ ଯେତେବେଳେ ଆସିବ, କିଛି ବି ନ ଥିବ ଏଠାରେ ; ଖାଁ ଖାଁ କରୁଥିବ ଲାଲମାଟିର ଖୋଲା ପଡ଼ିଆ।

ସେ ପ୍ରତିଦିନ ଆସି ବେଞ୍ଚର ଯେଉଁ ଜାଗାଟିରେ ବସେ, ସେଇଟି ଖାଲି ଥିଲା । ଚାଦର କାନିରେ ତାକୁ ପୋଛି ସେ ବସିଲା ଏବଂ ଥଣ୍ଡା ପବନର ଏକ ହଠାତ୍ ଦମକା ଆସିବାରୁ ଦେହକୁ ଆହୁରି ଭଲ ଭାବେ ଘୋଡ଼ାଇ ନେଲା। ଉପରୁ ହାଲୁକା ଖରା ପଡୁଚି ଖୋଲା ବସିବା ଜାଗାରେ ; ପରେ ଖରା ଟାଣ ହେବ, କିନ୍ତୁ ଦି ଗ୍ଲାସ ପେଟରେ ପଡ଼ିବା ପରେ ଆଉ କିଛି ଜଣା ପଡ଼ିବ ନାହିଁ। ଦୋକାନ ଚାରିପାଖେ ତାଟି ଘେରା ହୋଇଛି, ବାହାର ଲୋକ ଭିତରେ କଣ ହେଉଛି ଦେଖି ନ ପାରିବା ପାଇଁ। ନୂଆଣିଆ ଚାଳ ଭିତରେ ବୋତଲ ଗ୍ଲାସ ଓ କାଚଡବାର ଘେରରେ ବସିଥିବା ଦୋକାନୀକୁ ଦେବନାଥ ଇଶାରା ଦେଲା ଓ ସାଙ୍ଗେସାଙ୍ଗେ ତା ପାଖରେ ଗୋଟିଏ ଭରା ବୋତଲ ଓ

ଖାଲି ଗ୍ଲାସ ପହଞ୍ଚିଗଲା। ଦ୍ୱିତୀୟ ବୋତଲ ସହିତ ଚଣା ଭଜା ଆସିବ। ସେ ପୁରୁଣା ନିତିଦିନିଆ ଗ୍ରାହକ ; ତାର ଠିକ କଣ ଦରକାର କେତେବେଳେ, ଦୋକାନୀକୁ ଜଣା। ଗ୍ଲାସଟି ବୋଧହୁଏ ଭଲଭାବେ ଧୁଆ ହୋଇ ନ ଥିଲା। ତା ଚାରିପାଖେ କେତୋଟି ମାଛି ଉଡ଼ି ବୁଲୁଛନ୍ତି ଗୁଣୁଗୁଣୁ ହୋଇ। ସେମାନଙ୍କ ଗୁଞ୍ଜରଣ ସହିତ ମେଳ ଦେଇ ଗ୍ଲାସ ବୋତଲ କାଚ କୁଞ୍ଚାର ରୁଣଝୁଣ ନିକ୍ୱଣ। ଏମାନେ ପୁଣି ପ୍ରତିଧ୍ୱନିତ କରୁଛନ୍ତି ପିଲାଦିନେ ବର୍ଣ୍ଣବୋଧର ଶବ୍ଦ ଓ ଧ୍ୱନି ସହିତ ପ୍ରଥମ ପରିଚୟ: ଘଣ୍ଟି ବାଜଇ ଠନ ଠନ; ଘଣ୍ଟା ବାଜଇ ଢଂ ଢଂ।

ଆଉ କବିତା ନାହିଁ, କେବଳ ଶବ୍ଦ। ପିଲାଦିନେ ବର୍ଣ୍ଣବୋଧର ଶବ୍ଦ ହିଁ ଥିଲା କବିତା : କଟକ ନଗର ଧବଳ ଟଗର। କାହାରି କାହା ସହିତ ସଂପର୍କ ନାହିଁ। ଚକା ଚକା ଭଉଁରୀ, ମାମୁଘର ଚଉଁରୀ। କିମ୍ବା ସଂପୂର୍ଣ୍ଣ ଅର୍ଥରହିତ ପଂଝାଏ ଖଂଜ ବସି ବସି, କଥା କହନ୍ତି ହସି ହସି। କିଛି ଛୋଟା ଲୋକ ଏକାଠି ବସି କେଉଁ ଖୁସିରେ କଥାବାର୍ତ୍ତା କରୁଥିବେ ତାରି କଳ୍ପନା ହିଁ ମନ ଭିତରେ ସୃଷ୍ଟି କରୁଥିଲା କାବ୍ୟିକ ପରିବେଶ। ଏଇ ସମୟରେ ଉପରେ ଦଳେ କାଉ ଉଡ଼ି ଚାଲିଗଲେ। ଆପଣା ଛାଏଁ ତାର ହାତ ଯାଇ ଗିଲାସକୁ ଢାଙ୍କି ଦେଲା। କାଉ କର୍କଶ ଓ ଅସୁନ୍ଦର, କିନ୍ତୁ ଶୁଭ ଖବର ନେଇ ଆସିଥାଏ। ମେଘ ଭଳି ହଂସକୁ ଦୂତ କରି ବାର୍ତ୍ତା ପଠାଯାଇ ପାରେ। କିନ୍ତୁ କାକ ଦୂତ ? ବାୟସ ଦୂତ ? କାଉ ବିଷୟରେ କଣ କବିତା ଲେଖାଯାଇ ପାରେ ? ଡାମରା କାଉ, ଉଞ୍ଚ ପରବତେ ବୋବାଉ ଥାଉ। ଏଡଗାର ଆଲାନ ପୋ ? ନୁହେଁ, ଆଉ ନୁହେଁ। ନେଭର ମୋର୍ ! ନେଭର ମୋର୍ !

ଆଉ ଦି ଚାରି ଜଣ ଆସି ଆଖ ପାଖ ବେଞ୍ଚ ଉପରେ ବସିଲେଣି। ସେମାନେ ତାଙ୍କ ନିଜ ଭିତରେ କଥା ହୁଅନ୍ତି, ତାକୁ କେବେ କିଛି କହନ୍ତି ନାହିଁ। ତାକୁ କଣ ବୋଲି ଭାବନ୍ତି କେଜାଣି ? କେବଳ ଥରେ ଜଣେ ତା ପାଖକୁ ଆସି ପଚାରି ଥିଲା, ବାବୁ, ତମେ କଣ ଗୀତ ଲେଖ ନା କଣ ପରା ? ପ୍ରଥମ ଥର ଠିକ ଶୁଣିପାରିଲା ନାହିଁ ବୁଝିପାରିଲା ନାହିଁ ଦେବନାଥ; ତା ଆଡ଼କୁ ପ୍ରଶ୍ନବାଚୀ ଆଖିରେ ଅନାଇଲା। ଲୋକଟି ଏଥରକ ତା ପାଖକୁ ଆଉ ଟିକିଏ ଘୁଞ୍ଚିଆସି କହିଲା, ଗୀତ। ତମେ କୁଆଡ଼େ ଗୀତ ଲେଖୁଚ ପରା? ଟିକିଏ ଆଶ୍ଚର୍ଯ୍ୟ ଓ ଖୁସି ହେଲା ଦେବନାଥ ଓ ମୁଣ୍ଡ ହଲାଇ ହଁ କଲା। ଥରେ କବିତା ଲେଖିଚ ତ କବିର ମୋହର ଲାଗି ଯାଇଛି, ତମେ ପଛେ କବିତାର ଧାର ଧାରି ନ ଥାଅ ବର୍ଷ ବର୍ଷ ଧରି। ତାର ନିଜର ବି ମନେ ନାହିଁ ସେ ତାର ଶେଷ କବିତା କେବେ ଲେଖିଥିଲା। ମୋର ଦି ଧାଡ଼ି ଗୀତ ଲୋଡ଼ା, ଟ୍ରକର ଡାଲା ପାଇଁ, ଅତି ସହଜରେ କହିଲା ଲୋକଟି। ତାର ମନେ ପଡ଼ିଲା ସେ ଯେତେବେଳେ

କଲେଜରେ ପଢୁଥିଲା, ଏପରି ବ୍ୟକ୍ତିଗତ ବରାଦ ତା ପାଖକୁ ଆସୁଥିଲା ବାହାଘର ଗୀତ ଲେଖିଦେବା ପାଇଁ। ବାହାଘର ବେଳେ ବରକନ୍ୟାଙ୍କ ପାଇଁ ସ୍ୱସ୍ତିବାଚକ ଗୀତ ନାଲି ନେଳି କାଗଜରେ ଛପା ହୋଇ ଅତିଥିମାନଙ୍କ ଭିତରେ ବାଣ୍ଟିବାର ଏକ ପ୍ରଥା ଥିଲା ସେ ସମୟରେ। ସେ କେବେ କେବେ ଲେଖି ଦେଉଥିଲା କେତେ ଧାଡ଼ି ବିରକ୍ତ ହୋଇ, କିଛି ବି ଆୟାସ ନ କରି ; ତେବେ ସେ ସବୁ ଗୀତ ଆଦୃତ ହେଉଥିଲା ବୋଲି ପରେ କହୁଥିଲେ ତାର ସାଙ୍ଗମାନେ। ଟ୍ରକବାଲା କହିଲା, ଗୀତ କିନ୍ତୁ ବଢ଼ିଆ ହୋଇଥିବା ଦରକାର, ଯେମିତି ହିନ୍ଦୀ ଗୀତ ସାଙ୍ଗରେ ଟକ୍କର ଦେଇ ପାରୁଥିବ।

କାହିଁ କେତେ ବର୍ଷ ପରେ ତାକୁ କିଏ କିଛି ଲେଖିବା ପାଇଁ କହିଲା। ଦିନ ଥିଲା ଯେତେବେଳେ ପତ୍ରିକାର ସଂପାଦକଙ୍କ ପାଖରୁ ବାରମ୍ବାର ତାଗିଦା ଆସୁଥିଲା, ଗାୟକମାନେ ତାକୁ ବସାଇ ଉଠାଇ ଦେଉ ନଥିଲେ ଗୀତର ଫରମାଇଶ କରି। ଏ ସବୁ ଯେମିତି ଥିଲା ତାର ପୂର୍ବ ଜନ୍ମର କଥା। ବର୍ତ୍ତମାନ ତାଠାରୁ ହିଁ ଶୁଣି ଟ୍ରକବାଲା ଦୋକାନ ଭିତରକୁ ଯାଇ ଆଉ ଗୋଟିଏ ବୋତଲ ଆଣି ତା ଆଗରେ ରଖିଦେଲା। ବରାଦୀ କବିତା ପାଇଁ ଆଗତୁରା ଦକ୍ଷିଣା। ତା ବୋତଲରୁ ନିଜ ଗ୍ଲାସରେ ଢାଳି ଢୋକେ ପିଇବା ପରେ ଦେବନାଥର ମନେହେଲା ସେ ନିଜ ଉପରକୁ ଏକ ଗୁରୁ ଦାୟିତ୍ୱ ନେଇ ନେଇଛି। ଦୁଇ ଧାଡ଼ିର ଏକ ଶସ୍ତା ମିତ୍ରାକ୍ଷରୀ ପଦ ଲେଖିବା କାମ ତା ଉପରେ ମାଡ଼ି ପଡ଼ିଲା। ନିଜକୁ ତୁରନ୍ତ ଋଣମୁକ୍ତ କରିବା ପାଇଁ ସେ ମନେ ମନେ ଦି ଧାଡ଼ିର ରୁମଝୁମ ଭାବିନେଲା: ଦେଶ ନାହିଁ ବିଦେଶ ନାହିଁ, ଆରମ୍ଭ ନାହିଁ ଶେଷ ନାହିଁ। କିନ୍ତୁ ଏଇଟିର ନା ଭାବ ନା ଭାଷା ନା ଛନ୍ଦ ତାର ପସନ୍ଦ ହେଲା। ତା ବ୍ୟତୀତ ପ୍ରତି ଟ୍ରକ ପଛରେ ଏଇ ଭଳି କଥା ହିଁ ତ ଲେଖା ଥାଏ !

ତା ପରେ କିଛିଦିନ ସେ ଲାଗିଗଲା ଏଇ ଦୁଇଧାଡ଼ିକୁ ସଜାଡ଼ିବାରେ, କିମ୍ବା ଆଉ ନୂଆ ଦି ଧାଡ଼ି ଲେଖିବାରେ। ଟେବୁଲ ଉପରେ କାଗଜ କଲମ ବାହାର କରି ରଖିଲା ପରେ ସମୟକ୍ରମେ କାଗଜ ଉପରେ କେବଳ କିଛି ଶବ୍ଦ ଏପାଖ ସେପାଖ ଲେଖା ହୋଇଗଲେ, କିନ୍ତୁ ମେଳ ଖାଉଥିବା ସ୍ତବକ ଆଉ ସାଧ୍ୟ ହେଲା ନାହିଁ। ସେ ମନେମନେ ଖୋଜୁଥିଲା ସେ ଟ୍ରକବାଲା ସହିତ ଆଉ କେବେ ବି ଦେଖା ନ ହୁଅନ୍ତା କି ! ଲୋକଟି କେବେ କ୍ୱଚିତ୍ ଦେବନାଥ ଥିବାବେଳେ ଦୋକାନରେ ପହଞ୍ଚିଯାଉଥିଲା। ଯଦିଓ ସେ ଆଉ କେବେ ବି ତାକୁ ଗୀତ କଥା ପଚାରି ନ ଥିଲା, ଦେବନାଥ ଭୁଲି ପାରୁ ନ ଥିଲା ତାକୁ ସେ ଦେଇଥିବା ପ୍ରଣାମୀ କଥା। ଥରେ ସାମନା ସାମନି ଭେଟ ହୋଇଯିବାରୁ ଦେବନାଥ ପକେଟରୁ ଛୋଟ ନୋଟ ଖାତା ଓ କଲମ ବାହାର କରି ଟେବୁଲ ଉପରେ ରଖିଲା ତା ଆଗରେ ପ୍ରମାଣ କରିବା ପାଇଁ ଯେ ସେ ତାର ବରାଦ

କଥା ଭୁଲିଯାଇନାହିଁ। ଲୋକଟି ତା ଆଡ଼କୁ ଚାହିଁ ସାମାନ୍ୟ ହସିଲା, କିନ୍ତୁ ତା ସହିତ ଯୋଗାଯୋଗ କରିବା ପାଇଁ ଆଉ କୌଣସି ଚେଷ୍ଟା କଲା ନାହିଁ।

ଦେବନାଥର ଭୟ ହୁଏ ଯେ ହଠାତ୍ ଦିନେ ଟ୍ରକବାଲା ତା ସାମନାକୁ ଆସି ତାର ମଦ ବୋତଲର ଅଗ୍ରୀମ ବଦଳରେ ଦି ଧାଡ଼ି କବିତା ମାଗିବ। ଗୋଟିଏ ପୂରା କବିତା ବଦଳରେ କେତୋଟି ମଦ ବୋତଲ ମିଳିପାରେ ମନରେ କଳନା କରିବାକୁ ଚେଷ୍ଟା କଲା ଦେବନାଥ। କିନ୍ତୁ ସମୟକ୍ରମେ ସେ ଲୋକଟି ଆଉ ଦେଖାଗଲା ନାହିଁ। ଯଦିଓ ତାର ଲେଖାଟି ହୋଇପାରି ନ ଥିଲା, ସେ ମନେମନେ ଖୋଜୁଥିଲା ଏଇ ଲୋକଟିକୁ, ଯେ ଥିଲା ତାର କେବେ କବି ଥିବାର ଏକ ଜୀବନ୍ତ ସ୍ମାରକ। ଲୋକଟି କିନ୍ତୁ ଆଉ ଆସିଲା ନାହିଁ। କେତେ କଣ ବଦଳି ଯାଉଛି କେତେ ଦିନରେ। ମଦ ଦୋକାନରେ ଚାଳଘର ଭାଙ୍ଗି ଇଟା ଯୋଡ଼ା ହେଲାଣି। ଚଉକି ଟେବୁଲ ଆଉ ଟିକିଏ ସଫା ସୁତୁରା ଓ ବେଶି ମୂଲ୍ୟର। ଲୋକଟି ବୋଧହୁଏ ଦେଶ ଛାଡ଼ି କେଉଁ ବିଦେଶକୁ ଚାଲିଗଲାଣି, ଅନ୍ୟ କେଉଁ ଆରମ୍ଭକୁ। ଏକଥା ବି ସମ୍ଭବ ଯେ କେଉଁ ଦୁର୍ଘଟଣାରେ ତାର ଜୀବନର ଶେଷ ବି ହୋଇଯାଇଛି ଏ ଭିତରେ।

ଦେବନାଥର ସରଳ ଜୀବନଯାତ୍ରାର ଏଇ ସାମାନ୍ୟ ବ୍ୟତିକ୍ରମ ବି ଅନେକ ଦିନ ତଳର କଥା ହେଲାଣି, ତାର ପିଲାଦିନ ଭଳି। ଗାଁର ଅଳସଗତି ଶୈଶବ ଓ କୈଶୋର। ଯାହା ଏବେ ମନେପଡ଼େ ସେ ସବୁ ଘରର ସୁଖଦୁଃଖ, ଆଖପାଖର ମେଳା ମଉଛବ ଦେଇ ଯେତେ ନୁହେଁ, ସେତିକି ସ୍ୱାଧୀନତା ସଂଗ୍ରାମୀମାନେ ହାତରେ ତିରଙ୍ଗା ଧରି ଗୀତ ଗାଇ ଗାଁ ଦାଣ୍ଡରେ ଧାଡ଼ି ବାନ୍ଧି ଚାଲି ଯାଉଥିବାର ଦୃଶ୍ୟରେ। ଗାନ୍ଧୀ ନାମେ ଯେବେ ବିଶ୍ୱାସ ଅଛି ପତାକା ତଳକୁ ଆସରେ, ମୁକତି ଗଙ୍ଗାର ଢେଉ ଛୁଟି ଆସେ ବେଗାବେଗି ଦିଅ ଝାସରେ। ଏଥିରେ କାବ୍ୟିକତା ନ ଥାଉ ପଛକେ, ଥିଲା ଉତ୍ତେଜନା। ସାଙ୍ଗୀତିକତା ନ ଥାଉ, ଥିଲା ମିଳିତ କଣ୍ଠରେ ଗାଇବାରେ ଏକ ଅଦ୍ଭୁତ ଉନ୍ମାଦନା। କବିତା ଯେଉଁଠି ଥିଲା ପତାକାର ପାଦଟୀକା। ପୁଣି ଆସିଲା ଦୁଇ ପଇସାରେ ବିକ୍ରି ହେଉଥିବା ଗୋଟିଏ ପୃଷ୍ଠା କାଗଜରେ ଇନ୍‌କିଲାବ ଜିନ୍ଦାବାଦ ଗୀତ: ବାର ବରଷର ବାଳକ, ଗୁଳି ମୁହେଁ ଦେଖାଇଛି ବେକ ହେ। କବିତା ଥିଲା ଗୀତ, ପଢ଼ିବା ଥିଲା ସ୍ୱର କରି ଗାଇବା, ଅର୍ଥ ପାଖରେ ପହଞ୍ଚିବାର ରାସ୍ତା ଥିଲା ଏକାକୀ ମନନ ନୁହେଁ, ପଟୁଆର। ତା ପରେ ଆସିଲା ଏକ ନୂଆ ଯୁଗର ଜ୍ୱଳନ୍ତ ସ୍ୱାକ୍ଷର ନେଇ, ନୁହେଁ ବନ୍ଧୁ ନୁହେଁ ଏ ଯେ ଚିତା। ପରବର୍ତ୍ତୀ ଜୀବନରେ ଯେପରି ଡାଫୋଡିଲର ସୁନେଲି ସମ୍ମୋହନରୁ ତାକୁ ଟାଣି ଆଣି ବାହାର କରିଥିଲା ଆଲଫ୍ରେଡ ପ୍ରୁଫରକ।

କଲେଜରେ ପ୍ରଥମେ ଏଲିଅଟ ପଢ଼ିବାବେଳେ ଛାତି ଭିତରେ ଯେଉଁ ହୁଲସ୍ଥୁଲ ହୋଇଯାଇଥିଲା ସେ କଥା ଭାବିଲେ ଏବେବି ଶିହରଣ ଆସେ। ପାଗଳ ଭଳି

ସେ ଖୋଜି ଖୋଜି ବିଦେଶୀ କବିତା ପଢୁଥିଲା। ପ୍ରୁଫରକ କବିତାର ଶୀର୍ଷକ ତଳେ ତିର୍ଯ୍ୟକ ଲେଖାରେ ଦାନ୍ତେଙ୍କର ଯେଉଁ ଛ'ଟି ଧାଡ଼ି ଥିଲା, ତାର ଅର୍ଥ ବି ସେ ଖୋଜି ବାହାର କରିଥିଲା ସେତେବେଳେ। କ୍ଲାସ ପରେ ସେ ଯାଇ ଅଧ୍ୟାପକଙ୍କ ସହିତ କବିତା ବିଷୟରେ ଆଲୋଚନା କରୁଥିଲା। ସେ ଜାଣିବାକୁ ଚେଷ୍ଟା କରୁଥିଲା କବିତାରେ ଯେଉଁ ସବୁ ସଂକେତ ଆଭାଷ ଓ ପରୋକ୍ଷ ଉଲ୍ଲେଖ ରହିଛି ତାର ଅର୍ଥ ଓ ସଙ୍ଗତି କଣ। କବିତାର ପ୍ରତିଟି ଧାଡ଼ି, ପ୍ରତିଟି ଶବ୍ଦ ଯେପରି ତାର ବୁଝିବା ଦରକାର। ଅଧ୍ୟାପକ ତାକୁ ବୁଝାନ୍ତି, କୌଣସି ଲେଖା ପଢ଼ିବା ବେଳେ ଯେଉଁ ସବୁ ବିଦେଶୀ ସନ୍ଦର୍ଭ, ଦୁର୍ବୋଧ୍ୟ ଶବ୍ଦ ବା ଜଟିଳ ଅଭିବ୍ୟକ୍ତି ଉପରେ ତମେ ଝୁଣ୍ଟି ପଡୁଛ, ସେମାନଙ୍କୁ ଆଡ଼େଇ ରଖି ରଚନାଟିକୁ ପଢ଼ ; ତା କଲେ ହିଁ ତମେ କବିତାର ଆନନ୍ଦ ପାଇବ। ଦେବନାଥର ମନ ବୁଝେ ନାହିଁ। କିପରି ସେ ଅଲଗା କରିଦେବ କବିତାରୁ ସେଇ ଅଂଶ କିଛି। ଏଇ ଝୁଣ୍ଟି ପଡୁଥିବା ଜାଗାଗୁଡ଼ିକ ହିଁ ତ କବିତା! ସେହି ଅର୍ଥହୀନତାରେ ହିଁ ତ ଅର୍ଥମୟ ହୋଇଯାଇଛି କବିତା ସେଠାରେ।

ସ୍କୁଲ ପରେ କଲେଜରେ ପଢ଼ିବା ପାଇଁ ସେ ଗାଁରୁ ଆସି ସହରରେ ମାମୁଘରେ ରହୁଥିଲା। ରହିବା ପାଇଁ ତାକୁ ଘରର ଯେଉଁ ଛୋଟ ଜାଗାଟି ଦିଆ ଯାଇଥିଲା, ସେଠାରେ ନିଜର କାଗଜପତ୍ର ଜମା କରି ସେ ତିଆରି କରି ଦେଇଥିଲା ଏକ ନିଜସ୍ୱ ପୃଥିବୀ। ଅନ୍ୟ ପିଲାଙ୍କ ଭଳି ତାର ଖେଳକୁଦ, ସିନେମାରେ ମନ ନ ଥିଲା; ବହିଟିଏ ପାଇଲେ ତାକୁ ଧରି ସେ ଘଣ୍ଟା ଘଣ୍ଟା ବସିଯାଉଥିଲା। ସହରର ସବୁ ଲାଇବ୍ରେରୀ ତାର ପରିଚିତ ଥିଲେ ଏବଂ ତାର ସବୁ ବନ୍ଧୁ ଥିଲେ ସାହିତ୍ୟରେ ରୁଚି ରଖୁଥିବା ଯୁବକ। ଶାନ୍ତ ବିନୟୀ ଓ ଭଦ୍ର ପ୍ରକୃତିର ହୋଇଥିବାରୁ ସେ ଯଦିଓ କାହାରି ସହିତ ବିଶେଷ ସଂପର୍କ ରଖୁ ନ ଥିଲା, ଘରେ ତାକୁ ସମସ୍ତେ ଆଦର କରୁଥିଲେ ଏବଂ ବହି ସାଙ୍ଗରେ ସବୁ ସମୟ କଟାଇବା ବିଷୟରେ ତାକୁ କିଛି କହୁ ନ ଥିଲେ।

ସ୍କୁଲରେ ପଢ଼ିବା ସମୟରେ ସେ ଯେଉଁସବୁ କବିତା ଲେଖିଥିଲା, ସେ ସବୁ ଗୋଟିଏ ବନ୍ଧାଇ ଖାତାରେ ଏକାଠି ଥିଲା। ସହରକୁ ଆସିବା ପରେ ନୂଆ ନୂଆ ଓ ବିଶେଷରେ ଇଂରେଜୀ କବିଙ୍କୁ ପଢ଼ିବା ପରେ ସେ ଭିନ୍ନ ଭାବରେ ଦେଖିଲା କବିତାକୁ। ପୁରୁଣା ଖାତାରୁ ନିଜର କବିତା ପଢ଼ିବାବେଳେ ସେଗୁଡ଼ିକ ତାକୁ ଅତି ନୀରସ ସାଧାରଣ ଓ ଘଷରା ଜଣାଗଲେ। ବିରକ୍ତ ହୋଇ ସେ ଖାତାଟିକୁ ଚିରି ଫିଙ୍ଗି ଦେଲା ଏବଂ ନୂଆ ଖାତାଟିଏ କିଣି ସେଥିରେ ଲେଖିବାକୁ ଲାଗିଲା। ସେ ଦି ଧାଡ଼ି ଲେଖେ, ତାକୁ କାଟେ, ପୁଣି ଆଉ କିଛି ଲେଖେ। କେତେବେଳେ ଏକାଥରେ ଦଶ ଧାଡ଼ି ଲେଖିବାକୁ ସମର୍ଥ ହେବାବେଳେ ଆଉ କେତେବେଳେ ଧାଡ଼ିଏ ବି ପଇଟେ ନାହିଁ। ସେ କିନ୍ତୁ ହାର ମାନୁ ନ ଥିଲା ; ସେ ଲାଗି ରହୁଥିଲା କବିତାଟି ସଂପୂର୍ଣ୍ଣ ହେବାଯାଏ।

ଏଥରକ ସେ ପତ୍ର ପତ୍ରିକାକୁ କବିତା ପଠାଇବାକୁ ଆରମ୍ଭ କଲା। ଏବଂ ଦିନେ ତାର ଗୋଟିଏ କବିତା ଏକ ଜଣାଶୁଣା ସାହିତ୍ୟ ପତ୍ରିକାରେ ପ୍ରକାଶ ପାଇଲା।

କବିତା ବାହାରେ ତାର ବ୍ୟକ୍ତିଗତ ଜୀବନ ଥିଲା ଅତ୍ୟନ୍ତ ସୀମିତ। ସେ ଜାଣିଥିଲା ଯେ କଲେଜ ପାଠ ସରିଲେ ତାକୁ କୋଉଠି ଚାକିରି ନେଇ ଘରସଂସାର କରିବାକୁ ପଡ଼ିବ। ଏବଂ ତା ହେଲା ମଧ୍ୟ। ଛୋଟ ସରକାରୀ ଅଫିସରେ ତାକୁ ଛୋଟ ଚାକିରି ମିଳିଲା ; ଛୋଟ ଗଳିରେ ଛୋଟ ଘର ନେଇ ସେ ଆରମ୍ଭ କଲା ତାର ଛୋଟ ଜୀବନ। ତାର ସ୍ତ୍ରୀ ଶାନ୍ତ ପ୍ରକୃତିର ଥିଲା ଓ ତାର କୌଣସି ଉଚ୍ଚାଭିଳାଷ ନ ଥିଲା। ତାର ସ୍ୱଳ୍ପ ବେତନରେ ଚଳିଯାଉଥିଲା ସେମାନଙ୍କର ତିନିଜଣିଆ– ହଁ, ଯଥା ସମୟରେ ସେମାନଙ୍କର ଗୋଟିଏ ପୁଅ ବି ଜନ୍ମ ହୋଇଥିଲା –ପରିବାର। ଦେବନାଥ ସନ୍ତୁଷ୍ଟ ଥିଲା ତାର ଏଇ ସ୍ୱଳ୍ପ ପରିମିତିର ଜୀବନକୁ ନେଇ। କାରଣ ଏଇ ସାମାଜିକ ଜୀବିକା ଓ ଜୀବନଯାପନର ସାଂସାରିକତା ବାହାରେ ତାର ଥିଲା ଏକ ବୃହତ୍ତର ବିଶ୍ୱଭୁବନ : କବିତାର। କିମ୍ବା ସଠିକ କହିଲେ ଏ ପୃଥିବୀର ବାହାରେ ସେ ଥିଲା ଏକ ଅନନ୍ତ ଅଖିଳ ବ୍ରହ୍ମାଣ୍ଡରେ କାରଣ ଏ ସମୟରେ ସେ ହୋଇଯାଇଥିଲା ରବି ଠାକୁରଙ୍କ କବିତାର ଭକ୍ତ।

ଯେତେ ଯାହା ହେଉ ସେଇ ଅପାର ଅନ୍ୟ ସଂସାରରୁ କବିକୁ ପ୍ରତିଦିନ ଫେରିବାକୁ ପଡ଼େ ତାର ଦି ବଖରାର ବସା ଘରକୁ। ବୁଝିବାକୁ ପଡ଼େ ବଜାର ସଉଦା କଥା, ପିଲାଙ୍କ ଭଲ ମନ୍ଦ, ବନ୍ଧୁବାନ୍ଧବ ପାଖ ପଡ଼ୋଶୀଙ୍କ ସାମାଜିକ ଦାବି। ଏଭଳି ସବୁ କଥା ଯାହା ଆଦୌ ତାର ମନର ଅନୁକୂଳ ନୁହନ୍ତି। ଏ ଭଳି କଥା ସବୁ ଯାହାକୁ ଆଧୁନିକ କବିଙ୍କ ଲେଖିବାର ଆଧାର ବୋଲି ଥଟ୍ଟା କରି କହିଥିଲେ ରବୀନ୍ଦ୍ରନାଥ: ପଡ଼ାର ମଦ ଦୋକାନ, ସ୍ୱାମୀ ସ୍ତ୍ରୀଙ୍କର ଦି ବେଳାର କଳିତକରାଳ, ଠିପି ବିହୀନ ଖାଲି ତେଲଶିଶି, ଦାନ୍ତଭଙ୍ଗା ପାନିଆ, ସାବୁନର ଶେଷ ପାତଳା ଟୁକୁଡ଼ା ଇତ୍ୟାଦି। ଦେବନାଥ ବି ଜାଣୁଥିଲା ଏ ସବୁ କବିତାର ଅଯୋଗ୍ୟ। ସେଥିପାଇଁ ସେ ନିଜକୁ ଯଥାସମ୍ଭବ ଘରକରଣାରୁ ଅଲଗା ରଖିଲା। ଭାଗ୍ୟକୁ ତାର ସ୍ତ୍ରୀ ସମ୍ଭାଳିନେଲା ସବୁ ଦାୟିତ୍ୱ। ନିଜ ଘରେ ଦେବନାଥ ନିଜେ ହୋଇଗଲା ମୂଲ ଦେଉଥିବା ଅତିଥି। ପହିଲା ତାରିଖରେ ସେ ସ୍ତ୍ରୀ ହାତକୁ ଦରମା ପଇସା ବଢ଼ାଇ ଦେଇ ନିଶ୍ଚିନ୍ତ ହୋଇ ଯାଉଥିଲା ମାସଟି ପାଇଁ।

ଏହିଠାରୁ ଆରମ୍ଭ କରି ସବୁଦିନ ପାଇଁ ସେ ସେଇପରି ରହିଗଲା ପେଇଙ୍ଗ ଗେଷ୍ଟ ହୋଇ। ଗାଁରେ ଆସି ରହିବା ପରେ ପ୍ରଥମେ ସେ ଲୋକ ରଖି ଖାଇବା ପିଇବାର ବ୍ୟବସ୍ଥା କରୁଥିଲା। କିନ୍ତୁ ଯେବେଠାରୁ ହରି ମାଷ୍ଟର ତା ଘରେ ଭଡ଼ାରେ ରହିଲେ, ଦେବନାଥ ତାଙ୍କ ଉପରେ ନିଜର ଦାୟିତ୍ୱ ଲଦି ଦେଲା। ସେ ନିଜର

ରୋଷେଇ ବନ୍ଦ କରି ଦେଲା, ଭଡ଼ା ବାବଦରେ ତାଙ୍କ ପାଖରୁ ଆଉ କିଛି ପଇସା ନେଲା ନାହିଁ। ସେ ହରି ମାଷ୍ଟରଙ୍କୁ ଆଉ କିଛି ଟଙ୍କା ଯାଚୁ ଥିଲା, କିନ୍ତୁ ସେ ରୋକଠୋକ ମନା କରିଦେଲେ।

ବର୍ତ୍ତମାନ ମଦ ଦୋକାନ ସାମନା ଖୋଲାରେ ହାଲୁକା ଖରାରେ ବସି ଗ୍ଲାସରୁ ଟିକିଏ ଟିକିଏ ପିଇବା ବେଳେ ସେ କିନ୍ତୁ ତାର ସେବେର ସଂସାର କଥା ଭାବୁ ନ ଥିଲା। ତାକୁ ସେତେ ମନେ ନ ପଡୁଥିଲେ ତାର ବ୍ୟକ୍ତିଗତ ଜୀବନର ସ୍ମୃତି, ଯେତେ ମନେ ପଡୁଥିଲେ କବିତାର ପଂକ୍ତିସବୁ। ଏଇ ମୁହୂର୍ତ୍ତରେ ଯେପରି ତାର ମନକୁ ଆଚ୍ଛନ୍ନ କରି ରଖିଥିଲେ ରବି ଠାକୁର। ସେ ଆକାଶକୁ ଅନାଇ ଖୋଜୁଥିଲା ପ୍ରଥମ ଦିନର ସୂର୍ଯ୍ୟ ଓ ଦିବସର ଶେଷ ସୂର୍ଯ୍ୟ ମଝିର କେଉଁ ଜିଜ୍ଞାସୁ ନକ୍ଷତ୍ର, ଯାହାର ପ୍ରଶ୍ନର କୌଣସି ଉତ୍ତର ନ ଥିଲା। ଥରେ ଗୁରୁଦେବଙ୍କ କଥା ମନେ ପଡ଼ିଲେ ମନ ଖୋଲିଯାଏ। ସବୁକିଛି ମନେ ହୁଏ ସାମାନ୍ୟତାରୁ ଉର୍ଦ୍ଧ୍ୱରେ : ମହାମାନବର ସାଗର, ଅନ୍ତରକୁ ବିକଶିତ କରୁଥିବା ଅନ୍ତରତମ, ଜଗତ ପାରାବାର ତୀରରେ ଖେଳା କରୁଥିବା ମାନବ ଶିଶୁ।

ଦେବନାଥ ନିରାଶ ହୋଇଯାଇଥିଲା ଯେତେବେଳେ ଗୁରୁଦେବ ଶେଷ ବେଳକୁ କବିତାରେ ଲେଖିଲେ ସର୍ବ ଅଙ୍ଗ କ୍ଷତ ଥିବା କୁକୁର, ମଲା ମୂଷା, ଫୁଟନ୍ତା ତେଲ କଡ଼େଇରେ କଉମାଛ, ମଇଳା ମୋଜା ଓ ବୀଭତ୍ସ ମାଛି ଦଳ କଥା। ଦିନେ ଯେ ଭାବୁଥିଲେ ବାଷ୍ପଯୋଗେ ରେଳଗାଡ଼ିର ଚାଲିବାରେ କୌଣସି ପରମତା ନାହିଁ ଏବଂ ସେଥିପାଇଁ ଜିନିଷଟି କବିତାର ଅଯୋଗ୍ୟ, ସେଇ ବିଶ୍ୱକବି ପୁଣି ଲେଖିଲେ ରାତିର ଗାଡ଼ି ଓ ଇଷ୍ଟେସନ ଭଳି କବିତା। ଦେବନାଥ କିନ୍ତୁ ଅଟକି ଯାଇଥିଲା ବିଶ୍ୱଦର୍ଶନ ପର୍ଯ୍ୟାୟରେ। ଜୀବନ ଓ କବିତାରୁ ସମସ୍ତ ନୀରସ ଗଦ୍ୟକୁ କାଟିଦେଇ ସେ ମଜ୍ଜି ରହିଲା ପ୍ରେମ ସମୟ ମୃତ୍ୟୁ ଅମରତ୍ୱ ସଂପର୍କ ଭଳି ଅପାର୍ଥିବ ତତ୍ତ୍ୱମାନଙ୍କରେ। କବିତା ଲେଖିବାରେ ସେ ନିଜର ଜୀବନର ସବୁ ସାର ନିଃଶେଷ କରିଦେଲା।

ସେ ସ୍ୱୀକୃତି ଓ ସମ୍ମାନ ବି ପାଇଥିଲା ସେଥିପାଇଁ। କବି ହୋଇଥିବାର ପ୍ରଭାମଣ୍ଡଳକୁ ସେ ନିଶ୍ଚିତ ଭୋଗ କରିଥିଲା। ଯଦିଓ ସେ ଛୋଟ ଚାକିରିଟିଏ କରିଥିଲା, ତାର ସାମାଜିକ ସମ୍ମାନ ଥିଲା ତାଠାରୁ କାହିଁ କେତେ ଉଚ୍ଚରେ। ପତ୍ରପତ୍ରିକାର ସଂପାଦକ ତାକୁ ଲୋଡୁଥିଲେ। କବିତା ପାଠ ପାଇଁ ତା ପାଖକୁ ନିମନ୍ତ୍ରଣ ଆସୁଥିଲା। ତାର ବନ୍ଧୁମାନେ ଥିଲେ ଲେଖକ ଓ ବିଦଗ୍‌ଧ ପାଠକ। ସେ ଯେପରି ଆଳଙ୍କାରିକ ଲେଖି ଦେଇଥିବା କବିର ଦୈନନ୍ଦିନ ଜୀବନ ସାରଣି ଅନୁଯାୟୀ ବଞ୍ଚୁଥିଲା: କବି ଛ' ଘଣ୍ଟା ଶୋଇବ, ସକାଳେ ଉଠି ପ୍ରାତଃକୃତ୍ୟ ଓ ଆହ୍ନିକାଦି ସାରି ତିନିଘଣ୍ଟା ପଢ଼ିବ, ତିନିଘଣ୍ଟା ଲେଖିବ ବା ପୂର୍ବଦିନର ଲେଖାକୁ ସଂଶୋଧନ କରିବ,

ଅପରାହ୍ଣରେ ସାହିତ୍ୟିକ ବନ୍ଧୁମାନଙ୍କ ସହଯୋଗରେ ନିଜର ରଚନାର ସମାଲୋଚନାରେ ଭାଗନେବ ଓ ତାପରେ ତାକୁ ପରିଶୋଧନ କରିବ। ଜୀବନଯାପନର ଏହି ପ୍ରଣାଳୀରେ କିଛି ବର୍ଷରେ ଦେବନାଥର ଦୁଇଟି କବିତା ବହି ପ୍ରକାଶ ପାଇଲା, କବିତା ସଂଚୟିତାରେ ତାର କବିତା ସ୍ଥାନିତ ହେଲା ଏବଂ ଅନ୍ୟ ଭାଷାରେ ତାର ଅନୁବାଦ ବାହାରିଲା। ଏକ ସମାନ୍ତର ଧାରାରେ ତାର ପୁଅର ବୟସ ବଢ଼ିଲା, ତାର ସ୍ତ୍ରୀ ଅଧିକ ରୋଗିଣା, ଧାର୍ମିକା ଓ ଖିଟଖିଟ ସ୍ୱଭାବର ହୋଇଗଲା ଓ ପରିବାର ବିଷୟରେ ଆହୁରି ଦାୟିତ୍ୱଶୂନ୍ୟ ହୋଇଗଲା ଦେବନାଥ।

ଆଉ ଟିକିଏ ଖରା ଉଠିଲେ ସେ ବାରଣ୍ଡା ଉପରକୁ ଚାଲିଯିବ। ଏବେ କିନ୍ତୁ ଏଇଠି ଠିକ ଅଛି। ବେଳା ବଢ଼ିବାରୁ ବର୍ତ୍ତମାନ ବେଶ କିଛି ଗ୍ରାହକ ଆସି ପହଞ୍ଚି ଗଲେଣି। ଏଠାରେ ସେ ଗୋଟିଏ ପରିଚିତ ମୁହଁ। ବୋଧହୁଏ ସମସ୍ତେ ଜାଣନ୍ତି ସେ ପଢ଼ାଲେଖା ଲୋକ। ସେଥିପାଇଁ ସେ ସାମାନ୍ୟ ସମ୍ଭ୍ରମ ପାଏ ଏଠାରେ; ତାର ନିର୍ଦ୍ଦିଷ୍ଟ ଜାଗାରେ ଆଉ କେହି ବସିବାକୁ ଆସନ୍ତି ନାହିଁ। ଗ୍ଲାସ ଉଠାଇ ସେ ଗୋଟିଏ ଛୋଟ ଢ଼ୋକ ନେଲା। ଏଠାରେ ଅନେକ ସମୟ ବସିରହେ ବୋଲି ସେ ଧୀରେ ଧୀରେ ଅଳ୍ପ ଅଳ୍ପ ପିଏ। ତାକୁ ସମସ୍ତେ ଦାୟିତ୍ୱହୀନ ବୋଲି ଭାବନ୍ତି, କିନ୍ତୁ ସେ ପିଇବା ବିଷୟରେ ସଚେତନ। ଥରେ ବେଶି ପିଇ ଘରକୁ ଫେରୁଥିବା ବେଳେ ରାସ୍ତାରେ ପଡ଼ି ଯାଇଥିଲା। ଏଭଳି ଅବସ୍ଥାରେ ସେ ରିକ୍ସା ନେଇଯାଏ, କିନ୍ତୁ ସେଦିନ ରିକ୍ସା ମିଳିଲା ନାହିଁ। ସେଥରକ ବେଶ କିଛି ଦିନ ଘରୁ ବାହାରି ପାରି ନଥିଲା ସେ। ହରି ମାଷ୍ଟର ତା ପାଇଁ ହଇରାଣ ହେଲେ। ତାକୁ ଦିଥର ପାଖ ସହରର ଡାକ୍ତରଖାନାକୁ ନେଲେ, ତା ପାଇଁ ଔଷଧ ଆଣିଦେଲେ, ଖାଇବା ପାଇଁ ପଥ୍ୟ ବ୍ୟବସ୍ଥା କଲେ।

ସେଇଦିନୁ ସତର୍କ ହୋଇଗଲା ଦେବନାଥ। ଅନ୍ୟମାନଙ୍କୁ ହଇରାଣ କରିବାର କୌଣସି ଅଧିକାର ନାହିଁ ତାର। ନିଜର ମନ ଭିତରର ପୃଥିବୀରେ ଯେତେ ଯାହା ବିଶୃଙ୍ଖଳା ଅବ୍ୟବସ୍ଥା ହେଉଥାଉ, ବାହାର ପୃଥିବୀରେ ସେ ସାବଧାନ ରହିବ, ଯଥାସମ୍ଭବ ନିଜର ସ୍ୱାସ୍ଥ୍ୟକୁ ଜଗି, ଅନ୍ୟମାନଙ୍କୁ ସମ୍ମାନ ଦେଇ। ଏ କଥା ସେ ନିଶ୍ଚୟ କରିପାରିବ ମନ ଯେଉଁଆଡ଼େ ଉଡ଼ି ବୁଲୁଥାଉ ପଛେ। ତେବେ ମନ ଉପରେ ଲଗାମ ନାହିଁ। ଏଇ ମୁହୂର୍ତ୍ତରେ ଯେମିତି ହଠାତ୍ ଦୁଇ ଧାଡ଼ି ମୁଣ୍ଡ ଭିତରକୁ ଧସି ପଶି ଆସୁଛି: ନକ୍ଷତ୍ର ଲୋକରୁ ବାହାର, ଉଜ୍ଜ୍ୱଳ ପ୍ରକାଶ ତାହାର। ଜୀବନର ସୃଜନଶୀଳ ସମୟରେ ସେ ଏଇ ଶବ୍ଦମାନଙ୍କୁ ନେଇ ଗୋଟିଏ ପୂରା କବିତା ଲେଖି ପାରିଥାନ୍ତା। ଧାଡ଼ି ଦୁଇଟିକୁ ଭିନ୍ନ ଭିନ୍ନ ଭାବରେ ସଜାଇ, ତାର ଆଗରେ ପଛରେ ଆହୁରି ଶବ୍ଦ ଖଂଜି ନିଜର ଚିନ୍ତାକୁ ଏକ ନିର୍ଦ୍ଦିଷ୍ଟ ଉପସଂହାର ଆଡ଼କୁ ଟାଣି ନେଇ ପାରିଥାନ୍ତା ଗୋଟିଏ ସ୍ୱୟଂସଂପୂର୍ଣ୍ଣ ରୂପକ ଅଳଂକୃତ ଶେଷ ପଂକ୍ତିରେ। କାଗଜ ଉପରେ ଗୋଟିଏ ଛମଛମ

ସଂବନ୍ଧ କବିତା ଆସି ଉଭା ହୋଇଯାଇଥାନ୍ତା ତା ଆଗରେ, ନିଜର ପର୍ଯ୍ୟାପ୍ତିର ସ୍ପର୍ଦ୍ଧାରେ। ଏବେ କେବଳ ସେଇ ଉର୍ବର ଦିନମାନଙ୍କର ପ୍ରୀତିକର ସୁଖଚାରଣ।

ଯେପରିକି ଦିନେ ତାକୁ କିଏ କହିଲା ଜଣେ ଜଣାଶୁଣା ସମାଲୋଚକ ତାର କବିତାର ପ୍ରଶଂସା କରି ଲେଖିଛନ୍ତି କେଉଁ ଲେଖାରେ। କିମ୍ବା ଅନ୍ୟ ଜଣେ ଲେଖକ ତାଙ୍କ ଉପନ୍ୟାସର ଅଗ୍ରଲେଖ ଭାବରେ ବ୍ୟବହାର କରିଛନ୍ତି ତାର କବିତାର ଚାରି ଧାଡ଼ି। ଏପରି କି ଥରେ ଆଲୋଚନା ହେଲା ଯେ ଜଣେ ଗାଳ୍ପିକ ଏକ ସଂପୂର୍ଣ୍ଣ ଗଳ୍ପ ଲେଖିଛନ୍ତି ତାକୁ ନେଇ। ଗଳ୍ପଟିକୁ ଆଣି ପଢ଼ିଲା ଦେବନାଥ। ସେଇଟି ଗୋଟିଏ ପାଗଳ କବି ବିଷୟରେ ଥିଲା। ଦେବନାଥକୁ ବୋଧହୁଏ ତାର ସାଙ୍ଗମାନେ ପାଗଳ ବୋଲି ଭାବୁଥିଲେ   କି କଣ ସେଥିପାଇଁ ଏ କାହାଣୀ ସହିତ ତାର ଜୀବନର ସମାନତା ଦେଖି ପାରୁଥିଲେ। ଯଦିଓ ଗଳ୍ପର କବିର ନାଁ ସହିତ ନିଜ ନାଁର ସାମଞ୍ଜସ୍ୟ ଥିଲା, ଦେବନାଥ ଆଉ କୌଣସି ସାଦୃଶ୍ୟ ପାଇଲା ନାହିଁ ଲୋକଟି ସହିତ। ତାର କବିତା ଥିଲା ଭିନ୍ନ ପ୍ରକାରର, କାଳ୍ପନିକ କବିଟି ଲଗାମଛଡ଼ା ଥିବାବେଳେ ସେ ଥିଲା ସଂସାରୀ ଏବଂ ଦି ଜଣଙ୍କର କବିତାର ସଂଜ୍ଞା ମଧ୍ୟ ଥିଲା ଭିନ୍ନ। ତେବେ ଏତେ ପ୍ରକାରର ନକାରାତ୍ମକ ଯୁକ୍ତି ସତ୍ତ୍ୱେ କେବେ କେବେ ତାର ମନେ ହେଉଥିଲା ଗଳ୍ପ ନାୟକ ଭବନାଥ ସହିତ ଯେପରି ତାର କେଉଁଠି ଏକ ଗଭୀର ଆତ୍ମୀୟତା ଅଛି।

ତାର ମନେ ପଡ଼ିଲା ଯେ ଅନେକ ଖୋଜି କୁସୁମ ହିଁ ତାକୁ ସେଇ ପତ୍ରିକାଟି ଦେଇଥିଲା ଯେଉଁଥିରେ ଗଳ୍ପଟି ବାହାରିଥିଲା। କୁସୁମ କଥା ମନକୁ ଆସିଲେ ତା ଛାତି ଭିତରେ ଆଦର, ସ୍ନେହ ଓ ସୋହାଗର ଫଲ୍‌ଗୁ ଉଛୁଳି ପଡ଼େ। ସ୍ତ୍ରୀ କଥା ଭାବିଲେ ମନ ଭିତରେ ତାର ମୁହଁ ପ୍ରତିବିମ୍ବିତ ହୁଏ ନାହିଁ, ତାର ନାଁ ଓଠକୁ ଆସେ ନାହିଁ। କିନ୍ତୁ କୁସୁମ ମନେ ପଡ଼ିଲେ ହିଁ ମନ ଭିତରେ ଜପ କରିବା ଭଳି କୁସୁମ କୁସୁମ କହିବାକୁ ଇଚ୍ଛା ହୁଏ। ଆଖି ବନ୍ଦ କଲେ ତାର ସେଇ ପୁରୁଣା ଦିନର ଚେହେରା ମନକୁ ଆସେ। କୋଉ ଝିଅକୁ ଦେଖିଲେ ତାର ଚେହେରା ସହିତ ତୁଳିବାକୁ ଇଚ୍ଛା ହୁଏ। କୁସୁମ ମନେ ପଡ଼ିଲେ କବିତା ମନେ ପଡ଼େ।

ସେ ଚାହିଁଥିଲା ଏକ ସହଜ ସାଧାରଣ ଜୀବନ ବଞ୍ଚିବା ପାଇଁ, ଯାହା ସମ୍ଭବ ହେଲା ନାହିଁ। କବି କହିଲେ ଲୋକ ବୁଝନ୍ତି ଉଚ୍ଛୃଙ୍ଖଳ ବୋହେମିଆନ ଜୀବନ ଯାପନ କରୁଥିବା ଏକ ରୋମାଣ୍ଟିକ ଜୀବକୁ, ଯାହା ପାଖରୁ ସମାଜ ଆଉ କିଛି ଆଶା କରେ ନାହିଁ କେବଳ କେତୋଟି ଧାଡ଼ି ଛନ୍ଦରେ ବନ୍ଧା କଳ୍ପନା ବ୍ୟତୀତ। ଦେବନାଥ କିନ୍ତୁ ଏ ପ୍ରକାରର ସ୍ୱପ୍ନ- ବିଳାସୀ ନ ଥିଲା। ସେ ସାଧାରଣ ଲୋକର ଜୀବନ ଜୀଉଁଥିଲା, ଅଫିସ କାମ ଠିକରେ କରୁଥିଲା, ସମୟାନୁବର୍ତ୍ତୀ ଏବଂ ଏକପତ୍ନୀବ୍ରତୀ ଥିଲା। ଯଦି ସେ ସମାଜରେ ଅପାଂକ୍ତେୟ ଥିଲା, ତାର କାରଣ ଥିଲା ଯେ ସେ ନିଜର ସମସ୍ତ ବଳକା

ସମୟ ଲେଖାପଢ଼ାରେ କଟାଉଥିଲା, କାହାରି ସହିତ କିଛି ସଂପର୍କ ନ ରଖି। ସେ ନିଜକୁ ବଞ୍ଚିତ କରି ରଖିଥିଲା ଖେଳ ସିନେମା ମେଳା ସାଙ୍ଗସୁଖ ଅବସର ବିନୋଦନରୁ। କହିବାକୁ ଗଲେ ସେ ହିଁ ନିଜକୁ ସମାଜରୁ ପ୍ରତ୍ୟାହାର କରି ନେଇଥିଲା କବିତା ପାଇଁ। ଶେଷରେ କିନ୍ତୁ ଯେଉଁ କବିତା ପାଇଁ ସେ ସବୁ କିଛି ଛାଡ଼ିଥିଲା, ସେଇ କବିତା ଦିନେ ତାକୁ ଛାଡ଼ି ଚାଲିଗଲା। ଆଉ ଫେରିଲା ନାହିଁ।

ଖରା ଟାଣ ହୋଇ ଆସୁଥିଲା, ଏତିକିବେଳେ ଗୋଟିଏ ହାଲୁକା ମେଘ ଆକାଶରେ ଭାସିଗଲା ଓ ଖୋଲାରେ ବସିବା ଆଉ କଷ୍ଟକର ହେଲା ନାହିଁ। ସମୟ କେତେ ହୋଇଥିବ ଅନ୍ଦାଜ କରିବାକୁ ଚେଷ୍ଟା କଲା ଦେବନାଥ। ଆଜିକାଲି ଆଉ ସେ ହାତରେ ଘଡ଼ି ବାନ୍ଧେ ନାହିଁ। କଣ ହେବ ତାର ସଠିକ ସମୟ ଜାଣି ? ପାଖ ଟେବୁଲ ଉପରେ ଯେତେବେଳେ ଅନ୍ୟମାନେ ଢ଼ାବାରୁ ଖାଇବା ଆଣି ବସିଯାନ୍ତି, ସେ ଜାଣେ ଯେ ଖାଇବା ବେଳ ହୋଇଗଲାଣି। ଘରେ ତା ପାଇଁ ଖାଇବାର ରହିଥିବ। ଆଗେ ସେ ଖାଇବା ସମୟରେ ନ ପହଞ୍ଚିଲେ ସେମାନେ ଟିକିଏ ବ୍ୟସ୍ତ ହେଉଥିଲେ; ଏବେ ଜାଣି ଗଲେଣି ଯେ ସେ ଢ଼ାବାରେ ଖାଇ ନେଇ ସଂଜବେଳେ ଘରକୁ ଫେରିବ। ଚିହ୍ନା ରିକ୍ସାବାଲା ଏଇ ସମୟରେ ଖାଲି ଥିଲେ ଆସି ତାକୁ ଘରକୁ ନେଇଯିବାକୁ ଡାକୁଥିଲା। ଆଜି ବୋଧହୁଏ କାମରେ ବାହାରି ଯାଇଛି। ମୁଣ୍ଡ ଉପରେ ଆକାଶକୁ ଅନାଇ ଦେବନାଥ ଠିକ କଲା ଯେ ଆଉ ଘରକୁ ନ ଯାଇ ଏଇଠି ରହିଯିବ। ସକାଳୁ ଗୋଟିଏ ଜାଗାରେ ବସି ରହି ତାକୁ ଚିଟା ଲାଗୁଥିଲା; ଠିକ କଲା ଡାଟି ଘେରା ପାଖରେ ଯେଉଁ ଛୋଟ ଅରାଏ ଘାସ ଅଛି, ସେଇଠି ଯାଇ ବସିବ। ହାତରେ ଗ୍ଲାସ ଓ ଚାଦରକୁ ସମ୍ଭାଳି ସେ ସେଠାକୁ ଗଲା, ଓ ବସିବ କଣ, ଘାସ ଉପରେ ଆରାମ କରି ଶୋଇଗଲା।

ଏ ଜାଗାଟି ଠିକ ଲାଗୁଥିଲା ଯେମିତି ସେଇ ପୁରୁଣା ଦିନର ରେଡ଼ିଓ ଷ୍ଟେସନ ପଛ ପାଖ ଗଳିରେ ଥିବା ଚୋରା ମଦ ଭାଟି କଡ଼ର ଛୋଟ ଘାସ ଟିକକ। ଆଜିର ବଡ଼ ସହର ସେତେବେଳେ ଥିଲା ଛୋଟ ଛୋଟ ଗାଁର ସମଷ୍ଟି ଭଳି ; ଅନେକ ଖୋଲା ଜାଗା, ବୁଦା ଲଟା ଝାଡ଼, ଭଙ୍ଗା କୋଠି ଥିଲା ଗଳିରେ। ଏଇ ଭଳି ଗୋଟିଏ ଜାଗାରେ ଦେଶୀ ମଦ ରନ୍ଧା ହେଉଥିଲା ଏବଂ ସେମାନେ ସାଙ୍ଗ ହୋଇ ସେଠାରେ ପହଞ୍ଚିଯାଉଥିଲେ କାମ ସରିଗଲେ। ସେତେବେଳେ ସେ ଜାଗାରେ କାଚ ବୋତଲ ଓ ଗ୍ଲାସ ନ ଥିଲା। ହାଣ୍ଡିରୁ ଆଣି ମଦ ବିକ୍ରି ହେଉଥିଲା ମାଟି ସରାରେ। ସେମାନେ ହାତରେ ଗୋଟିଏ ଗୋଟିଏ ସରା ନେଇ ଘାସ ପଦା ଉପରେ ବସି ଯାଉଥିଲେ; ଗପସପ ଭିତରେ ମଦାଳସ ଦିନଟି ସରି ଯାଉଥିଲା।

ଦେବନାଥ ସ୍ୱପ୍ନରେ ବି ଭାବି ନଥିଲା ଯେ ସେ କେବେ ମଦ ପିଇବ। ଅଥବା କବିତା ଲେଖା ଛାଡ଼ି ଦେଇ ସିନେମା ପାଇଁ ଗୀତ ଲେଖିବ। ମଝିରେ ମଝିରେ ସେ ପୁରୁଣା କଥା ମନେ ପକାଏ କିନ୍ତୁ ଠିକ କରିପାରେ ନାହିଁ ସେ କଣ ଏଇ ରୂପାନ୍ତରଣକୁ ଟାଳି ଦେଇ ପାରିଥାନ୍ତା ? ସାହିତ୍ୟର ଆଦି ପର୍ବରେ ଗୀତ ହିଁ ଥିଲା କବିତା, ଗୀତିକାର ହିଁ ଥିଲେ କବି। ପରେ ଦୁଇଟି ଅଲଗା ଧାରା ହୋଇଗଲା। ଯେଉଁମାନେ କେବଳ ଗୀତ ଲେଖିଲେ ସେମାନେ ଆଉ କବିର ସମ୍ମାନ ପାଇଲେ ନାହିଁ। ତେଣୁ ଯେତେବେଳେ ଜଣେ ରେଡ଼ିଓ ଗାୟକ ଆସି ତାକୁ ଗୋଟିଏ ଗୀତ ଲେଖିବାର ଅନୁରୋଧ କଲେ, ସେ ସାମାନ୍ୟ ଅପମାନିତ ବୋଧ କରିଥିଲା। ସେ ବୋଧହୁଏ ଏ ବିଷୟରେ ରୋକଠୋକ କିଛି କହିଲା। ଗାୟକ ତାକୁ କହିଲେ, ଆପଣ ପରା ନିଜକୁ ରବୀନ୍ଦ୍ର ଭକ୍ତ ବୋଲି କହନ୍ତି; ଗୀତାଂଜଳି କଣ ? ପ୍ରଶ୍ନଟି ଅଡୁଆରେ ପକାଇଲା ଦେବନାଥକୁ। ତଥାପି ସେ ଯୁକ୍ତି ଛଳରେ କହିଲା, ଗୀତାଂଜଳିର ଅଧିକାଂଶ କବିତାର ଏ ପର୍ଯ୍ୟନ୍ତ ସୁର ଦିଆଯାଇ ନାହିଁ ଏବଂ ସେ ସବୁ କବିତା ଗୀତବିତାନରେ ସ୍ଥାନ ପାଇବାର ଉପଯୁକ୍ତ ନୁହନ୍ତି।

ସେଦିନ ସେ ଗାୟକ ଫେରିଗଲେ, କିନ୍ତୁ ତାକୁ ଯେତେବେଳେ ସେ ସମୟର ସବୁଠାରୁ ପ୍ରସିଦ୍ଧ, ସବୁଠାରୁ ସଫଳ ଓ ଲୋକପ୍ରିୟ ଗାୟକ ଆସି ଗୀତ ମାଗିଲେ, ଏବଂ କହିଲେ ଯେ ଗୀତ ଲେଖି ନ ଦେଲେ ସେ ତାର କବିତାକୁ ହିଁ ସୁର ଦେଇ ଗାଇବେ, ସେ ମନା କରି ପାରିଲା ନାହିଁ। ତାଙ୍କ ବରାଦ ଅନୁସାରେ, ସେ ଚାହୁଁଥିବା ପଂକ୍ତିମାନଙ୍କର ଦୈର୍ଘ୍ୟ, ପଦର ମେଳ ଓ ଶବ୍ଦର ଅନୁମାନିକ ସଂଖ୍ୟା ଇତ୍ୟାଦି ଇତ୍ୟାଦି ହିସାବ କରି ଦେବନାଥ ତାର ପ୍ରଥମ ଗୀତଟି ଲେଖିଲା। ସେ ଭାବିଥିଲା ଏଇଟି ତାର ପ୍ରଥମ ଓ ଶେଷ ବରାଦୀ ଗୀତ ଲେଖିବା ହେବ। କିନ୍ତୁ ତାର ଦୁର୍ଭାଗ୍ୟକୁ ସଙ୍ଗୀତ ନିର୍ଦ୍ଦେଶକଙ୍କ ସୁର ଓ ଗାୟକଙ୍କ କଣ୍ଠରେ ଏଇଟି ଗୋଟିଏ ଅତି ସୁନ୍ଦର ସଙ୍ଗୀତ ହୋଇ ବାହାରିଲା ଏବଂ ଅଳ୍ପ ଦିନରେ ତାର ହାଲୁକା ପ୍ରେମର ଗୀତଟି ସର୍ବଜନବିଦିତ ହୋଇ ରାସ୍ତାଘାଟରେ ଶୁଣିବାକୁ ମିଳିଲା।

ଏହା ଥିଲା ଦେବନାଥ ପାଇଁ ଏକ ବିସ୍ମୟକର ଅଭିଜ୍ଞତା। କବିତା କେତେ ଲୋକ ପଢ଼ନ୍ତି ? ବା ବୁଝନ୍ତି ? ବା ବୁଝିବାକୁ ଚାହାନ୍ତି ? ଗୀତ କିନ୍ତୁ ସମସ୍ତଙ୍କ ଓଠରେ। ଶବ୍ଦମାନଙ୍କର ଅର୍ଥ ହଜିଯାଉ ପଛେ, ସୁର ଅନ୍ତତଃ ମନେ ରହିଯାଏ। ଗୀତ ପାଇଁ ଯେତେବେଳେ ଆହୁରି ବରାଦ ଆସିଲା, କବିତା ଛାଡ଼ି ଗୀତ ଲେଖିବାରେ ମନ ଦେଲା ଦେବନାଥ। ଗୀତ ଲେଖିବାର ଅନ୍ୟ ପ୍ରକାରର ଉଦ୍ଦୀପନା ଥିଲା। ଶବ୍ଦମାନଙ୍କୁ ମନାଇବାକୁ ପଡୁଥିଲା କବିତାରେ, ଏଠାରେ ସେମାନଙ୍କୁ ବାଧ୍ୟ କରିବାକୁ ପଡୁଥିଲା। କବିତାରେ କହିବାକୁ ଚାହୁଁଥିବା କଥାଟିକୁ ବହୁତ ପ୍ରକାରରେ ଢାଙ୍କି ଦିଆଯାଉଥିଲା,

ଯେପରିକି ପାଠକ ତାକୁ ଆଉଥରେ ପଢ଼ି ସେଥିରୁ ତାର ନିଜର ଅର୍ଥ ବାହାର କରିବ। ଗୀତ ଥିଲା ଶ୍ରୋତା ସହିତ ସିଧାସଳଖ କଥାବାର୍ତ୍ତା; ପ୍ରଥମ ଉଚ୍ଚାରଣରେ ହିଁ ଯେପରି ଯାଇ ଛୁଇଁବ ତାକୁ। କବିତାର ଅବଲମ୍ବନ ଥିଲା କେବଳ ଶବ୍ଦ ; ଗୀତରେ ଶବ୍ଦକୁ ସହାୟକ ହେଉଥିଲା ସୁର, ଅଥବା ସୁରକୁ ସହାୟକ ଶବ୍ଦ। ଅନେକ ସମୟରେ ସଙ୍ଗୀତ ନିର୍ଦ୍ଦେଶକ ତାକୁ ଗୁଣୁଗୁଣୁ କରି ଗୋଟିଏ ସୁର ଶୁଣାଉଥିଲେ। ଏବଂ ଦେବନାଥର ଦାୟିତ୍ୱ ଥିଲା ସେହି ସୁରକୁ ମିଳାଇ ଗୋଟିଏ ଗୀତ ଲେଖିବା।

କବିତା ହେଉଛି ଏକାନ୍ତର କାମ; ନିଃସଙ୍ଗରେ ବସି ନିଜ ସହିତ ନିଜେ କଥାବାର୍ତ୍ତା ବୁଝାମଣା କରି କାଗଜ ଉପରେ ଲେଖାହୁଏ କବିତା। ଗୀତ କିନ୍ତୁ ଏକ ସାମୂହିକ ଜିନିଷ ; ଗୀତିକାର, ଗାୟକ ଓ ସଙ୍ଗୀତ ନିର୍ଦ୍ଦେଶକ ମିଳି ସେଇ ଶେଷ ପଦାର୍ଥଟିକୁ ତିଆରି କରନ୍ତି ଯାହା ଶ୍ରୋତା ପାଖରେ ପହଞ୍ଚେ। ସେଥିପାଇଁ ଏତେଦିନ ଧରି ଏକୁଟିଆ ରହିଥିବା ଦେବନାଥକୁ ସଙ୍ଗୀତର ଏକ ବୃହତ୍ତର ପରିବାର ଭିତରେ ପଶିବାକୁ ହେଲା। ଏ ବୃତ୍ତଟି ପୁଣି ବଢ଼ି ବଢ଼ି ପହଞ୍ଚିଲା ରେଡ଼ିଓରୁ ରେକର୍ଡ କମ୍ପାନୀ ଓ ଶେଷକୁ ସିନେମାରେ।

ଏହା ସହିତ ଆହୁରି ଗୋଟିଏ ସମସ୍ୟା ବି ଆସିଲା। ସମୟକୁ ବ୍ୟବସ୍ଥିତ କରିବା। ଆଗରୁ ସେ ସକାଳେ ବସି ପଢୁଥିଲା, ଲେଖୁଥିଲା, ଅଫିସ ସମୟ ହେଲେ ଖାତା ବହି ବନ୍ଦ କରି ଘରୁ ବାହାରି ଯାଉଥିଲା। ଗୀତର ଦାବି କିନ୍ତୁ ଥିଲା ଭିନ୍ନ ପ୍ରକାରର ; କେବେ କେବେ ହଠାତ୍ ଦରକାର ହେଉଥିଲା ଓ କେତେବେଳେ ପୁଣି ତାକୁ ଅଦଳବଦଳ କରିବାକୁ ହେଉଥିଲା। ଗୀତ ପାଇଁ ତାକୁ ଅନ୍ୟମାନଙ୍କ ସମୟ ସହିତ ଖାପ ଖୁଆଇବାକୁ ହେଲା। କ୍ରମେ କ୍ରମେ କିନ୍ତୁ ଦେବନାଥକୁ ଏଇ ସଙ୍ଗୀତର ଦୁନିଆରେ ଚଳପ୍ରଚଳ ହେବା ମନ୍ଦ ଲାଗିଲା ନାହିଁ। ଏ ଦୁନିଆର ଅଧିକାଂଶ ଲୋକ ବେଶି ରାତି ପର୍ଯ୍ୟନ୍ତ ଚେଇଁ ସକାଳେ ଉଠୁଥିଲେ ଡେରିରେ। ତାଙ୍କ ସହିତ ଅନେକ ସମୟରେ ଦେବନାଥକୁ ଯୋଗ ଦେବାକୁ ହେଉଥିଲା ଅଫିସ ବେଳରେ। ଏ ପର୍ଯ୍ୟନ୍ତ ନିଜ କାମରେ କେବେ ହେଲେ ହେଳା କରି ନ ଥିବା ଦେବନାଥ ଆଜିକାଲି ଅଫିସ ସମୟରେ ବାହାରକୁ ଚାଲି ଯାଉଥିଲା। ଏଥିପାଇଁ ତା ପାଖକୁ ତାଗିଦା ବି ଆସିଲା ଅଫିସରୁ। ଶେଷରେ ତାକୁ କାମରେ ହେଳା କରୁଥିବା ପାଇଁ କୈଫିୟତ ମଗା ହେଲା।

ଏ କଥା ସେ ଯେତେବେଳେ ତାର ବନ୍ଧୁମାନଙ୍କୁ କହିଲା, ତାଙ୍କ ଭିତରୁ ଜଣେ କହିଲା, ଆପଣ ଏଥର ସେ ଶସ୍ତା ଚାକିରିଟି ଛାଡ଼ି ଦିଅନ୍ତୁ। ଦେଖିବେ ଗୀତରୁ ଆପଣ ବେଶି ରୋଜଗାର କରିବେ। ପ୍ରକୃତରେ ଗୀତରୁ ଆଜିକାଲି କିଛି କିଛି ପଇସା ବି ଆସୁଥିଲା। ସ୍ୱୀକୃତିପ୍ରାପ୍ତ ଗୀତିକାର ଭାବରେ ତାର ଯେତେ ଗୀତ ପ୍ରସାରିତ ହେଉଥିଲା ସେଥିପାଇଁ ସେ ପ୍ରାପ୍ୟ ପାଉଥିଲା। ରେକର୍ଡ କଂପାନୀ ମନ୍ଦ ପଇସା ଦେଉ

ନ ଥିଲେ। ତାର ଅଫିସ ସମସ୍ୟା କଥା ଶୁଣି ଆଉ ଜଣେ ବନ୍ଧୁ କହିଲେ, ଆପଣ କାହିଁକି ଚାକିରି ଛାଡ଼ିବେ ? ସରକାରୀ ଚାକିରି ; ଆପଣ କାମ କରନ୍ତୁ ନ କରନ୍ତୁ ଆପଣଙ୍କର କିଛି ହେବ ନାହିଁ। ସେମାନେ ଆପଣଙ୍କୁ ଚିଠି ଲେଖୁଥିବେ, ଆପଣ ତାଙ୍କୁ ଜବାବ ଦେଉଥିବେ। ଏମିତି ଦେଖୁଦେଖୁ ଆପଣଙ୍କର ଅବସର ନେବା ସମୟ ଆସିଯିବ। ଆପଣ ପେନ୍‌ସନ୍ କାହିଁକି ହରାଇବେ ?

ଦେବନାଥକୁ ଉପଦେଶଟି ଠିକ ମନେହେଲା। ସେ ଅଫିସରେ ଅନ୍ୟମାନଙ୍କୁ ଦେଖୁଥିଲା ଯେ କି ଚାକିରି ଆରମ୍ଭରୁ ତିଳେ ବି କାମ ନ କରି ମାସକୁ ମାସ ଦରମା ଟଙ୍କା ଗଣି ନେଉଥିଲେ। ଅନ୍ତତଃ ସେ କେବେହେଲେ କାମରେ ଅବହେଳା କରି ନ ଥିଲା। ଅଫିସ ସମୟରେ ଥରେ ଥରେ ବାହାରକୁ ଚାଲି ଯାଉଥିଲେ ବି ସେ ନିଜର କାମ ପୂରା କରି ଦେଉଥିଲା। ଅବଶ୍ୟ ତା ବି ବେଶି ଦିନ ସମ୍ଭବ ହେଲା ନାହିଁ। ଏହାର ମୂଳ କାରଣ ଥିଲା ତାର ମଦ ଅଭ୍ୟାସ।

କଳାକାର ଏକ ଉଚ୍ଛୃଙ୍ଖଳ ନିରଂକୁଶ ସ୍ୱେଚ୍ଛାଚାର ଜୀବନ ବଞ୍ଚିବ, ଏ ନିୟମ ଯେପରି ବିଶେଷ ଭାବରେ ଥିଲା ସଙ୍ଗୀତ ସାଧକଙ୍କ ପାଇଁ। କେବଳ ପୋଷାକପତ୍ରରେ ନୁହେଁ, ଆଚାର ବ୍ୟବହାରରେ ମଧ୍ୟ ସେମାନଙ୍କର ଏହି ସ୍ୱାତନ୍ତ୍ର୍ୟ ଦେଖାଇବାକୁ ପଡୁଥିଲା ଏବଂ ଏହାର ଗୋଟିଏ ଅଂଗ ଥିଲା ମଦ୍ୟପାନ। ଗୀତିକାର ଭାବରେ ଦେବନାଥକୁ ଅବଶ୍ୟ ସବୁବେଳେ ହାଜିର ହେବାକୁ ପଡୁ ନଥିଲା ଏ ଭଳି ଗୋଷ୍ଠୀରେ, ତେବେ ହଠାତ୍ କେତେବେଳେ ଦରକାର ପଡ଼ିବ ଏଇ ବାହାନାରେ ସେ ନିଜକୁ ଏହି ଦଳଟି ସହିତ ସାମିଲ କରିନେଲା। ରେଡ଼ିଓ ଷ୍ଟେସନର ଗୋଟିଏ ପରିତ୍ୟକ୍ତ ଅଂଶରେ ହାରମୋନିଅମ ବାଜାବାଜଣା ଭିତରେ ସାରାଦିନ ଏମାନଙ୍କର ଆତଯାତ ଲାଗି ରହୁଥିଲା ଏବଂ ଫୁରସତ ପାଇଲେ ସେମାନେ ଚାଲି ଯାଉଥିଲେ ପାଖ ଚା ଦୋକାନକୁ, କିମ୍ବା ଅଧିକାଂଶ ସମୟରେ ଅଦୂରର ମଦ ଭାଟିକୁ। ଦେବନାଥ ପ୍ରଥମେ ପ୍ରଥମେ ତାଙ୍କ ସହିତ ଚା ଦୋକାନକୁ ଯାଉଥିଲା। ତାପରେ ନିଜର ଚା ଗ୍ଲାସକୁ ଧରି ସେମାନଙ୍କ ସହିତ ଭାଟି ପର୍ଯ୍ୟନ୍ତ ଗଲା। ଶେଷରେ ଦିନେ ଟିକିଏ ମଦ ଚାଖି ଥୁ ଥୁ କଲା।

ଏହିପରି କ୍ରମରେ ମଦର କିଛି କିଛି ଢ଼ୋକ ପରେ ଜିନିଷଟି ତାକୁ ଆଉ ଖରାପ ଲାଗିଲା ନାହିଁ, ଏବଂ ମନ ଓ ମସ୍ତିଷ୍କ ଉପରେ ତାର ସୁଖଦ ପ୍ରଭାବ ପଡ଼ିଲା, ଦେବନାଥ ତାର ଭକ୍ତ ହୋଇଗଲା। ବର୍ତ୍ତମାନ ଘାସ ଉପରେ ଶୋଇଥିବା ବେଳେ ଏଇ ସବୁ କଥା ମନେ ପଡୁଥିଲା। ଆଖି ବନ୍ଦ କଲେ ଆଉ ଅତୀତ ବର୍ତ୍ତମାନ ଭବିଷ୍ୟତ ଅଲଗା ହୋଇ ରହେ ନାହିଁ, ସବୁ ମିଶାମିଶି ହୋଇ ଝାପ୍‌ସା ହୋଇଯାଏ। ପରିମିତ ସ୍ୱଭାବର, ସମୟାନୁବର୍ତ୍ତୀ, ସମାଜ ସଚେତନ ତା ଭଳି ଯେ ଶେଷକୁ ମଦ୍ୟପ ଓ

ସମାଜଚ୍ୟୁତ ହୋଇଯିବ, ସେ କଥା ଗୋଟିଏ ସମୟରେ କଳ୍ପନା ମଧ୍ୟ କରିପାରି ନଥାନ୍ତା ଦେବନାଥ। କିନ୍ତୁ ଅତି ଧୀରେ ଧୀରେ ଏଇ ରୂପାନ୍ତରଟି ଘଟିଲା ତା ପାଇଁ।

ତା ସହିତ ଆଉ ଯେଉଁ ପରିବର୍ତ୍ତନଟି ହେଲା ତା ହେଉଛି ପାଠକ ଓ ଆଲୋଚକଙ୍କ ଆଖିରେ ତାର କବିରୁ ଗୀତିକାରକୁ ପଦାବନତି। ଗୀତ ପତ୍ରପତ୍ରିକା ବା ବହିରେ ବାହାରୁ ନ ଥିବାରୁ ତାର କୌଣସି ପାଠକ ଗୋଷ୍ଠୀ ନ ଥାନ୍ତି ; ତାର ଥାନ୍ତି ଶ୍ରୋତା। ପୁଣି, ଶୀଘ୍ର ଶୀଘ୍ର ନୂଆ ନୂଆ ଗୀତ ବଜାରକୁ ଆସୁଥିବାରୁ ଏ ଭଳି ଏକ ଧାରଣା ହୋଇଥାଏ ଯେ କବିତା ଶାଶ୍ୱତ ହୋଇଥିବା ବେଳେ ଗୀତ ଏକ ଅତି ସାମୟିକ ଚମକ, ଯାହାର ଜୀବନକାଳ ଆଠ ଦିନ ମାତ୍ର। ଏ କଥାର କୌଣସି ତାର୍କିକତା ନାହିଁ, ଯେପରି କୌଣସି ଯୁକ୍ତି ନାହିଁ କହିବାରେ ଯେ ଲୋକପ୍ରିୟ ସାହିତ୍ୟ ଉତ୍ତମ ସାହିତ୍ୟ ନୁହେଁ। ଦେବନାଥ ଯେତେବେଳେ ପତ୍ରପତ୍ରିକାକୁ କବିତା ବଦଳରେ ଗୀତ ପଠାଇଲା, ସଂପାଦକମାନେ ତାକୁ ଛପାଇବାକୁ କୁଣ୍ଠିତ ହେଲେ। ଗୀତି କବିତା ବହି ଛପାଇବାର ସମ୍ଭାବନା ନଥିଲା। ସେ ମାନିନେଲା ଯେ କବିତା ଆଉ ତା ପାଇଁ ନୁହେଁ, ସେ ଜଣେ ଗୀତିକାର ହିଁ।

ଏ ନିଷ୍ପତ୍ତି ନେବା ସତ୍ତ୍ୱେ ତାଙ୍କୁ ଯାହା କଷ୍ଟ ଦେଉଥିଲା ସେ କଥାଟି ହେଲା ସେ କି ବିଷୟରେ ଲେଖିବ, ତା ସବୁବେଳେ ତା ନିଜ ଉପରେ ନିର୍ଭର କରୁ ନ ଥିଲା। ସିନେମାବାଲା ତାକୁ ଦୃଶ୍ୟ ବୁଝାଇ ଦେଉଥିଲେ, ଶ୍ମଶାନରୁ ଫେରି ନାୟକ ଏକା ଝରଣା କୂଳରେ ବସିଛି, ଅଥବା ନାୟିକା ଏଇମାତ୍ର ଫେରିଛି ଷ୍ଟେସନରେ ଚୋରା ପ୍ରେମିକକୁ ଛାଡ଼ି, ଅଥବା ଦୁଇଟି ଝିଅ ଗୀତରେ ଗୀତରେ କଥା କଟାକଟି ହେଉଛନ୍ତି, ଇତ୍ୟାଦି। ତାକୁ ଏଇ ଏଇ ପରିସ୍ଥିତି ପାଇଁ ଗୀତ ଲେଖିବାକୁ ହେବ। ଏଇ ଭଳି ଭାବରେ ସେ ରେଡ଼ିଓ, ରେକର୍ଡ କଂପାନୀ ଓ ସିନେମା ପାଇଁ ଅନେକ ଗୀତ ଲେଖିଲା ଓ ତା ମଧ୍ୟରୁ ଅନେକ ଜନପ୍ରିୟ ହୋଇ ସେ କବି ଭାବରେ ଯେତେ ଜଣା ନଥିଲା ତାଠାରୁ ବେଶି ଜଣାଶୁଣା ହୋଇଗଲା।

ଥରେ କିନ୍ତୁ ନିୟମ ସାଙ୍ଗରେ ରଫା କଲେ ଆଉ ସୀମା ଭିତରେ ରହି ହୁଏ ନାହିଁ। କବିତା ଛାଡ଼ି ଗୀତ ଲେଖିବା ପରେ ତାକୁ ଅନୁରୋଧ ଆସିଲା ସିନେମାରେ ସଂଳାପ ଲେଖିବା ପାଇଁ। ସେ ମନା କରିବାକୁ ଚାହୁଁଥିଲା, କିନ୍ତୁ ଚିତ୍ରର ପ୍ରଯୋଜକ କହିଲେ ଯେ ଏ କାମର ଦାୟିତ୍ୱ ନେଇଥିବା ଭଦ୍ରବ୍ୟକ୍ତି ବିନା ସୂଚନା ଦେଇ କୁଆଡ଼େ ଚାଲିଗଲେ ଏବଂ ଦେବନାଥ ଯଦି ସାହାଯ୍ୟ ନ କରେ ସେ ବହୁତ କ୍ଷତିରେ ପଡ଼ିବେ। ସେ ଏଥିପାଇଁ ଭଲ ଟଙ୍କା ଦେବାକୁ ରାଜି ହେଲେ ଏବଂ ନିଜର ଅନିଚ୍ଛା ସତ୍ତ୍ୱେ ଦେବନାଥ ତାଙ୍କ କଥାରେ ହଁ ଭରିଲା। ଏବଂ ଟଙ୍କା ପାଇ ଖୁସି ହେଲା।

କଥା ଏତିକିରେ ଛିଣ୍ଡିଲା ନାହିଁ। ତାକୁ ପ୍ରଯୋଜକଙ୍କ ପାଖରୁ ଅନୁରୋଧ ଆସିଲା ଅଶ୍ଳୀଳ ଗୀତ ଲେଖିବା ପାଇଁ। ଅବଶ୍ୟ ସେ ତାକୁ ସିଧା ସଳଖ ଅଶ୍ଳୀଳ କଥା କହି ନ ଥିଲେ, କହିଥିଲେ ଯେ ଗୀତ ଦ୍ୱୈର୍ଥକ ହେବ, ଯେପରିକି ଶିକ୍ଷିତ ଲୋକମାନଙ୍କ ସହିତ ସାଧାରଣ ଲୋକ ମଧ୍ୟ ତାର ମଜା ପାଇପାରିବେ। ସେ କିନ୍ତୁ ତାକୁ ଯେଉଁ ଉଦାହରଣ ଦେଲେ, ସେ ଗୀତଗୁଡ଼ିକ ଉପରକୁ ଠିକଠାକ ଜଣାଯାଉଥିଲେ ମଧ୍ୟ ତା ଭିତରୁ ବାହାରି ପାରୁଥିଲା ପ୍ରତିଟି ଧାଡ଼ିରେ ନାରୀର ଅଙ୍ଗପ୍ରତ୍ୟଙ୍ଗର ଅଶାଳୀନ ବର୍ଣ୍ଣନା ଓ ପ୍ରତିଟି କ୍ରିୟା ପଦରେ ଯୌନ ସଂପର୍କର କୁତ୍ସିତ ସୂଚନା। ଦେବନାଥ ପ୍ରଥମେ ମନାକଲା ଏବଂ ଅନେକ କୁହାବୋଲା ପରେ ଯେଉଁ ଗୀତଟି ଲେଖିଦେଲା ସେଥିରେ ଦେହଜ ପ୍ରେମର କିଛି ରଂଗରସ ଥିଲା କିନ୍ତୁ କୌଣସି ଅଶ୍ଳୀଳତା ନ ଥିଲା। କିନ୍ତୁ ପ୍ରଯୋଜକ ତା ଲେଖାକୁ କାଟଛାଟ କରି ଫିଲ୍ମରେ ଯେଉଁ ଗୀତଟି ଦର୍ଶକଙ୍କୁ ଦେଲେ ସେଇଟି ଥିଲା ଅଶ୍ଳୀଳତାର ଚୂଡ଼ାନ୍ତ। ଗୀତଟି ଅତି ସଫଳ ହେଲା ଏବଂ କ୍ୟାସେଟରେ ତା ନାଁ ସହିତ ଏଇଟି ବିକ୍ରି ହେବାପରେ ଦେବନାଥର ଅଶ୍ଳୀଳ ଗୀତ ଲେଖିବାରେ ଆଉ କୌଣସି ସଂକୋଚ ରହିଲା ନାହିଁ।

ତାର ସିନେମାର ଦିନମାନଙ୍କରେ ଗୋଟିଏ ସ୍ମରଣୀୟ ଘଟଣା ଥିଲା ଯେ ସେ ଗୀତ ଲେଖିଥିବା ଫିଲ୍ମର ଶୁଟିଙ୍ଗ ବେଳେ ପ୍ରଥମ ଥର ପାଇଁ କଲିକତା ଯିବା। ଅନେକ ଦିନରୁ ତାର ଇଚ୍ଛା ଥିଲା କଲିକତା ଯାଇ ସେଠାରେ କିଛି କବି ଲେଖକଙ୍କୁ ଭେଟିବା ଓ ଗୁରୁଦେବଙ୍କ ଘର ଦେଖିବା। ପ୍ରଯୋଜକ କିନ୍ତୁ ତାକୁ ସାଙ୍ଗରେ ନେବାର ନାଁ ନେଲେ ନାହିଁ। ଶେଷକୁ ସେ ତାର ଟିଟିଆଇ ବନ୍ଧୁ ସହିତ ବିନା ଟିକେଟରେ କଲିକତାରେ ପହଞ୍ଚିଲା ଓ ଆଉ ଜଣେ ସାଙ୍ଗ ସହିତ ଗୋଟିଏ ଶସ୍ତା ହୋଟେଲରେ ରହିଲା। ପରଦିନ ଟାଲିଗଂଜରେ ପହଞ୍ଚି ଦେଖିଲା ଯେ ୟୁନିଟର ସମସ୍ତେ ନିଜ ନିଜ କାମରେ ବ୍ୟସ୍ତ ଅଛନ୍ତି, ତା ଆଡ଼କୁ ଅନାଇବାକୁ କାହାରି ସମୟ ନାହିଁ। ସାଙ୍ଗକୁ ନେଇ ସେ ଷ୍ଟୁଡ଼ିଓ ବାହାରକୁ ଆସି ସେଠାରେ ବୁଲୁଥିବା ଜଣେ ଯୁବକକୁ ରାସ୍ତାଘାଟ କଥା ପଚାରିଲା। ଯୁବକଟି ଜୋଡ଼ାସାଁକୋ କଣ ବା କେଉଁଠି ଜାଣି ନ ଥିବା ଭଳି ଜଣାଗଲା, ତେବେ ଜଣାଇଲା ଯେ ତାର ନାଁ ସୋମେନ ଓ ସେ ଗୋଟିଏ ଲିଟଲ ମ୍ୟାଗାଜିନ ଚଳାଏ। ସେ ଏମାନଙ୍କୁ କଲିକତା ବୁଲାଇ ଦେଖାଇବ ବୋଲି କହିଲା। ତାର ନାଁ ଚେହେରା ପୋଷାକ ଓ ସକାଳ ବେଳା କିଛି ପିଇ ଆସିଥିବା ଇତ୍ୟାଦିରୁ ଯୁବକଟି କବି ହୋଇଥିବାରେ ଆଉ କୌଣସି ସନ୍ଦେହ ନ ଥିଲା ଏବଂ ସେମାନେ ଦୁହେଁ ଦିନକ ପାଇଁ ତାର ସାଙ୍ଗ ହେବାକୁ ଠିକ କଲେ। ସୋମେନ ସେମାନଙ୍କୁ ଦି ଥର ବସ ବଦଳାଇ ଯେଉଁ ଜାଗାକୁ ନେଇଗଲା, ସେଇଟି ଥିଲା ଖଲାସିଟୋଲା। ଅଳିଆ ଆବର୍ଜନା ସତ୍ତ୍ୱେ

ରେଡ଼ିଓ ଷ୍ଟେସନ ପାଖ ମଦଦୋକାନ ତୁଳନାରେ ଏଇ ଶୁଣ୍ଡିଖାନାଟି ଥିଲା ପରିଷ୍କୃତ ଓ ସମୃଦ୍ଧ। ଏବଂ ପାନୀୟଟି ମଧ୍ୟ ଥିଲା କମ ବିସ୍ୱାଦ।

ଦ୍ୱିତୀୟ ଗ୍ଲାସ ପରେ ଦେବନାଥ ଠାକୁର ଘର ଦେଖି ନ ପାରିଥିବାର ଦୁଃଖକୁ ଭୁଲିଗଲା ଏବଂ ଚାରିପାଖର ଗରାଖମାନଙ୍କୁ ଦେଖିବାରେ ମନ ଦେଲା। ଅଧିକାଂଶ ଶ୍ରମିକ ଶ୍ରେଣୀର ଲୋକ ଥିଲେ, ତେବେ ଦୂରରେ ଗୋଟିଏ ଟେବୁଲରେ ବସିଥିଲେ ଚାରିଜଣ ଧୋବଧାଉଳିଆ ଯୁବକ। ସେ ଶୁଣିଥିଲା ଯେ ଏଠାକୁ କିଛି କବି ମଧ୍ୟ ମଝିରେ ମଝିରେ ଆସିଥାନ୍ତି। ଏଇମାନେ କଣ ସେଇ ରାତ ବାରୋଟାର ପର୍ କଲକାତା ଶାସନ କରେ ଚାରଜନ ଯୁବକ ? ସୋମେନକୁ ପଚାରି ଲାଭ ନାହିଁ, କାରଣ ଏତେବେଳକୁ ସେ ନିଶା ଜଡ଼ିତ ତୁରୀୟ ଅବସ୍ଥାରେ ଥିଲା।

ଉପରବେଳା ସୋମେନ ବାଧ୍ୟ କରି ଦି ଜଣଙ୍କୁ କାଳୀ ମନ୍ଦିର ନେଇଗଲା। ସେଠାରେ ପହଞ୍ଚି ଜଣାଗଲା ଯେ ଚାରିଦଉଡ଼ି କଟା ଏଇ ଯୁବକର ପ୍ରକୃତ ଆସ୍ଥାନ ଥିଲା ମନ୍ଦିର ସାମନା ଗଛମୂଳର ଚଉତରା, କାରଣ ସେଠାରେ ସମସ୍ତେ ତାକୁ ଜାଣୁଥିଲେ ଏବଂ ସେଠାରେ ପହଞ୍ଚିବା ପରେ ସୋମେନ ଆଉ ତାଙ୍କୁ ଧରାଛୁଆଁ ଦେଲା ନାହିଁ। ମନ୍ଦିର ସେତେବେଳେ ବନ୍ଦ ଥିଲା। ତେଣୁ ଆଉ ସୋମେନ ପଛରେ ନ ପଡ଼ି ଦୁହେଁ ରାସ୍ତା ଧରିଲେ ସେ ଲେଖିଦେଇଥିବା ହାଡ଼କଟା ଗଳିର ଠିକଣାକୁ । ଏଇଟି ଦେବନାଥ ପାଇଁ ବେଶ୍ୟାଳୟ ସହିତ ପ୍ରଥମ ପରିଚୟ ଥିଲା ଏବଂ ଆଗରୁ ଭାବିଥିବା ଭଳି ଅପ୍ରୀତିକର ନ ଥିଲା। ଦୁହେଁ ଡେରି ରାତିରେ ହୋଟେଲକୁ ଫେରିଲେ ଏବଂ ପରଦିନ ଘରକୁ ଫେରିବାର ଟ୍ରେନ ଧରିଲେ।

ଦେବନାଥର ଯେଉଁ ଶଙ୍କା ଥିଲା ଯେ ସେ ଅସୁସ୍ଥ ହୋଇଯିବ, ଘରେ ପହଞ୍ଚିବାର କିଛି ଦିନ ଭିତରେ ସେ ଭୟ ଭାଙ୍ଗିଗଲା। ସେ ବରଂ ମନେ ମନେ କଳନା କଲା କିପରି ପୁଣି କଲିକତା ଯିବ, ସିନେମାବାଲା ଯାନ୍ତୁ ନ ଯାନ୍ତୁ। ଏଥରକ ସେ ନିଶ୍ଚୟ ଜୋଡ଼ାସାଁକୋ ଯିବ। ହାଡ଼କଟା ଲେନର ଝିଅଟିର ନାଁ ସେ ଏତେଦିନ ଭୁଲି ଯାଇଥିଲା। ଆଜି ହଠାତ୍ ମନେ ପଡ଼ିଗଲା, ତିଳୋତ୍ତମା। ରେଡ଼ିଓ ଷ୍ଟେସନର ଝିଅଟିର ନାଁ ଥିଲା କୁସୁମ। ତାର ନିଜର ସ୍ତ୍ରୀର ନାଁ ଥିଲା ବାସନ୍ତୀ। ତାର ପ୍ରେୟସୀର ନାଁ ଥିଲା କବିତା।

ତାର ଜୀବନରେ ଏପରି ସବୁ ଯେଉଁ ଅଦଳବଦଳ ହେଉଥିଲା, ଅତି ମୃଦୁ ଓ ମନ୍ଥର ଥିଲା, କିନ୍ତୁ ଥିଲା ନିଶ୍ଚିତ ଓ ଅନିବାର୍ଯ୍ୟ। ତାର ଅଫିସ ଯିବା ଆସିବା ଅତି ଅନିୟମିତ ହୋଇଗଲା। ଘରକୁ ଫେରିବାର ଆଉ କୌଣସି ନିର୍ଦ୍ଦିଷ୍ଟ ସମୟ ରହିଲା ନାହିଁ। ଖାଇବା ପିଇବାର ବର୍ତ୍ତମାନ କିଛି ଠିକ ଠିକଣା ନ ଥିଲା। ଘର ଖର୍ଚ୍ଚ ପାଇଁ ସେ ଦେଉଥିବା ଟଙ୍କା ଅବ୍ୟବସ୍ଥିତ ହୋଇଗଲା ଓ ଏଥିପାଇଁ ଅଶାନ୍ତି ବଢ଼ି ଚାଲିଲା।

ଶେଷକୁ ଦିନେ ବାସନ୍ତି ତାର ଚଉଦ ବର୍ଷର ପୁଅ ଓ ନିଜର ଜିନିଷପତ୍ରକୁ ନେଇ ବାପଘରକୁ ଚାଲିଗଲା। ଏକ ଅବିରତ ମାଦକତାର ମୋହ ଭିତରେ ଥାଇ ନିଜ ଜୀବନ ଏପରି ଭାବେ ଧ୍ୱସ୍ତ ବିଧ୍ୱସ୍ତ ହେଉଥିବା କଥା ଦେବନାଥ ବୁଝି ପାରିଲା ନାହିଁ।

ପରେ ପରେ କ୍ଷିପ୍ର ଗତିରେ ଅନେକ କିଛି ଘଟିଗଲା। ଅଫିସରୁ ତାକୁ କୈଫିୟତ ମଗାଗଲା, ଯାହାର ସେ ଉତ୍ତର ଦେଲା ନାହିଁ। କିଛି ମାସ ପରେ ତାକୁ ଚାକିରିରୁ ସସ୍‌ପେଣ୍ଡ କରି ଦିଆଗଲା। ଏଇଟି ତାକୁ ଗୋଟେ ବରଦାନ ଭଳି ମନେହେଲା, କାରଣ ଏହାପରେ ତାକୁ ଆଉ ଅଫିସ ଯିବାର ତାଗିଦା ନ ଥିଲା, କିନ୍ତୁ ଘରେ ଅଥବା ଭାଟିରେ ବସି ତାକୁ ତାର ଅଧା ଦରମା ମିଳୁଥିଲା। କବିତା ତାକୁ ଅନେକ ଦିନରୁ ଛାଡ଼ି ଚାଲି ଯାଇଥିଲା, ଏବେ ସେ ଦେଖିଲା ଗୀତ ବି ତାକୁ ଛାଡ଼ିବା ଉପରେ। ଚାରିଧାଡ଼ି ଗୀତ ଲେଖିବା ପାଇଁ ତାକୁ ବର୍ତ୍ତମାନ ଅନେକ କୁସ୍ତି କସରତ କରିବାକୁ ପଡୁଥିଲା, ଏବଂ ଶେଷକୁ ସେ ଯାହା ଲେଖି ଦେଉଥିଲା, ତା ସବୁବେଳେ ଗ୍ରାହକଙ୍କର ମନଃପୂତ ହେଉ ନ ଥିଲା। ସେ ଦିନକୁ ଦିନ ରୁକ୍ଷ ଓ ବଦରାଗୀ ପ୍ରକୃତିର ହୋଇଗଲା ଓ ବିନା କାରଣରେ ଲୋକଙ୍କ ସହିତ କଳିତକରାଳ କରିବାକୁ ଆରମ୍ଭ କଲା।

ଏଇଭଳି ଦିନେ ତାର ଝଗଡ଼ା ହୋଇଗଲା ରେଡ଼ିଓ ଷ୍ଟେସନରେ ବିଲ୍ ତିଆରି କରୁଥିବା କିରାନୀ ସାଙ୍ଗରେ। ଗୀତ ଲେଖି ଯାହା ପ୍ରାପ୍ୟ ମିଳୁଥିଲା, ତାକୁ ପାଇବା ପାଇଁ କେବଳ ଯେ ଅନେକ ଦିନ ଲାଗୁଥିଲା ତା ନୁହେଁ, ସେଥିପାଇଁ ବିଭିନ୍ନ ବାବୁଙ୍କୁ ଖୋସାମତ କରିବାକୁ ପଡୁଥିଲା। ଆଗରୁ ସେ ଡେରି ହେଲେ ବିବ୍ରତ ହେଉ ନ ଥିଲା, କିନ୍ତୁ ଆଜିକାଲି ଫର୍ମ ଭରି ଜମା ଦେବା ପରେ ସେ ଟଙ୍କାର ତାଗିଦ କରିବାରେ ଲାଗି ଯାଉଥିଲା। ସେ ଦିନ କିରାନୀ ଅଡ଼ି ବସିଲା ଯେ ସେ ରେଭେନିଉ ଟିକଟ ଆଣି ତା ଉପରେ ଦସ୍ତଖତ ନ କଲେ ସେ ତାକୁ ଟଙ୍କା ଦେବ ନାହିଁ। ଆଗରୁ ଏମିତି ହେଉଥିଲା ଯେ ସେମାନେ ସମସ୍ତେ ମିଶି କିରାନୀ ପାଖରେ ବେଶ କିଛି ଟିକଟ ରଖି ଦେଉଥିଲେ ଯେପରିକି ପ୍ରତି ଥର ଆଉ ଟିକଟ ଖୋଜିବାକୁ ପଡ଼ିବ ନାହିଁ। ସେଦିନ କିନ୍ତୁ କିରାନୀ ତାକୁ ଟିକଟ ମାଗିଲା, ଦେବନାଥ ତାକୁ ପୂର୍ବରୁ ଦେଇଥିବା ଟିକଟର ହିସାବ ମାଗିଲା ଏବଂ ପାଟିତୁଣ୍ଡ ବଢ଼ିବାରେ ଲାଗିଲା। କଥା ଯେତେବେଳେ ମାରପିଟ ସ୍ତରରେ ପହଞ୍ଚିଲା, କୁସୁମ ଆସି କିରାନୀର ଟେବୁଲ ଉପରେ ଗୋଟିଏ ଟିକଟ ରଖିଦେଲା। କୃତଜ୍ଞ ହେବା ବଦଳରେ ଦେବନାଥ ଓଲଟା କୁସୁମ ଉପରେ ପାଟି କଲା। ତେବେ ଝଗଡ଼ା ଏତିକିରେ ତୁଟିଲା ଓ କିରାନୀ ତାକୁ ତାର ପ୍ରାପ୍ୟ ଦେଇଦେଲା।

ଏ ଘଟନାର କିଛି ଦିନ ପରେ ଦେବନାଥ କୁସୁମକୁ ଖୋଜି ତା ବସିଥିବା ଜାଗାକୁ ଗଲା। ସେଦିନର ବ୍ୟବହାର ପାଇଁ କ୍ଷମା ମାଗି ସାହାଯ୍ୟ କରିଥିବାରୁ ତାକୁ

ଧନ୍ୟବାଦ ଜଣାଇଲା। ସେ ଯେତେବେଳେ କୁସୁମକୁ ଚା ପିଇବା ପାଇଁ ଡାକିଲା, ଜାଣିଥିଲା ଯେ ସେ ମନା କରିଦେବ। କିନ୍ତୁ କୁସୁମ ସାଙ୍ଗେ ସାଙ୍ଗେ ହଁ ଭରି ତା ସହିତ ଚା ଦୋକାନକୁ ଆସିଲା ଓ ବେଞ୍ଚରେ ତା ପାଖେ ବସି ଚା ପିଇଲା। ଦେବନାଥ ଭାବିନେଲା ଯେ ଝିଅଟି ତାର କବିତା ବା ଗୀତକୁ ପସନ୍ଦ କରେ ଏବଂ ସେଥିପାଇଁ ତାକୁ ସାହାଯ୍ୟ କରିବାକୁ ଆଗେଇ ଆସିଥିଲା ସେ ଦିନ। ସେ ସାଙ୍ଗରେ ନିଜର ଯେଉଁ କବିତା ବହି ଆଣିଥିଲା, ସେଇଟି କୁସୁମକୁ ଦେଇ ପଚାରିଲା, ତମେ କଣ ମୋର କିଛି କବିତା ପଢ଼ିଛ ? କୁସୁମ ମୁଣ୍ଡ ହଲାଇ ମନା କଲା। ତା ହେଲେ ମୋର ଗୀତ ? ଏ କଥାର ବି ଉତ୍ତର ଥିଲା ନା। ଏଥରକ କୁସୁମ ବହିଟି ଖୋଲି ଟିକିଏ ପଢ଼ିଲା, ପୃଷ୍ଠା ଓଲଟାଇ ଆଉ ଗୋଟିଏ କବିତା ଉପରେ ଆଖି ବୁଲାଇଲା, ବହିଟିକୁ ବନ୍ଦ କରି ରଖି ଦେଇ କହିଲା, ଏ ଗୁଡ଼ାକ ପଢ଼ିଲେ ମତେ କାନ୍ଦ ମାଡୁଛି।

ଏଭଳି ପ୍ରତିକ୍ରିୟା କେହି ପ୍ରକାଶ କରି ନ ଥିଲେ ତାର କବିତା ପଢ଼ି, କାରଣ କାନ୍ଦ ମାଡ଼ିବାର କୌଣସି କଥା ନ ଥିଲା କବିତାରେ। ଯାହାହେଉ, ଦେବନାଥର ଭଲ ଲାଗିଲା ଏଇ ଝିଅଟି ସହିତ ଆଳାପ କରି। ପ୍ରୌଢ଼ ବୟସରେ ତାର ଭେଟ ହେବାର ଥିଲା ଏଇ ଅଳ୍ପ ବୟସର ଝିଅଟି ସହିତ, ଏ ଏକ ବିଡ଼ମ୍ବନା। ଅନେକ ବର୍ଷ ଆଗରୁ ତା ସହିତ ଦେଖା ହୋଇଥାନ୍ତା କି ! ଏପରି କଥା ସବୁ ଭାବିଲା ଦେବନାଥ, କିନ୍ତୁ ଝିଅଟି ସହିତ ଆଉ ଯୋଗାଯୋଗ କରିବା ବା ସଂପର୍କ ବଢ଼ାଇବା ପାଇଁ ଚେଷ୍ଟା କଲା ନାହିଁ। ତେବେ ଭାବି ରଖିଲା ଯେ ତା ପାଇଁ କେବେ ଗୋଟିଏ କବିତା ଲେଖିବ, ପତ୍ରିକାରେ ପ୍ରକାଶ ପାଇଁ ନୁହେଁ, ଗାଇବା ପାଇଁ ନୁହେଁ, କେବଳ ତାରି ପଢ଼ିବା ପାଇଁ।

ଏ କଥା ବି ହେଲା ନାହିଁ। ତାକୁ ଶେଷରେ ଇସ୍ପାତ ବିଷୟରେ କବିତା ଲେଖିବାକୁ ପଡ଼ିଲା। ସେତେବେଳେ ଇସ୍ପାତ କାରଖାନା ଦାବୀ ନେଇ ବାତାବରଣ ସରଗରମ ଥିଲା। କେନ୍ଦ୍ରରେ ଭିନ୍ନ ଦଳର ସରକାର ଥିଲା ଏବଂ ତା ବିରୁଦ୍ଧରେ ପ୍ରତିବାଦ ଓ ବିକ୍ଷୋଭର ସଭା ଶୋଭାଯାତ୍ରା ଲାଗି ରହିଲା କିଛି ଦିନ। ତାର କିଛି ସାଙ୍ଗ ମହା ଉତ୍ସାହରେ ଏହି ଆନ୍ଦୋଳନରେ ସାମିଲ ହୋଇଗଲେ ଏବଂ ତାକୁ ଜୋର କଲେ ଗୋଟିଏ ଓଜସ୍ୱୀ କବିତା ବା ଗୀତ ଲେଖି ଦେବାପାଇଁ। ଯେତେ ଚେଷ୍ଟା କଲେ ବି ଯେତେବେଳେ ତା କଲମରୁ ଧାଡ଼ିଏ ବି ବାହାରିଲା ନାହିଁ, ସେମାନେ ତାକୁ ନେଇ ଜଣେ ଏକା ରହୁଥିବା ବନ୍ଧୁଙ୍କ ଘରେ ବନ୍ଦ କରିଦେଲେ, କହିଲେ, କବିତା ନ ଦେଲେ ମଦ ବନ୍ଦ। ଏଇ ଭଳି ଭାବରେ ଜନ୍ମ ନେଇଥିଲା ତାର ସବୁଠାରୁ ଜଣାଶୁଣା କବିତା।

କାଳକ୍ରମେ ରାଜ୍ୟରେ ଯେତେବେଳେ ଇସ୍ପାତ କାରଖାନାମାନ ତିଆରି ଆରମ୍ଭ ହୋଇଗଲା, ଦେବନାଥ ଭାବିଲା ଯେ ତାର ଇସ୍ପାତ କବିତାର ଆଉ କୌଣସି ମୂଲ୍ୟ ରହିବ ନାହିଁ। କିନ୍ତୁ ଏତେ ନାଟକୀୟତାରେ ତିଆରି ହୋଇଥିବା

ଜିନିଷର କଣ ଏତେ ସହଜରେ ମୃତ୍ୟୁ ହୁଏ ? ସେ ଯଦିଓ ଆହୁରି ଅନେକ ଭଲ କବିତା ଲେଖିଥିଲା, ଲୋକେ ତାକୁ ବର୍ତ୍ତମାନ ଜାଣୁଥିଲେ ଏଇ ସ୍ଲୋଗାନ ମୁଖର କେତୋଟି ଧାଡ଼ି ପାଇଁ। ଯଦି କବିତା ସଂକଳନ ପ୍ରକାଶ ପାଉଥିଲା, ସେଥିରେ ସ୍ଥାନ ପାଉଥିଲା ଏଇ ଇସ୍‌ପାତ କବିତାଟି ହିଁ। ଭାଗ୍ୟକୁ ତାକୁ କେହି ଇସ୍‌ପାତୀ କବିର ପଦବୀ ଦେଇ ନ ଥିଲେ ଏ ପର୍ଯ୍ୟନ୍ତ !

ଦିନେ ଅଫିସର ବଡ଼ବାବୁ ତାକୁ ଡାକି କହିଲେ, ତମ ଚାକିରି ନେଇ ଯୋଉ ତଦନ୍ତ ହେଉଥିଲା, ସରି ଆସିଲାଣି। ତମେ ତ ତାଙ୍କୁ ଜବାବ ଲେଖି ଦେଲ ନାହିଁ, ଏଥର ତମର ଚାକିରି ଯିବ। ତମର ଯେତେ ବର୍ଷ ଚାକିରି ହେଲାଣି ସେଥିପାଇଁ ପେନ୍‌ସନ୍ ପାଇବ। ଚାକିରିରୁ ତଡ଼ା କାହିଁକି ଖାଇବ, ବରଂ ମୋ ମତରେ ତମେ ଇସ୍ତଫା ଦେଇ ପେନ୍‌ସନ୍ ନେଇ ଚାଲିଯାଅ। ଏଇ ବଡ଼ବାବୁଙ୍କ ପାଖରେ ଦେବନାଥ ଅନେକ ଦିନ କାମ କରିଥିଲା ଓ ମନ ଦେଇ କାମ କରିଥିଲା। ସେ ତାକୁ ଭଲ ପାଉଥିଲେ ଏବଂ ଅନେକ ଥର ସାହାଯ୍ୟ ବି କରିଥିଲେ। ତେବେ ସେ ନିଜର ନୂଆ ଜୀବନ ଜୀଇଁବା ପରେ ତାଙ୍କ ସହିତ ସଂପର୍କ କାଟି ଦେଇଥିଲା। ଆଜି ତାଙ୍କ ପାଖରୁ ଏ ଉପଦେଶ ଶୁଣି ତା ମନ କୃତଜ୍ଞତାରେ ଭରିଗଲା। ସେ ଆଉ କିଛି ନ ଭାବି ନ ଚିନ୍ତି ତାଙ୍କ ପାଖରୁ ଗୋଟିଏ ସାଦା କାଗଜ ମାଗି ସେଥିରେ ସେ କହିଥିବା ମୁତାବକ ଦରଖାସ୍ତ ଲେଖିଦେଲା। ଏବଂ ସ୍ତ୍ରୀ ଘର ଛାଡ଼ି ଚାଲିଯିବା ପରେ ପାରିବାରିକ ବନ୍ଧନରୁ ବାହାରି ଆସିଥିବା ଭଳି ଚାକିରିର ଶୃଙ୍ଖଳାରୁ ମୁକ୍ତ ହୋଇଗଲା।

ଏତେବେଳେ କେହି କେହି ସାକ୍ଷାତକାର ନେବା ବେଳେ ତାକୁ ପ୍ରଶ୍ନ କରୁଥିଲେ, ଆପଣ କଣ କବିତା ଲେଖିବା ପାଇଁ ଚାକିରି ଛାଡ଼ିଦେଲେ ? ଏଇଟି ଔପଚାରିକ ପ୍ରଶ୍ନ ଥିଲା, କାରଣ ସମସ୍ତେ ଜାଣିଥିଲେ ଯେ ସେ କାମଦାମ କରୁ ନ ଥିବାରୁ ଚାକିରିରୁ ତଡ଼ା ଖାଇଛି। ଯେପରି ସମସ୍ତେ ଜାଣିଥିଲେ ଯେ କବି ଭାବରେ ସେ ମୃତ। ତାର ସାକ୍ଷାତକାରର କୌଣସି ସାହିତ୍ୟିକ ମୂଲ୍ୟ ନ ଥିଲା, ଥିଲା ହୁଏ ତ ଏକ ଆମୋଦଦାୟକ ବିବରଣୀ ପ୍ରସାର କରିବାର ଆଗ୍ରହ। ଯେପରି ଗାଁରେ ଜିପ ନେଇ ପହଞ୍ଚି ଯାଇଥିଲେ କୋଉ ଟିଭି ଚ୍ୟାନେଲର ଦଳବଳ। ଅବଶ୍ୟ ଏଥିରେ ଗୋଟିଏ ଭଲ କଥା ଥିଲା ଯେ ସେମାନେ ସାଙ୍ଗରେ ଆଣିଥିଲେ ଜଣେ ଯୁବକ ସାହିତ୍ୟ ପ୍ରାଧ୍ୟାପକକୁ ତାକୁ ଇଣ୍ଟରଭିଉ କରିବା ପାଇଁ। ଗାଁରେ ଭିଡ଼ ଜମି ଯାଇଥିଲା ଏମାନେ ଗାଡ଼ିରୁ ଓହ୍ଲାଇବା କ୍ଷଣି। ଏବଂ ହୁଏତ ଦେବନାଥର ସମ୍ମାନ ବି କିଛି ବଢ଼ି ଯାଇଥିଲା ଗାଁ ଲୋକଙ୍କ ପାଖରେ। ପ୍ରୋଗ୍ରାମର ପ୍ରସ୍ତୁତ କର୍ତ୍ତା, କ୍ୟାମେରାମ୍ୟାନ, ଶବ୍ଦ ଉତ୍ତୋଳନକାରୀ ମିଶି ତାର ଘରଟିକୁ ଅଧିକାର କରିନେଲେ। ଦେବନାଥ ଯେତେବେଳେ କ୍ୟାମେରା ସାମନା କରିବା ପୂର୍ବରୁ କିଛି ଭଲ ଲୁଗାପଟା ପିନ୍ଧିବାକୁ

ଚାହିଁଲା, ସେମାନେ ମନା କଲେ ; କହିଲେ, ସେମାନେ ଫିଲ୍‌ମଟି କରିବେ ବାସ୍ତବ ଓ ତଥ୍ୟନିଷ୍ଠ, ଯାହା ଯେମିତି।

ଦେବନାଥର କୌଣସି ଆଗ୍ରହ ନ ଥିଲା ଏଇ ଫିଲ୍‌ମ ପାଇଁ। ତେବେ କିଛି ଦିନ ପୂର୍ବରୁ ଚ୍ୟାନେଲର ଲୋକ ଆସି ତାକୁ ତିନି ବୋତଲ ଭାରତ-ତିଆରି ବିଦେଶୀ ମଦ ଦେଇ ମନାଇ ଯାଇଥିଲା। ଯୁବକ ପ୍ରାଧ୍ୟାପକ ତାକୁ ବିଭିନ୍ନ ପ୍ରକାରର ସାହିତ୍ୟିକ ପ୍ରଶ୍ନ ପଚାରିଲା, ଯଥା: ସେ କେଉଁ ସୌନ୍ଦର୍ଯ୍ୟ ତତ୍ତ୍ୱରେ ବିଶ୍ୱାସ କରେ; ଗୋଟିଏ କବିତାରେ ସେ ଯେଉଁ ଲେଖିଥିଲା ପ୍ରେମର ତିନୋଟି ଯାକ ଶପଥ, ସେ ତିନିଟି କଣ; ଗୋଟିଏ କବିତାରେ ନିର୍ଦ୍ଦିଷ୍ଟ କବିତାରୁ ଯଦି ଶେଷ ଧାଡ଼ିଟି କାଟି ଦିଆଯାଏ, ତେବେ ସେଇଟି କଣ ଆହୁରି ସୁନ୍ଦର ହୋଇଯିବ ନାହିଁ; ଇତ୍ୟାଦି ଇତ୍ୟାଦି। ଦେବନାଥ ପାଖରେ ଏସବୁର କୌଣସି ଉତ୍ତର ନ ଥିଲା, ତେବେ ସେମାନେ ତାର ଥତମତ ହୋଇ ଏଣୁ ତେଣୁ କହିବାର ଦୀର୍ଘ ଛବି ଉଠାଇଲେ। ସେମାନେ ଯେତେବେଳେ ତାକୁ ନେଇ ମଦ ଦୋକାନକୁ ଗଲେ, ଦେବନାଥ ବୁଝିଲା ଯେ ସେମାନଙ୍କର ଅସଲ ଲକ୍ଷ୍ୟ ଥିଲା ସେଠାରେ ତାର ଅପ୍ରସ୍ତୁତ ଅବସ୍ଥାର ଚିତ୍ର ତୋଳିବା। ପ୍ରଯୋଜକ ତାକୁ କହିଲା ସେ ବେଞ୍ଚ ଉପରେ ବସି ପିଉଥାଉ ଓ ପ୍ରାଧ୍ୟାପକ ସାଙ୍ଗରେ ସାଧାରଣ ଭାବରେ କଥାବାର୍ତ୍ତା କରୁଥାଉ; ଭୁଲିଯାଉ ଯେ କ୍ୟାମେରା ତା ଆଡ଼କୁ ଅନାଇଛି।

ଦେଢ଼ ଗ୍ଲାସ୍ ପିଇବା ପରେ ଦେବନାଥ ସତକୁ ସତ ଭୁଲିଗଲା ଯେ ସେ ଏକ ଅନୁପ୍ରବେଶକାରୀ କ୍ୟାମେରାର ଶରବ୍ୟ। ପ୍ରାଧ୍ୟାପକଟି ଧୀର ସ୍ୱଭାବର ଓ ସାହିତ୍ୟିକ ରୁଚିସଂପନ୍ନ ଥିଲା ଓ ଦେବନାଥର ସବୁ କବିତା ପଢ଼ିଥିଲା। ସେ ଚାହୁଁଥିଲା ଦେବନାଥ ପୁଣି ଫେରିଯାଉ ତାର ସକ୍ରିୟ ସୃଜନଶୀଳ ସମୟକୁ ଓ ଆହୁରି କବିତା ଲେଖୁ। ଦେବନାଥର କିଛି ପୁରୁଣା କବିତା ମନରୁ ଆବୃତ୍ତି କରି ସେ ସେଥିରୁ ତାର ଗଭୀର ଅର୍ଥ ବାହାର କଲା। ଏବଂ କହିଲା ଯେ ସେ ଏ ବୃତ୍ତ ଚିତ୍ରର ନାଁ ଦେବାକୁ କହିଛି, ଦୀର୍ଘଜୀବୀ ହୁଅ କବି। ଏବଂ ଏଥିରେ ସେ କାମନା କରିବ ଯେ ଦେବନାଥ ଆହୁରି ଅନେକ ବର୍ଷ ବଞ୍ଚି ରହି ସରସ୍ୱତୀଙ୍କର ସେବା କରନ୍ତୁ।

ଏହି କାର୍ଯ୍ୟକ୍ରମରେ ଦେବନାଥର ଆଉ ତିଳେ ବି ଆଗ୍ରହ ନଥିଲା ଏବଂ ସେ ପ୍ରାଧ୍ୟାପକ ସହିତ କଥାବାର୍ତ୍ତା ବନ୍ଦ କରି ଦେଇ ଚୁପଚାପ ବସି ପିଇବାରେ ଲାଗିଲା। ପ୍ରଯୋଜକ ଆସି କହିଲା, ବର୍ତ୍ତମାନ ସେମାନେ ଦେବନାଥ ବେଞ୍ଚ ଉପରୁ ତଳେ ପଡ଼ିଯାଇଥିବାର ଗୋଟିଏ ଦୃଶ୍ୟର ଚିତ୍ର ଉଠାଇବେ। ଏ କଥା ଶୁଣି ଦେବନାଥ ବିରକ୍ତ ହୋଇ କହିଲା ଯେ ସେ ଆଉ ତାଙ୍କ ସହିତ ସହଯୋଗ କରିବ ନାହିଁ। ପ୍ରଯୋଜକ ତା ସହିତ ଚୁକ୍ତି କଥା କହିଲା, ଦେବନାଥ ଆହୁରି ଉଚ୍ଚ ସ୍ୱରରେ ତାର ଜବାବ ଦେଲା, ପାଖରେ ଆଉ କିଛି ଲୋକ ଜମାହେଲେ। ପ୍ରଯୋଜକ ତାକୁ ଚିଡ଼ାଇବା ଭଳି ଆହୁରି

କଥା କହିଲା। ଏଇ ସବୁ ଭିତରେ କ୍ୟାମେରା ଚାଲୁଥିଲା ଏବଂ ଦେବନାଥ ଜାଣିଲା ଯେ ତାର ଉଚ୍ଚବାଚ କରୁଥିବାର ଚିତ୍ର ତୋଳିବା ହିଁ ଥିଲା ସେମାନଙ୍କର ଉଦ୍ଦେଶ୍ୟ। ତେଣୁ ସେ ପୁଣି ବେଞ୍ଚ ଉପରେ ଚୁପ ହୋଇ ବସିଗଲା। ଟେଲିଭିଜନବାଲା ଏଥରକ ସେମାନଙ୍କର ଜିନିଷପତ୍ର ଏକାଠି କରି ଯିବାକୁ ବାହାରିଲେ ଏବଂ ପ୍ରଯୋଜକ ହସ ହସ ମୁହଁରେ ଆସି ଦେବନାଥକୁ ଧନ୍ୟବାଦ ଦେଇ ବିଦାୟ ମାଗିଲା। ପ୍ରାଧ୍ୟାପକ ପୁଣି ଥରେ ତାକୁ କବିତା ଲେଖିବାକୁ ଅନୁରୋଧ କଲା ଏବଂ ବିଦାୟ ନେବାବେଳେ ନାଟକୀୟ ଭଙ୍ଗୀରେ କହିଲା: କବିତା ଦୀର୍ଘଜୀବୀ ହେଉ !

ସମସ୍ତେ ତାକୁ ତାର କବିତା କଥା କହନ୍ତି ଯେପରିକି ତାର ସଂପୂର୍ଣ୍ଣ ଅବସ୍ଥିତି ତାର ଲେଖାର ମାଧ୍ୟମରେ ; କବିତା ବାହାରେ ସେ କିଛି ବି ନୁହେଁ। ତାର ପରିଚିତ ଲୋକଙ୍କ ଭିତରେ ଏକମାତ୍ର କୁସୁମର ହିଁ କୌଣସି ଆଗ୍ରହ ନ ଥିଲା ତାର କବିତାରେ। ହୁଏତ ସାହିତ୍ୟ ବିଷୟରେ ହିଁ ସେ ସଂପୂର୍ଣ୍ଣ ଉଦାସୀନ ଥିଲା। ବାସନ୍ତୀ ଚାଲିଯିବା ପରେ ଦିନେ ସକାଳେ କୁସୁମ ନିଜ ଆଡୁ ତା ଘରକୁ ଆସିଲା। ସେତେବେଳେ ଦେବନାଥ ଘରେ ତାର ରୋଷେଇ କରୁଥିବା ପିଲାଟି ଥିଲା। ତାକୁ କିଛି ନ ପଚାରି ସବୁ କୋଠରୀ ଓ ଜିନିଷ ପର୍ଯ୍ୟବେକ୍ଷଣ କରିବା ପରେ ଦେବନାଥକୁ କହିଲା, ଘରଟାକୁ କଣ କରି ରଖିଛନ୍ତି ଆପଣ ? ଟିକେ ସେ ପାଖକୁ ଘୁଞ୍ଚି ବସନ୍ତୁ, ମୁଁ ଏ ପାଖର ଜିନିଷପତ୍ର ଠିକ କରି ରଖି ଦେଉଛି। ଏତକ କରିବା ପରେ କୁସୁମ ରୋଷାଇ ଘରକୁ ଯାଇ ପିଲାଟିକୁ ରାନ୍ଧିବାରେ ସାହାଯ୍ୟ କଲା। ଦେବନାଥ ଠିକ କରି ପାରିଲା ନାହିଁ ସେ କୁସୁମକୁ ଧନ୍ୟବାଦ ଦେବ, ଅଥବା ଅନଧିକାର ଚର୍ଚ୍ଚା କରୁଥିବାରୁ ବିରକ୍ତି ପ୍ରକାଶ କରିବ। ଶେଷକୁ ସେ ଚୁପଚାପ ବିଛଣାରେ ଶୋଇ ରହି ବହି ପଢ଼ିବାରେ ଲାଗିଲା କୁସୁମ ଘର ସଜଡ଼ା ସଜଡ଼ି କରି, ଚାକରକୁ ତାଗିଦା କରି ବିଦାୟ ନେଇ ଚାଲିଯିବା ପର୍ଯ୍ୟନ୍ତ। କୁସୁମ ଏମିତି ମଝିରେ ମଝିରେ ଆସୁଥିଲା, ଯଦିଓ ଦେବନାଥ ତା ସହିତ ଅତି ଅଳ୍ପ କଥାବାର୍ତ୍ତା କରୁଥିଲା ଓ ନିଜ ଆଡୁ ତା ପ୍ରତି କୌଣସି ଆଗ୍ରହ ଦେଖାଉ ନ ଥିଲା। ଯୋଉ ଦିନ ଦେବନାଥର ଦେହ ଖରାପ ଥିଲା, କୁସୁମ ଅଫିସରୁ ଛୁଟି ନେଇ ପୂରା ଦିନ ତା ଘରେ ରହିଗଲା ଓ ତାର ଦେଖାରଖା କଲା। ଏଇସବୁ ଆତିଶଯ୍ୟ ଦେବନାଥ ମାନି ନେଉଥିଲା, କିନ୍ତୁ ସଂଧ୍ୟାବେଳେ ଯେତେବେଳେ କୁସୁମ କହିଲା ଯେ ସେ ରାତିରେ ରହିଯିବ, ଦେବନାଥ ତାକୁ ରୋକଠୋକ ମନା କରିଦେଲା। ଯିବା ପୂର୍ବରୁ କିନ୍ତୁ କୁସୁମ ବ୍ୟବସ୍ଥା କରି ଦେଇଗଲା ଯେ ଚାକର ପିଲା ରାତିରେ ଦେବନାଥ ପାଖରେ ରହିବ।

ପଛ କଥା ଭାବିଲେ ଦେବନାଥର ମନେ ହୁଏ ସେ ଜୀବନ ବି କିଛି ମନ୍ଦ ନ ଥିଲା। ଆଜିକାଲି ଆଉ ଅଫିସ ନ ଥିଲା। ଗାଁରୁ ଡାଲି ଚାଉଳ ଆସୁଥିଲା। ଜଣିକିଆ

ଘର ଚଳାଇବାର ଜଂଜାଳ ବି ଖୁବ ବେଶି ନ ଥିଲା। ମାସକୁ ମାସ ଯେଉଁ ପେନ୍‌ସନ୍ ଟଙ୍କା ମିଳୁଥିଲା, ସେଇଥିରେ ତାର ପିଇବା ସମେତ ମୋଟାମୋଟି ଖର୍ଚ୍ଚ ଚଳି ଯାଉଥିଲା। ମଝିରେ ମଝିରେ ସେ ଖଣ୍ଡେ ଅଧେ ଗୀତ ବି ଲେଖି ଦେଉଥିଲା, ତାର ନିଜର ପସନ୍ଦ ହେଉ କି ନ ହେଉ ପଛେ। ଆଜିକାଲି ଗୀତର ବରାଦ ପାଇଲେ ସେ ଆଉ ବାଛବିଚାର କରୁ ନ ଥିଲା କି ପ୍ରକାରର ଗୀତ, ସେଥିରେ ଶାଳୀନତା ରହିବ କି ନାହିଁ ଏବଂ ସେ ଗୀତ କେଉଁଭଳି ଭାବେ ବ୍ୟବହାର ହେବ। ତା ଛଡ଼ା ତାକୁ ସିନେମାର ସଂଳାପ ଲେଖିବାର କାମ ବି ମିଳି ଯାଉଥିଲା କେବେ କେବେ। ଦେବନାଥ ଜାଣୁଥିଲା ଯେ ସେ କବିତା ଲେଖି ପାରୁ ନ ଥିଲେ ବି ତାର କଲମରେ ଅନ୍ତତଃ ଏମିତି କିଛି ଅଛି ଯାହା ପାଇଁ ତାକୁ ଲୋକ ଲୋଡୁଛନ୍ତି ଏବଂ ମଝିରେ ମଝିରେ କାମ ମିଳି ଯାଉଛି।

ଏ ଭଳି ସହଜ ଜୀବନ ଯାତ୍ରାରେ ପ୍ରଥମ ବିଘ୍ନ ଉପୁଜିଲା ଯେତେବେଳେ ଭଡ଼ାଘରର ମାଲିକ ତାକୁ ଘର ଛାଡ଼ିବା ପାଇଁ କହିଲା। ଚାକିରି ଆରମ୍ଭରୁ ଦେବନାଥ ଏଇ ଘରେ ରହୁଥିଲା ଏବଂ ସାମୟିକ ବଢ଼ିବା ସତ୍ତ୍ୱେ ଭଡ଼ା ଅତ୍ୟନ୍ତ କମ ଥିଲା। ବର୍ତ୍ତମାନ ଚାରିଆଡ଼େ ଭଡ଼ା ବଢ଼ି ଯାଇଥିଲା ଏବଂ ଦେବନାଥ ପକ୍ଷରେ ସମ୍ଭବ ନ ଥିଲା ଆଉ କୋଉଠି ଚଢ଼ା ଦରରେ ଘର ନେବା। ତା ବ୍ୟତୀତ ବିନା ଚାକିରି, ସମୟର କୌଣସି ଠିକ ଠିକଣା ନ ଥିବା ମଦ୍ୟପାୟୀକୁ ଘର ମିଳିବାର ସମ୍ଭାବନା କମ ଥିଲା। ପ୍ରଥମ ପ୍ରଥମ ସେ ଘରବାଲାର କଥାକୁ ଟାଳି ଦେଲା, କହିଲା ସେ ଅନ୍ୟ ଜାଗାରେ ଘର ଖୋଜୁଛି ; ମିଳିଲେ ତା ଘର ଛାଡ଼ିଦେବ। ଅବଶ୍ୟ ସେ ଅନ୍ୟ ଘର ଖୋଜିବା ପାଇଁ କୌଣସି ଚେଷ୍ଟା କଲା ନାହିଁ ଏବଂ ଏଣେ ଘର ମାଲିକଙ୍କର ତାଗିଦା ବଢ଼ି ଚାଲିଲା। ଏଇଭଳି ସାମାନ୍ୟ ଚିନ୍ତାରେ ପଡ଼ିଥିବା ଅବସ୍ଥାରେ ସୌଭାଗ୍ୟକୁ ଗାଁରେ ରହୁଥିବା ଦେବନାଥର ବୁଢ଼ା ବାପା ହଠାତ୍ ମରିଗଲେ।

ଦେବନାଥ ଥିଲା ବାପା ମା'ଙ୍କର ବଡ଼ପୁଅ। ତାର ଭାଇ ଭଉଣୀ ତାକୁ ସମ୍ମାନ କରୁଥିଲେ ଏବଂ ଯେତେବେଳେ କବି ଓ ଗୀତିକାର ଭାବରେ ତାର ଖ୍ୟାତି ହେଲା, ତା ସହିତ ଆହୁରି ସଂପର୍କ ରଖିବାରେ ଲାଗିଲେ। ପରବର୍ତ୍ତୀ ସମୟରେ ଅବଶ୍ୟ ଦେବନାଥର ନିମ୍ନଗାମୀ ଅବସ୍ଥାରେ ସେମାନେ ଆସ୍ତେ ଆସ୍ତେ ନିଜକୁ ଦୂରେଇ ରଖିଲେ ଏବଂ ଆଜିକାଲି ସେମାନଙ୍କର ସଂପର୍କ ଥିଲା ମଝିରେ ମଝିରେ ଖଣ୍ଡେ ଅଧେ ଚିଠି ଓ ବିବାହ ଭଳି ଅନୁଷ୍ଠାନର ନିମନ୍ତ୍ରଣ। ନିଜର ଅବସ୍ଥାକୁ ଦେଖି ଦେବନାଥ ଆଉ ସେମାନଙ୍କ ଘରକୁ ବା ବିବାହ ଉତ୍ସବ ଇତ୍ୟାଦିକୁ ଯାଉ ନ ଥିଲା, ଏବଂ ସେମାନେ ମଧ୍ୟ ଏ ବିଷୟରେ ଖୁସି ଥିଲେ। ବାପାଙ୍କ ମରିବା ପରେ ଭିନ୍ନ ଭିନ୍ନ ଜାଗାରୁ ଭାଇମାନେ ଗାଁରେ ଏକାଠି ହେଲେ ଏବଂ ପ୍ରସ୍ତାବ ଦେଲେ ଯେ ଦେବନାଥ ଗାଁକୁ ଫେରି ଆସୁ ଓ ଜମିବାଡ଼ି ସମ୍ଭାଳୁ।

କୁସୁମ ଥିଲା ଦେବନାଥର ଅନ୍ୟତମ ସମସ୍ୟା। ଯଦିଓ ସେ ନିଜ ଆଡୁ ତାକୁ କେବେ କିଛି ସ୍ନେହ ସୋହାଗର କଥା କହି ନ ଥିଲା, କୁସୁମ ତାକୁ କିପରି ଆପଣାର କରି ନେଇଥିଲା। କୁସୁମ ଭଲ ପ୍ରକୃତିର ଥିଲା, ତାର ଯତ୍ନ କରୁଥିଲା, ଏବଂ ଦେବନାଥର ସାଙ୍ଗମାନେ ତାକୁ, ଥଟ୍ଟାରେ ନୁହେଁ ଗମ୍ଭୀରତାର ସହିତ, କହୁଥିଲେ ଝିଅଟିକୁ ବାହା ହୋଇ ଯିବା ପାଇଁ। ହସରେ ଉଡ଼ାଇ ଦେଉଥିଲା ଦେବନାଥ ସେମାନଙ୍କର କଥା। ଏ ବୟସରେ, ଏବଂ ତାର ଏଭଳି ଅବସ୍ଥାରେ, ସେ ପୁଣି ବାହା ହବ ! କୁସୁମ ତାକୁ ଏ ବିଷୟରେ କେବେ କହି ନ ଥିଲା, ଏପରି କୌଣସି ସୂଚନା ବି ଦେଇ ନ ଥିଲା। କେବଳ ତାକୁ ଆଦର କରିବା, ତା କଥା ବୁଝିବା ହିଁ କୁସୁମର ଧର୍ମ ଥିଲା, କୌଣସି ପ୍ରତିଦାନର ଅଭିଳାଷ ବିନା। ଦେବନାଥକୁ ଭଲ ଲାଗୁଥିଲା ଝିଅଟି, କିନ୍ତୁ ସେ କେବେହେଲେ ଆଉ କିଛି ବେଶି ଭାବୁ ନ ଥିଲା। ଯେତେବେଳେ ଦିନେ କୁସୁମ ବାହା ହୋଇ ସହର ଛାଡ଼ି ଚାଲିଗଲା, ଦେବନାଥ କିଛି ଦିନ ଉଦାସ ରହିଲା। ମନେ ମନେ କହିଲା, ଭଲ ହେଲା ; ସୁଖରେ ରହ କୁସୁମ।

ଗାଁକୁ ଫେରିଯିବାର ନିଷ୍ପତ୍ତି ନେବା ପରେ ନିଜକୁ ଆହୁରି ହାଲୁକା ବୋଧକଲା ଦେବନାଥ। ସ୍କୁଲ ଦିନରୁ ଏ ପର୍ଯ୍ୟନ୍ତ ତାର ପୂରା ଜୀବନ କାଟିଥିଲା ସହରରେ। ତେବେ ତାର ଜୀବନର କେତେ ଭାଗ ସଂପୃକ୍ତ ଥିଲା ଏଇ ସହର ସହିତ ? ସେ ସହରର ଗୋଟିଏ ନିର୍ଦ୍ଦିଷ୍ଟ ଅଂଚଳରେ ନିର୍ଦ୍ଦିଷ୍ଟ ସାଙ୍ଗମାନଙ୍କ ସହିତ ଛୋଟ ପରିଧିର ଜୀବନ ଜୀଉଁଥିଲା। ଏଥର ଗାଁର ଖୋଲା ପରିବେଶକୁ ଚାଲିଯିବ ସେ। ଗାଁ କଥା ଭାବିଲେ ମନକୁ ଆସୁଥିଲା ଏକ ସହଜ ସରଳ ସବୁଜ ସୁନ୍ଦର ନିଷ୍କପଟ ଜୀବନ ଯାପନର ଚିତ୍ର। କବିତାର ଗାଁ। ଛୋଟ ମୋର ଗାଁଟି ଓ ରୂପସୀ ବାଂଲା। କିନ୍ତୁ ସେଠାରେ ଯାଇ ଦେଖିଲା ଗାଁଟି ଆଦୌ ତାର କଳ୍ପନାର ଜନପଦ ଭଳି ନ ଥିଲା। ଖରାଦିନର ଗାଁ ଅତ୍ୟନ୍ତ ରୁକ୍ଷ ଓ ଶ୍ରୀହୀନ ଦେଖା ଯାଉଥିଲା, ବର୍ଷା ପରେ ହୋଇଗଲା ଆବିଳ ଓ ଅପରିଚ୍ଛନ୍ନ। ତା ସହିତ ଲୋକମାନଙ୍କର କଥାବାର୍ତ୍ତାର ମୂଳ ବିଷୟ ଥିଲା ଟଙ୍କା ପଇସା ଓ ଜମିବାଡ଼ି। ସେ କେତେ ଟଙ୍କା ରୋଜଗାର କରୁଛି, ଜମିରୁ କେତେ ଫସଲ ଆସୁଛି ଓ ସେ ମଲା ପରେ ଘରଟି କାହା ଭାଗକୁ ଯିବ ଇତ୍ୟାଦି ବିଷୟରେ ତାକୁ ବିସ୍ତୃତ ବିବରଣୀ ଦେବାକୁ ପଡୁଥିଲା ସମସ୍ତଙ୍କୁ। ସେଥିପାଇଁ ସେ ଆସ୍ତେ ଆସ୍ତେ ଗାଁ ଲୋକଙ୍କଠାରୁ ସଂପର୍କ କାଟି ଦେଲା। ତାର ପୃଥିବୀ ଆହୁରି ସୀମିତ ହୋଇଗଲା ହରି ମାଷ୍ଟରଙ୍କ ପରିବାର ଓ ମଦଭାଟି ଭିତରେ। ବାହାର ସହିତ ସଂପର୍କ ଥିଲା ବ୍ୟାଙ୍କକୁ ଯାଇ ପେନ୍‌ସନ୍ ଟଙ୍କା ଆଣିବା ଓ କେବେ କେମିତି ଡାକରେ ମିଳୁଥିବା ଖଣ୍ଡେ ଅଧେ ଚିଠି।

ଗାଁ ଲୋକ ତାକୁ ମଝିରେ ମଝିରେ ପଚାରି ବ୍ୟସ୍ତ କରୁଥିଲେ ଟିଭିବାଲା ଆସି ଯୋଉ ଫଟୋ ଉଠାଇଥିଲେ, ସେ ସିନେମା କେବେ ଦେଖା ହେବ। ଦେବନାଥ ପାଖରେ ଏ କଥାର କୌଣସି ଉତ୍ତର ନ ଥିଲା। ଏଇ ସମୟରେ ସେ ସେଇ ପ୍ରାଧ୍ୟାପକ ପାଖରୁ ଚିଠିଟି ପାଇଲା: ପ୍ରିୟ କବି, ଦୁଃଖର ସହିତ ଜଣାଇବାକୁ ପଡୁଛି ଯେ ଆପଣଙ୍କ ଉପରେ ହେଉଥିବା ଯେଉଁ ବୃତ୍ତ ଚିତ୍ରଟି ସହିତ ମୁଁ ସଂପୃକ୍ତ ଥିଲି, ତାର ଅକାଳ ମୃତ୍ୟୁ ହୋଇଛି ବୋଲି କହିଲେ ବାହୁଲ୍ୟ ହେବ ନାହିଁ। ବର୍ତ୍ତମାନ ସେମାନେ ଯେଉଁ ଚିତ୍ରଟି କରିଛନ୍ତି, ସେଥିରେ ମୁଁ ଆପଣଙ୍କ ସହିତ କରିଥିବା ପ୍ରଶ୍ନୋତ୍ତର ସବୁକୁ କାଟି ଦିଆ ଯାଇଛି। ଆହୁରି କ୍ଷୋଭର ବିଷୟ ଏହି ଯେ ଚିତ୍ରଟିକୁ ସେମାନେ ସାହିତ୍ୟ ପତ୍ରିକା ବିଭାଗରେ ନ ଦେଖାଇ ସାମାଜିକ ବ୍ୟାଧି ବିଭାଗରେ ଦେଖାଇବାକୁ ଯାଉଛନ୍ତି। ସେଥିପାଇଁ ମୁଁ ଫିଲ୍ମ ନିର୍ମାତାଙ୍କ ସହିତ ଅସହଯୋଗ କରିବାକୁ ସ୍ଥିର କରିଛି। ମୁଁ ଭାବୁଛି ଆପଣଙ୍କ ପାଇଁ ମଧ୍ୟ ଉଚିତ ହେବ ସେମାନଙ୍କ ସହିତ କୌଣସି ସଂପର୍କ ନ ରଖିବା। ଆପଣ କିନ୍ତୁ ଲେଖିବା ଅବ୍ୟାହତ ରଖନ୍ତୁ ଏବଂ ସରସ୍ୱତୀ ଆପଣଙ୍କ ଉପରେ ପ୍ରସନ୍ନ ହୁଅନ୍ତୁ। କବିତା ଦୀର୍ଘଜୀବୀ ହେଉ।

ଦେବନାଥ ନିସ୍ପୃହ ଭାବରେ ପଢ଼ିଥିଲା ଚିଠିଟିକୁ ଯେପରି ସେ ପଢ଼ିଥିଲା ଅନେକ ଦିନ ତଳେ କୁସୁମର ଚିଠିଟିକୁ। କିଛି ଆଉ ଲାଭ ନାହିଁ ଜୀବନର କୌଣସି ସଂପର୍କ ବା କାର୍ଯ୍ୟକଳାପକୁ ଆଗକୁ ବଢ଼ାଇବା। ବାକି ଯେତିକି ଜୀବନ ବଳକା ଅଛି ସେଇ ଦୀର୍ଘ ବୋଧ ହେଉଥିବା ଜୀବନଟିକୁ କିପରି ଶାରୀରିକ ମାନସିକ ଆର୍ଥିକ ସମସ୍ୟା ଓ ପୀଡ଼ା ବିନା କଟାଇବାକୁ ହେବ, ସେତିକି ଭାବିବାର କଥା। ଘର, ହରି ମାଷ୍ଟର, ମଦ ଦୋକାନର ଛୋଟ ପୃଥିବୀ ଭିତରେ ବେଶ୍ ରହିହେବ ଅବଶିଷ୍ଟ ସମୟ। ଏଇଟି ସମାଜ ବାହାରେ ଜୀବନ; ତେବେ ତାର କବିର ଜୀବନ ବି ତ ଥିଲା ସମାଜ ବାହାରେ ହିଁ।

ଆକାଶରେ ଆଉ ଖରା ନାହିଁ। ଶୀତ ଦିନର ସଂଧ୍ୟା ଶୀଘ୍ର ନଇଁ ଆସୁଛି ଘାସ ଉପରକୁ। ଆଜି ସେ ଖାଇବାକୁ ଭୁଲିଗଲା। ହରି ମାଷ୍ଟରଙ୍କ ଘରେ ତାକୁ କିଛି ସମୟ ଅପେକ୍ଷା କରି ବୁଝିଥିବେ ଯେ ସେ ଫେରିବ ନାହିଁ। ଖୁବ ଭଲ ଲୋକ ସେମାନେ। ଗାଁ ଲୋକ ଏପରିକି ତାର ଭାଇମାନେ, ତାକୁ ହରି ମାଷ୍ଟରଙ୍କ ବିରୁଦ୍ଧରେ ପ୍ରଭାବିତ କରିବାକୁ ଚେଷ୍ଟା କରିଥାନ୍ତି। ମାଷ୍ଟରଙ୍କର କୁଆଡ଼େ ଦେବନାଥର ଘରବାଡ଼ି ଉପରେ ଆଖି। ଦେବନାଥ ସବୁ ଶୁଣେ ; ଚୁପ ରହେ। ସେ କାହିଁକି ବୁଝାଇବାର ଚେଷ୍ଟା କରିବ କେତେ ସ୍ନେହ ପାଇଛି ସେ ସେମାନଙ୍କ ପାଖରୁ, ଯାହା ପାଇଁ ସେ ସାରା ଜୀବନ ଋଣୀ ରହିବ ? ଯେ ଯାହା ଭାବିବାର ଭାବନ୍ତୁ; ଯେ ଯାହା କହିବାର କହନ୍ତୁ। ତାର କୌଣସି

ଅଭିଯୋଗ ନାହିଁ କେଉଁ ବିଷୟରେ, କାହା ବିରୁଦ୍ଧରେ। ସେ କବିର ନିଃସଙ୍ଗ ଏକାନ୍ତ ଜୀବନ ଚାହିଁଥିଲା, ପାଇଲା। ଜାଣି ଜାଣି ଆଉ ସବୁ ଛାଡ଼ିଦେଲା।

କୁସୁମ ଲେଖିଥିଲା : ଆଜି ତମେ ଅନେକ ମନେ ପଡ଼ିବାରୁ ତମ ପାଖକୁ ଜୀବନର ପ୍ରଥମ ଚିଠି ଲେଖୁଛି। ପୁଅ ବଡ଼ ହେବାରେ ଲାଗିଛି ଓ ମୋର ଘର ସଂସାର ଠିକରେ ଚାଲିଛି। ତେବେ ଅନେକ ସମୟରେ ତମ କଥା ମନେ ପଡ଼େ। ଆଉ ଜାଣ, ତମେ ଯଦି ମତେ କେବେ କହିବ ମୋ ପାଖକୁ ଚାଲି ଆ ବୋଲି, ମୁଁ ସେଇ ମୁହୂର୍ତ୍ତରେ ସବୁ କିଛି ଛାଡ଼ି ଦେଇ ତମ ପାଖକୁ ଫେରି ଆସିବି।

ଦେବନାଥ ଯିବାପାଇଁ ଉଠି ଠିଆହେଲା। ମଦ ଦୋକାନର ବେଡ଼ା ବାହାରେ ଚିହ୍ନା ରିକ୍‌ସା ଦେଖା ଯାଉଛି। ସେ ଘରକୁ ଫେରିଯିବ ଏଥର। ତା ପାଖରେ ଆଉ ଗୀତ ନାହିଁ କବିତା ନାହିଁ, ଶବ୍ଦ ନାହିଁ ସୁର ନାହିଁ। କାହିଁ କେଉଁଠି କେତେ ପଛରେ ରହିଗଲେ ସମସ୍ତେ। ତେବେ ନିଜ ପାଇଁ ସେ କବିତାର ଯେଉଁ ସ୍ୱତନ୍ତ୍ର ପୃଥିବୀଟିକୁ ତିଆରି କରିଥିଲା କେଉଁ ସମୟରେ, ସେଇଟି ତା ପାଖରେ ରହିଯାଇଛି। ଏବଂ ସେଇ ପରିମିତ ପରିସର ଭିତରେ ସେ ଜାଣେ ସେ ସ୍ୱଚ୍ଛନ୍ଦରେ କାଟିଦେବ ଜୀବନର ବାକି ସବୁ ଦିନ।

———

ଶ୍ରୀୟାଭିଳାଷ

ୟାମ୍ ହସ୍ପିଟାଲର କ୍ୟାଣ୍ଟିନରେ ବସି ଚା' ପିଉଥିବା ବେଳେ ଶ୍ରୀଲୋଚନ ସାମନାରେ ବସିଥିବା ଝିଅଟି ସହିତ କଥାବାର୍ତ୍ତା କରିବାର ସାହସ କରି କହିଲା, ମୋ ନାଁ ଶ୍ରୀଲୋଚନ ନାୟକ, ମୋ ଘର ଯାଜପୁର। ମୁଁ ଏଠିକି ନୂଆ ହୋଇ ଆସିଛି।

ଝିଅଟି ଜବାବ ଦେଲା, ଶ୍ରୀୟା ସାହୁ, ଭଦ୍ରକ; ଆପଣଙ୍କୁ ତ ମୁଁ ଛ' ମାସ ହେଲା ଏଠି ଦେଖୁଛି। ନୂଆ ଆସିଛନ୍ତି କ'ଣ।

ହଁ, ଏଇ ଦି' ତିନି ମାସ ହବ। ମୁଁ କ'ଣ ଏଠିକି ଆସିଥାନ୍ତି ? ଖାଲି ସେଇ ସୁବଳ ଯୋଗୁଁ। ଦିଲ୍ଲୀ ଛାଡ଼ି କ'ଣ କିଏ ଭୁବନେଶ୍ୱର ଆସେ ? ସେ ପୁଣି ତାଜ ହୋଟେଲ ଚାକିରି।

ତାଜ ମାନସିଂହ ନା ତାଜ ସର୍ଦ୍ଦାର ପଟେଲ ?

ମୁଁ କ'ଣ ଏତେ କଥା ଜାଣିଚି ? ଦରଖାସ୍ତ ଦେଇଥିଲି, ନିଶ୍ଚେ ହୋଇ ଯାଇଥାନ୍ତା।

ତେବେ ଆପଣ କାମ କରୁଥିଲେ କୋଉଠି ?

ହଜାରୀବାଗ ହସ୍ପିଟାଲରେ।

ସୁବଳ ଆପଣଙ୍କର କ'ଣ କଲା ?

ସେ ଆମ ଆକାଉଣ୍ଟ ସେକ୍ସନର ହେଡ୍ ଥିଲା। ତାରି ଦୌରାତ୍ମ୍ୟରେ ମୁଁ ପଳାଇ ଆସିଲି।

ଓଃ; ଏଠି ଆପଣଙ୍କର ବସ୍ ଠିକ୍‌ଠାକ୍ ତ ?

ଭଲ କଥା ଆପଣ ମନେ ପକାଇ ଦେଲେ। ମୁଁ ଯାଏ, ସେ ମତେ ଖୋଜୁଥିବ। ପୁଣି ଦେଖାହେବ।

ଆପଣ ମତେ ଲୋଚନ ଡାକି ପାରନ୍ତି, ମୋର ସାଙ୍ଗମାନେ ଶ୍ରୀ କାଟି ଦେଇ ଏଇ ନାଁରେ ଡାକନ୍ତି।

ମୋର ଛୋଟ ନାଁ କ'ଣ ହେଇଥିବ କହିଲେ ?

ଶ୍ରୀ କାଟି ଦେଇ ୟା ? ନା ନା, ୟା କେମିତି ଗୋଟାଏ ନାଁ ହବ ?

ୟା କାଟି ଦେଇ ଶ୍ରୀ ବି ତ ହୋଇପାରେ। ଆପଣଙ୍କୁ ଶ୍ରୀୟା ନାଁଟା ଭଲ ଲାଗୁନି ଜଣା ପଡୁଛି। କଥା କ'ଣ କି ମୁଁ ଅନେକ ଦିନ ତଳେ ଶ୍ରୀୟା ଚଣ୍ଡାଲୁଣୀ ବୋଲି ଗୋଟାଏ ଫିଲ୍ମ ଦେଖିଥିଲି। ସେଇଦିନୁ ଶ୍ରୀୟା ନାଁକୁ ମୋର ଭୟ।

କାହିଁକି ?

ଶ୍ରୀୟା ତ ଗୋଟିଏ ରାକ୍ଷସୀ।

ଫିଲ୍ମରେ କେମିତି ବାହାରିଥିଲା ଶ୍ରୀୟା ?

ତାଡ଼କା ଅସୁରୁଣୀ ଭଳି। ଦେଖିଲେ ଭୟ ଲାଗିବ। ଆପଣଙ୍କୁ ଶ୍ରୀଲୋଚନ ନାଁଟି କେମିତି ଲାଗୁଛି ?

ଆପଣଙ୍କ ବଡ଼ ଭାଇଙ୍କ ନାଁ ତ୍ରିଲୋଚନ ନିଶ୍ଚୟ।

ଆପଣ କେମିତି ଜାଣିଲେ ? କିଏ ନିଶ୍ଚେ ଆପଣଙ୍କୁ କହିଥିବ।

ମତେ କିଏ କାହିଁକି ଆପଣଙ୍କ ଘରୋଇ କଥା କହିବ ? ଟିକିଏ ଭାବିଲେ ଜାଣି ପାରିବେ ମୁଁ କେମିତି ସେ କଥା ଜାଣି ପାରିଲି।

ହଁ, ମୁଁ ଭାବି ଦେଖିବି। ପୁଣି ଦେଖା ହେଲେ ଆପଣଙ୍କୁ କହିବି।

ଓ ଶ୍ରୀଲୋଚନ, ଓ ଲୋଚନ। କ'ଣ ନ ଦେଖିଲା ଭଳି ପଳେଇ ଯାଉଛ ?

ନାଇଁ ନାଇଁ, ମୁଁ ତମକୁ ଦେଖି ପାରିଲିନି। ଟିକିଏ ଅନ୍ୟମନସ୍କ ଥିଲି ତ !

କ'ଣ ଆଜି ବସ୍ ଗାଳି ଦେଲେ ?

ନା, ନା, ସେ ବହୁତ ଭଲ ଲୋକ। ମତେ ମୋର ଘର ବଦଳାଇବାକୁ ପଡ଼ିବ।

କାହିଁକି ? ଘର ମାଲିକ ବେଶି ଭଡ଼ା ମାଗୁଛି ?

ନା, ନା, ଦୂର ପଡୁଛି ତ ? ସ୍କୁଟରରେ ପେଟ୍ରୋଲ ଖର୍ଚ୍ଚ ବେଶି ହୋଇଯାଉଛି। ବରସାତୀରେ ରହିବା ବି ମତେ ସୁବିଧା ଲାଗୁନାହିଁ।

ବରସାତୀ ନୁହେଁ, ତାକୁ କହିବ ୱନ ବି ଏଚ କେ। ଆଉ ଯଦି ଲୋକଙ୍କୁ ଟିକିଏ ଦେଖାଇ ହବାକୁ ଚାହିଁବ କହିବ ଷ୍ଟୁଡ଼ିଓ ଆପାର୍ଟମେଣ୍ଟ। ମୁଁ ଯେମିତି ରହିଚି ନିବେଦିତା ନଗରରେ ଟୁ ବି ଏଚ୍ କେ ଘରେ।

ସେଠି ତ ଘରଭଡ଼ା ବେଶି ପଡୁଥିବ। ଭଲ ଲୋକାଲିଟି, ବଡ଼ ଘର।

ମୋ ଘର ଭଡ଼ାଟା ବାପା ଦେଇ ଦିଅନ୍ତି।

ଆପଣଙ୍କ ବାପା ଜଣେ ମହାନ ପୁରୁଷ।

ମହାନ ପୁରୁଷ କାହିଁକି ହେବେ ? ତାଙ୍କର ସବୁବେଳେ ଭୁବନେଶ୍ୱରରେ କାମ। ମାସରୁ ଅଧା ଦିନ ବାପା, ବୋଉ, ଭାଇ, ଭଉଣୀ ଆସି ମୋ ପାଖରେ ରହନ୍ତି। ମୋ ଘରଟା ତାଙ୍କରି ପାଇଁ।

ଆମର ଆଉ ପନ୍ଦର ଦିନ ଦେଖା ହେବ ନାହିଁ। ମୁଁ ଗାଁକୁ ଯାଉଛି ତ !

କ'ଣ ବାହା ହବା ପାଇଁ ?

ତମେ କେମିତି ଜାଣିଲ ?

ତମ ଭଳି ଲୋକ ପନ୍ଦର ଦିନ ଛୁଟି ନିଅନ୍ତି ବାହା ହବା ପାଇଁ। କାହାକୁ ବାହା ହବାକୁ ଯାଉଛ ଜାଣିଛ, ନା ବାପାମା ଯାହାକୁ ଠିକ କରିବେ ତାକୁ ବାହା ହବ ?

ମୁଁ କ'ଣ ମୋ ବାପାମାଆଙ୍କଠାରୁ ବେଶି ଜାଣିଛି ? ସେ ଯାହା କରିବେ ମୋରି ଭଲ ପାଇଁ।

ତା ହେଲେ ଫେସ୍‌ବୁକ୍‌ରେ କାହିଁକି ଝିଅ ଖୋଜୁଥିଲ ?

ତମକୁ ତ ସବୁ କଥା ଜଣା। ଫେସ୍‌ବୁକ୍ ଗୋଟାଏ ବିପଜ୍ଜନକ ଜାଗା। ସେଠି କିଏ କ'ଣ ଜାଣିବା ମୁସ୍କିଲ। ମୁଁ ଯାହାକୁ ଜଲନ୍ଧରର ସିମରନ ବୋଲି ଭାବିଥିଲି ସେ ପ୍ରକୃତରେ ଝିଅ ନୁହେଁ। ମୋ ସାଙ୍ଗମାନେ ଖୋଜି ବାହାର କଲେ ଯେ ସେ ଅସଲରେ ହେଉଛି ଜସଜିତ ସିଂ ବୋଲି ଶିଖ ଟୋକା।

କଣ ଅସୁବିଧା ? ସୁପ୍ରିମ କୋର୍ଟ ତ ଏବେ ଅନୁମତି ଦେଇ ଦେଲାଣି।

ତମେ ସବୁବେଳେ ମତେ ଥଟ୍ଟା କରୁଚ। ମୁଁ ଜଲନ୍ଧର ଯିବି ବୋଲି ବାହାରିଥିଲି। ସେ ମୋର ସବୁଯାକ ଟଙ୍କା ନେଇ ଯାଇଥାନ୍ତା। ମୁଁ ତାକୁ ଅନ୍‌ଫ୍ରେଣ୍ଡ କରିଦେଲି।

ତମର ଆଉ ଯୋଉ ଚାରିଟା ଫେସବୁକ ଆକାଉଣ୍ଟ ଅଛି ଭିନ୍ନ ଭିନ୍ନ ନାଁରେ ?

ନା, ମୋର ସେମିତି କିଛି ମିଛ ଆକାଉଣ୍ଟ ନାହିଁ।

ନାହିଁ ?

ନା, ମାନେ ଚାରିଟା ନାହିଁ। ଦି'ଟା ଅଛି। ମୁଁ ଏମିତି ଖାଲି ମଜାରେ ଏଗୁଡ଼ାକ କରିଛି। ମୋର କୌଣସି ମନ୍ଦ ଉଦ୍ଦେଶ୍ୟ ନାହିଁ।

କାହାରି କିଛି ମନ୍ଦ ଉଦ୍ଦେଶ୍ୟ ନ ଥାଏ। ଦେଖ ତମ ଫୋନ୍‌ରେ ମେସେଜ ଆସିଲାଣି। ତମେ ତମର ଫେସବୁକ୍ ଦେଖୁଥାଅ। ମୁଁ ଯାଉଛି।

କ'ଣ ହେଲା ? ଗାଁକୁ ଗଲ ନାହିଁ ଯେ।

ବାହାଘର ପ୍ରସ୍ତାବ ଭାଙ୍ଗିଗଲା।

କାହିଁକି ? ଝିଅ ତମକୁ ପସନ୍ଦ ହେଲାନି ?

ମୁଁ କ'ଣ ସେ ଝିଅକୁ ଦେଖିଚି ନା ଜାଣିଚି। ବୋଉ ମନାକଲା। ପାଠ ଶାଠ ପଢ଼ିଥିବା ଝିଅ ତ। ବୋଉ ଭାବିଲା ସେ ତା'ର ବୋଲ ମାନିବନି।

ବାହା ହଉଚ ତମେ ନା ତମ ବୋଉ ?

ଯେତେ ହେଲେ ବୋଉକୁ ନ ମାନିଲେ ଘର ଚଳିବ କେମିତି ?

ତା' ମାନେ ତମେ ବାହାହେଲେ ତମ ସ୍ତ୍ରୀ ଯାଜପୁରରେ ରହି ଶାଶୁ ଶଶୁରଙ୍କ ସେବା କରୁଥିବ, ତମେ ଏଠାରେ ରହି ସାଙ୍ଗସାଥୀଙ୍କ ସାଙ୍ଗରେ ମଉଜମସ୍ତି କରୁଥିବ।

କୋଉ ସାଙ୍ଗସାଥୀ ?

ଯାହାଙ୍କ ସାଙ୍ଗରେ ବସି ତମେ ମଦ ପିଅ।

କେବେ କେମିତି ପିଇ ଦେଇଥିବି। ନ ହେଲେ ମଦ କିଏ ମୁଁ କିଏ?

ତମେ ସବୁଦିନ ସଞ୍ଜବେଳେ ଦି' ପେଗ ରମ୍ ପିଅନି ?

ସବୁଦିନେ କୋଉଠି। ଏଇ ମାସକୁ ଥରେ ଦି ଥର।

ଥରେ ଦି ଥର ନା କୋଡ଼ିଏ ପଚିଶ ଥର ?

ନା, ଏତେ ବେଶି ନୁହେଁ।

ତା'ହେଲେ ସାତ ଆଠ ଥର।

ନା, ଆଉ ଟିକିଏ ବେଶି ହେବ।

ତା' ମାନେ ମାସକୁ ସତର ଦିନ, ଠିକ୍?

ବଜାରରେ ଏତେ ପ୍ରକାରର ଡ୍ରିଙ୍କ ଅଛି, ତମେ କେମିତି ରମ୍ ବୋଲି ଜାଣିଲ ?

ତମ ଭଳିଆ ଲୋକ ଓ ତା'ର ସାଙ୍ଗ ସବୁଠାରୁ ଶସ୍ତା ଜିନିଷ ପିଉଥିବେ ବୋଲି।

ତମେ କ'ଣ କେବେ ଡ୍ରିଙ୍କ କରିଛ ? କି ଭଳି ମଦ ?

କ୍ୟୁବା ଲିବ୍ରା।

ମୁଁ ତା' ନାଁ ଶୁଣି ନଥିଲି। କ'ଣ ହ୍ୱିସ୍କି ନା ଜିନ ଭଳି ?

ରମ୍ କୋକାକୋଲା ଆଉ ଲେମ୍ବୁ। ଡ୍ରିଙ୍କର ନାଁଟା ଗୁଗ୍ଲରୁ ଦେଖିଲି।

କ'ଣ ସାଙ୍ଗମାନଙ୍କ ସାଙ୍ଗରେ ବସି ନା ଏକା ଏକା ?

ଏକା, ମୋ ନିଜ ଘରେ ଥିବାବେଳେ।

ଝିଅମାନେ ଏକା ଡ୍ରିଙ୍କ କରିବା କଥା ମୁଁ ଆଗରୁ ଶୁଣି ନଥିଲି।

ତମେ ଅନେକ କଥା ଶୁଣିନାହଁ, ଜାଣିନାହଁ। ଆଖି କାନ ଖୋଲା ରଖ। କେତେ କ'ଣ କଥା ଜାଣିବ।

ଗଞ୍ଜାମର ଝିଅଙ୍କ ବିଷୟରେ ତମର ମତ କ'ଣ ?

କ'ଣ ନୂଆ ପ୍ରସ୍ତାବ ଆସିଲା କି ? ଦାକ୍ଷିଣାତ୍ୟର ସ୍ତ୍ରୀମାନେ ସେମାନଙ୍କର ଉରଜ ପାଇଁ ପ୍ରସିଦ୍ଧ।

ଉରଜ ମାନେ ?

ବୁବ୍।

ବୁବ୍ ମାନେ ?

ମେରିଲିନ ମନରୋ।

ସେ ପୁଣି କିଏ ?

ଇଣ୍ଟରନେଟରେ ଦେଖି ନିଅ।

ଆପଣ ଏତେ କଥା ଜାଣିଛନ୍ତି କେମିତି?

ବହି ପଢ଼ି। ହସ୍ପିଟାଲରୁ ଯାଇ ଘରେ ବସି ବହି ପଢ଼େ। ବଜାରକୁ ଗଲେ ଏଣୁ ତେଣୁ ଜିନିଷ ନ କିଣି ବହି କିଣେ।

ମୁଁ କେବେ ଆସି ତମର ବହି ଦେଖିବି। କିଛି ଆପତ୍ତି ନାହିଁ ତ?

ତମେ ପରା ମତେ କହୁଥିଲ କୋଉଦିନ ଯାଇ ବାହାରେ ଖାଇବା ବୋଲି ?

ତମେ ଯେତେବେଳେ କହିବ।

ଆଜି ସନ୍ଧ୍ୟାରେ।

ଆଜି କେମିତି ହବ ?

କାହିଁକି ? ଆଜି କ'ଣ ତିଥି ଖରାପ ?

ନା ଯେ, ପହିଲା ତାରିଖଟା ଆସୁ।

ତା'ହେଲେ ପହିଲା ଦିନ ?

ନା, ସେଦିନ ବାପା ଆସିବେ। ମୁଁ ତମକୁ କହିଦେବି ଆଉ କୋଉଦିନ।

ବାପା କେତେ ଦିନ ରହିବେ ?

ହଁ ସେ ତ ଆସନ୍ତି ଘଣ୍ଟାଏ ଦି'ଘଣ୍ଟା ପାଇଁ, ଖାଲି ହିସାବ ଦେଖିବା ପାଇଁ।

କି ହିସାବ ?

ମୁଁ ମାସକୁ କେମିତି କେତେ ଖର୍ଚ୍ଚ କରୁଛି।

ଏ କଥା ମୁଁ ପ୍ରଥମ ଥର ଶୁଣିଲି ଯେ କାହାର ବାପା ଆସି ପୁଅର ଆୟବ୍ୟୟ ତଦାରଖ କରୁଛନ୍ତି। ତମ ବଦଳରେ ସେ ତମ ଆକାଉଣ୍ଟ ସେକ୍‌ସନରେ କାମ କରିବା କଥା।

ନା ନା, ଏଇଟା ଭଲ କଥା; ନ ହେଲେ ମୁଁ ଅନେକ ବଦଖର୍ଚ୍ଚ କରି ଦିଅନ୍ତି।

ତମର ମଦ ଆଉ ସିଗାରେଟ ଖର୍ଚ୍ଚ କଥା କେମିତି କହ ?

ପୁରୁଣା ସ୍କୁଟର ତ। ପେଟ୍ରୋଲ୍ ଖର୍ଚ୍ଚ କମ୍ ବେଶି ହୋଇଯାଏ।

ମୋ ପାଇଁ ଆମେରିକାରେ ଝିଅ ଠିକ ହୋଇଛି। ମାସକୁ ଲକ୍ଷେ ଟଙ୍କା ରୋଜଗାର କରୁଛି।

ଲକ୍ଷେ ଟଙ୍କା ଡଲାରରେ କେତେ ଜାଣିଛ ?

ମୁଁ କାଲକୁଲେଟରରେ ହିସାବ କରି କହୁଛି।

କାଲକୁଲେଟର ଦରକାର ନାହିଁ। ଧରି ନିଅ ଏଇ ଦେଢ଼ ହଜାର ଡଲାର ଭଳି। ସେଥିରେ ସେ କମିତି ଚଳୁଛି ?

ବାପା କହୁଥିଲେ ଝିଅଟି ଭଲ। ତାକୁ ବାହା ହେଲେ ମତେ ସହଜରେ ଗ୍ରୀନ୍ କାର୍ଡ ମିଳିଯିବ। ଆମେରିକା କେମିତି ଜାଗା ହୋଇଥିବ ବୋଲି ଭାବୁଛ ?

ମୁଁ କ'ଣ ଆମେରିକା ଯାଇଛି। ଖାଲି ବହି ପଢ଼ି ସିନେମାରେ ଦେଖିବା କଥା। ତମେ କଣ ହଲିଉଡ ସିନେମା ଦେଖି ନାହଁ ?

ଥରେ ଦି ଥର ଦେଖିଥିଲି ଯେ କିଛି ବୁଝି ପାରିଲିନି। ମୋର ଓଡ଼ିଆ ସିରିଆଲ ଭଲ ତ ମୁଁ ଭଲ।

ସେ ଝିଅ ବିଷୟରେ ଆଉ ସବୁ କ'ଣ ଜାଣିଛ ? ତମର ବୋଉଙ୍କର ପସନ୍ଦ କି ନାହିଁ। ସେ ଦାକ୍ଷିଣାତ୍ୟର ଝିଅ କଣ ହେଲା ?

ମୁଁ କାହିଁକି ସେ ବିଷୟରେ ମୁଣ୍ଡ ଖେଳାଇବି ? ବାପା ବୋଉ ଯାହା କରିବେ ନିଶ୍ଚୟ ମୋ ଭଲ ପାଇଁ।

ମୁଁ ପୁରୁଣା ସ୍କୁଟର ବିକି ଦେଇ ଗୋଟାଏ ହିରୋହଣ୍ଡା କିଣିଲି। ଏତେ ଦିନ ପରେ ଗାଡ଼ି ଚଲାଇବାର ମଜା ଜାଣିଲି।

ତମର ବାହାଘର ବି ଏଥର ଭଲରେ ହୋଇଯିବ।

କାହିଁକି ? କେମିତି ?

ହିନ୍ଦୀ ଫିଲ୍‌ମରେ ଦେଖି ନ ହିରୋ କେମିତି ବାଇକ୍ ପଛରେ ଝିଅକୁ ବସାଇ ଉଡ଼େଇ ନଉଛି।

ମୁଁ ତ ଏ ଯାଏ ନିଜେ ବି ତାକୁ ଠିକ୍‌ରେ ଚଳେଇ ପାରୁନି। ପଛରେ କିଏ ବସିଲେ ମୁଁ ତ ଓଲଟି ପଡ଼ିଯିବି। ତେବେ ବାଇକ କିଣିବାର ଗୋଟିଏ ସୁବିଧା ହେଲା।

କଣ ପେଟ୍ରୋଲ ଖର୍ଚ୍ଚ କମିଲା ନା ବଢ଼ିଗଲା ?

ନା ମୁଁ ଇ.ଏମ୍.ଆଇ କଥା କହୁଥିଲି। ମୁଁ ମାସିକିଆ ଖର୍ଚ୍ଚରେ ଇ.ଏମ.ଆଇ.ଟା ବେଶି କରି ଦେଖାଇ ପାରିବି। କିଛି ପଇସା ହାତକୁ ଆସିଯିବ।

କ'ଣ ବେଶି ମଦ ପିଇବ ନା କ'ଣ ?

ନା ନା, ମୁଁ ତ ଭାବୁଚି ଏଥରକ ପିଇବା ପୂରାପୂରି ଛାଡ଼ି ଦେବି। ତା' ବଦଳରେ ବରଂ ଫଳରସ ପିଇବି। ତେବେ ପ୍ରଥମେ ସାଙ୍ଗମାନଙ୍କୁ ବୁଝାଇବାକୁ ପଡ଼ିବ।

ଆମର ଯୋଉ ବାହାରକୁ ଖାଇବାକୁ ଯିବାର ଥିଲା, କେବେ ଯିବା ?

ମୁଁ ଟିକିଏ ଭାବି ତମକୁ କହିବି।

କ'ଣ ଜ୍ୟୋତିଷଙ୍କୁ ପଚାରି ଦିନବାର ଠିକ୍ କରିବ ? ଛାଡ଼, ମୁଁ ତମକୁ ମୋ ଘରକୁ ଯିବା ପାଇଁ ଡାକୁଛି। କେବେ ଆସି ପାରିବ ?

ଯେତେବେଳେ କହିବ।

ତାହେଲେ କାଲି ? ତମେ ମତେ ବାଇକରେ ବସାଇ ନେଇଯିବ। ଯଦି ତମକୁ ଡର ଲାଗୁଚି, ମତେ ଚାବି ଦେଇଦେବ, ମୁଁ ତମକୁ ନେଇଯିବି।

ତମ ଘରକୁ ତମେ କେତେ ସୁନ୍ଦର କରି ରଖିଛ। ମୁଁ କିନ୍ତୁ ତମକୁ ମୋ ଘରକୁ କେବେ ହେଲେ ଡାକିବିନି। ମୋ ଘରଟା ଗୋଟିଏ ଅଳିଆ ଗଦା ଭଳି।

ଏଥରକ ଅଫିସ କଥା ଭୁଲିଯାଇ ଆରାମରେ ବସ। କ'ଣ ପିଇବ ?

ତମେ କ୍ୟୁବା ବୋଲି କଣ କହୁଥିଲ ? ସେଇଟା ଦିଅ।

ହଁ ଦଉଚି। ଧୀରେ ଧୀରେ ପିଇବ। ମୁଁ ଫୋନ୍‌ରେ ଚାଇନିଜ ସ୍ନାକ ମଗେଇ ଦଉଚି। ପରେ ଡିନର କଥା ଦେଖାଯିବ। ଦେଖ, ମୁଁ ପ୍ରଥମେ ଗ୍ଲାସରେ ରମ୍ ଢାଳିଲି। ତା' ପରେ ସେଥିରେ କୋଲା ମିଶାଇଲି, ଆଉ ଲେମ୍ବୁ ଚିପୁଡ଼ିଲି। ତା' ଉପରେ ବରଫ ଦେଲି।

ଆମେ ଖାଲି ରମ୍ ଆଉ ପାଣି ପିଉ। କିଏ କହୁଥିଲା ସବୁଠାରୁ ଶସ୍ତା ଡ୍ରିଙ୍କ ହଉଚି ଆର୍ମି ରମ୍ ଆଉ ନଲ୍‌କା ପାନି। ହଉ, ଚିୟର୍ସ।

ଚିୟର୍ସ। ଧୀରେ ଧୀରେ ପିଉଥାଅ। ଏବେ ଖାଇବାର ଆସିଯିବ।

ମତେ କିଏ କହୁଥିଲା ଢକଢକ କରି ପିଇଦେଲେ ଶୀଘ୍ର ବେଶି ନିଶା ହୋଇଯାଏ। ଆମେ ସେଇଆ କରୁ।

ସବୁ ଦିନେ ?

ହଁ, ଅଫିସ୍ ପରେ ଆଉ କ'ଣ କାମ। ସାଙ୍ଗମାନେ ଜୁଟି ଯା'ନ୍ତି। ଜଣକ ଘର ଆମ ହସ୍‌ପିଟାଲ ପାଖରେ। ମୁଁ ସେଇଠିକି ଚାଲିଯାଏ।

ସାବଧାନ ରହିବ। ବେଶି ନିଶା କରି ବାଇକ୍ ଚଲେଇଲେ ବିପଦ। ନ ହେଲେ ପୋଲିସ ହାବୁଡ଼ରେ ପଡ଼ି ହଇରାଣ ଓ ଜୋରିମାନା।

ତମେ ମତେ ଡରେଇ ଦଉଚ। ଏଥରକ ତମର କିଛି କଥା କହ। ମୁଁ ଯାଇ ଦେଖୁଚି ତମେ ଥାକରେ କି କି ବହି ରଖିଚ। ଏଗୁଡ଼ାକ ତ ସବୁ ଓଡ଼ିଆ ବହି।

କ'ଣ ଓଡ଼ିଆ ବହି ତମର ପସନ୍ଦ ନୁହଁ ? ନା ଆମେରିକା ଯିବା ଆଶାରେ ଖାଲି ଇଂରାଜୀ ବହି ପଢ଼ିବ ?

ଲକ୍ଷ୍ମୀ ପୁରାଣ ! ମଥୁରା ମଙ୍ଗଳ ! ତମେ କ'ଣ ପୂଜା ପାଠ କର ?

ତା ତଳ ଥାକରେ ଦେଖ ଅଛି ୟୁଲିସିସ। କଂପ୍ଲିଟ୍ ୱର୍କସ ଅଫ୍ ଶେକ୍ସପିଅର।

ସତେ ତ ! ତମେ ଏତେ ବହି ପଢୁଛ ? ତମର ଇଚ୍ଛା ହଉନି ଆଉ ପାଠ ପଢ଼ି ଗୋଟାଏ ବଡ଼ ଚାକିରି କରିବାକୁ। ଇଚ୍ଛା କଲେ ଏମ୍‌ପିଏଚ୍ କରି ପାରନ୍ତ।

କ'ଣ ହବ ? ମୋର କାମରେ ମୁଁ ଖୁସି। ମୋ ଦରମାରେ ମୁଁ ଆରାମରେ ଚଳି ଯାଉଛି। ବହି ପଢ଼ିବାକୁ ସମୟ ମିଳୁଛି। ଆରେ ତମେ ସେ ଆର ଗ୍ଲାସଟା ବି ପିଇ ଦେଲଣି। ଆଉ ଚାଇନିଜ ବି ସରି ଆସିଲାଣି।

ମତେ ବହୁତ ନିଦ ଲାଗୁଛି। ଇଚ୍ଛା ହଉଛି ଏଇଠି ଶୋଇଯିବି।

ତା'ହେଲେ ଶୋଇଯାଅ।

ସରି, ମୁଁ ଏତେ ଦିନ ଆଉ ଯୋଗାଯୋଗ ରଖି ପାରି ନଥିଲି। ଆଜି ଭାବିଲି ଅନ୍ତତଃ ଫୋନ କରିଦିଏ। ସେଦିନ ସକାଳେ କିଛି ନ କହି ବାହାରି ଆସିଲି ତ !

ମୁଁ ଜାଣିଛି। ମୋ ନିଦ ଭାଙ୍ଗି ଯାଇଥିଲା, କିନ୍ତୁ ତମେ ପଳେଇ ଯିବାପାଇଁ ଏତେ ବ୍ୟସ୍ତ ଥିଲ ଯେ ମୁଁ କିଛି କହିଲି ନାହିଁ।

ହଁ, ତଲେ ମୋ ବାଇକ ଥିଲା ତ ? କାଲେ କିଏ ଚୋରି କରି ନେଇ ଯାଇଥିବ। କାଲେ କିଏ ଦେଖିଦବ। ସବୁ ହେଲା ଯେ ବଟିକା ଦବା ଦରକାର ନ ଥିଲା।

କି ବଟିକା ?

ବଟିକା ? କି ବଟିକା ? ମୋର ଅଫିସ୍ ଡେରି ହୋଇଯିବ ବୋଲି ପଳେଇଲି।

ତମ ବ୍ୟାଗରେ ମୁଁ ଯୋଉ ବହିଟା ରଖି ଦେଇଥିଲି, ଦେଖିଲ।

ଟିକିଏ ଧରିଥାଅ। ହଁ ସେ ବହିଟା ଅଛି। କଣ ଲେଖା ଅଛି, ଷୋଡ଼ଶ ଶତାବ୍ଦୀର କବି ଶିଶୁଶଙ୍କର ଦାସଙ୍କର ଉଷାଭିଳାଷ।

ହଁ ସେଇ ବହିଟା। ପଢ଼ିକରି ଦେଖିବ।

—

ମଣିଷପଣ

ଆଜି ଜଜ୍ ଗୋକୁଳ ସୁନ୍ଦରରାୟଙ୍କ କଚେରୀର ଭିତରେ ଓ ବାହାରେ ବେଶ୍ ଭିଡ଼ ଜମି ଥିଲା। ଭଦ୍ର ଲୋକମାନେ ଉଦ୍‌ଗ୍ରୀବତାର ସହିତ ଅପେକ୍ଷା କରୁଥିଲେ ଏଇ ତିନି ବର୍ଷ ପୁରୁଣା କେସର ରାୟ ଦେବେ ଜଜ୍ ସାହେବ। ଏ କେସଟି ଏପରି କୌଣସି ବିଶେଷ ବଡ଼ କେସ ନଥିଲା। ତା'ର ବିଷୟବସ୍ତୁ ଥିଲା ମାତ୍ର ସାଢ଼େ ସାତ ଗୁଣ୍ଠ ଜମି। ଭଗବାନ ସାହୁର ଏହି ଜମି ଉପରେ ଆଖି ରଖିଥିଲେ ରାମନାଥ ଦେ। ହୁଏତ ଅନେକ ବର୍ଷ ଆଗରୁ ଭଗବାନ ଏଇ କେସଟିକୁ ଆଉ ଲଢ଼ି ପାରିନଥାନ୍ତା ଯଦି ସ୍ୱେଚ୍ଛାସେବକ ସମିତି ଜମୀନ ଏ କେସଟିକୁ ଆପଣାର କରି ନ ଥା'ନ୍ତେ। ସେମାନେ ଏଇ କେସରେ ଭଗବାନ ସାହୁ ପକ୍ଷରୁ ଲଢ଼ି କେସଟିକୁ ଏ ପର୍ଯ୍ୟନ୍ତ ଟାଣି ଆଣିପାରିଥିଲେ। ଖବରକାଗଜ ବି ଏଇ କେସଟି ବିଷୟରେ ବିସ୍ତାର ଭାବରେ ଲେଖୁଥିଲେ ଏବଂ ଏହାକୁ ଆଠଗୁଣ୍ଠ କରି ଦେଇଥିଲେ ଏବଂ ଗୋଟିଏ କାଗଜ ଲେଖିଥିଲେ ଛ' ମାଣ ନୁହେଁ, ଆଠଗୁଣ୍ଠ !

ତିନିଦିନ ପୂର୍ବରୁ ମଧ୍ୟ ଏଇ କୋର୍ଟରେ ଏକା ରକମର ଭିଡ଼ ଥିଲା। ସେଦିନ କେସର ଶେଷ ଶୁଣାଣି ତାରିଖ ଥିଲା ଯେତେବେଳେ କି ଉଭୟ ପକ୍ଷ ନିଜ ନିଜର ଯୁକ୍ତି ରଖିବାର ଥିଲା। କୋର୍ଟ ଆରମ୍ଭ ପରେ ପରେ ରାମନାଥ ଦେ ପକ୍ଷରୁ ଓକିଲ ହରି ସମାଦ୍ଦାର ଠିଆହୋଇ ତାଙ୍କର ଭାଷଣ ଦେଲେ। ସେ କହିଲେ ଯେ ରାମନାଥ ଜଣେ ଧାର୍ମିକ ବ୍ୟକ୍ତି। ହଠାତ୍ ଏ କଥା ଉପରେ ଜଜ୍ ମନ୍ତବ୍ୟ ଦେଲେ ଯେ ଏ କଥା ସମ୍ପୂର୍ଣ୍ଣ ଅବାନ୍ତର! ତେଣୁ ଓକିଲ ସାହେବ ନିଜର କେସ ବିଷୟରେ ଯୁକ୍ତି ଉପସ୍ଥାପନ କରନ୍ତୁ। ବିଭିନ୍ନ ପ୍ରକାରର ଆଇନକାନୁନ ଇତ୍ୟାଦି ଦର୍ଶାଇ ହରି ସମାଦ୍ଦାର କହିଲେ ଯେ ଏ ଜମି କଦାପି ଭଗବାନ ସାହୁର ହୋଇ ନ ପାରେ। ଏହାପରେ ଜମୀନ ତରଫରୁ ଭଗବାନ ସାହୁର ଓକାଲତି କରିବା ପାଇଁ ଠିଆ ହେଲେ କମରେଡ୍ ସୁଧାକର।

ସୁଧାକର ଜଣେ ଦିବ୍ୟାଙ୍ଗ ହୋଇ ଥିବାରୁ କୋର୍ଟ ଭିତରକୁ ଗୋଟିଏ ଲାଠି ଆଣିବାରେ ତାଙ୍କ ଉପରେ କୌଣସି ପ୍ରତିବନ୍ଧକ ନ ଥିଲା; ସେ ଅଧିକ ଉଚ୍ଚ ଗୋଟିଏ ଲାଠି ଧରି ସାମନା ବେଞ୍ଚରେ ବସିଥିଲେ। ତାଙ୍କର ପୋଷାକ ଥିଲା ଚିରାଚରିତ ଚେକ୍ ଅଧା କାମିଜ ଓ ଅଣ୍ଟାରେ ଅତ୍ୟଧିକ ଲାଲ ରଙ୍ଗର ଗାମୁଛା।

ହରି ସମାଦ୍ଦାରଙ୍କ ବକ୍ତବ୍ୟ ପରେ ସେ ଉଠି ଠିଆ ହେଲେ ଏବଂ ତାଙ୍କର ବକ୍ତବ୍ୟରେ ମାର୍କ୍ସବାଦ, ରୁଷିଆ ବିପ୍ଳବ ବିଷୟରେ ଯେତେବେଳେ କହିବାକୁ ଆରମ୍ଭ କଲେ, ଜଜ୍ ସାହେବ ତାଙ୍କୁ ମଧ୍ୟ ଏସବୁ କହିବାକୁ ମନା କଲେ କାରଣ ଏସବୁ ଅବାନ୍ତର ଥିଲା। ତା ପରେ ଅନେକ ସମୟ ଧରି କମରେଡ ସୁଧାକର କେସ ବିଷୟରେ ଯୁକ୍ତିତର୍କ କଲେ ଏବଂ ଶେଷରେ ସେଦିନ ପାଇଁ କୋର୍ଟ ବନ୍ଦ ହେଲା। ଜଷ୍ଟିସ ସୁନ୍ଦରରାୟ କହିଲେ ଯେ ସେ ତିନିଦିନ ପରେ ଏ ବିଷୟରେ ତାଙ୍କର ରାୟ ଶୁଣାଇବେ। ଆଜି ସେଇ ରାୟ ଶୁଣାଇବାର ବେଳ ଥିଲା।

ଜଜ୍ କୋର୍ଟ ଭିତରକୁ ପଶିବା ମାତ୍ରେ ସମସ୍ତେ ଠିଆ ହେଲେ। ସୁଧାକର କିନ୍ତୁ ତାଙ୍କର ଦିବ୍ୟାଙ୍ଗ ହୋଇଥିବା ସୁଯୋଗ ନେଇ ବସି ରହିଲେ; ଆଜି ଲାଲ ଗାମୁଛାଟି ତାଙ୍କ ଅଣ୍ଟାରେ ନୁହେଁ କାନ୍ଧରେ ଥିଲା। ଜଜ୍ ତାଙ୍କର ଚୌକି ଉପରେ ବସି ଗୋଟିଏ ଦୀର୍ଘ କାଗଜରୁ ତାଙ୍କର ଜଜମେଣ୍ଟ ପଢ଼ି ଶୁଣାଇଲେ। ଏ ଜଜମେଣ୍ଟର ଆରମ୍ଭରେ ସେ ବିଭିନ୍ନ ପ୍ରକାରର ଆଇନ କାନୁନ ଦେଖାଇ କହିଲେ ଯେ, ଏ ଜମି ଉପରେ ଭଗବାନ ସାହୁର କୌଣସିମତେ ଦଖଲ ହୋଇ ନ ପାରେ। ତାପରେ ସେ ବିଭିନ୍ନ ଆଇନର ତର୍ଜମା କଲେ। ଗୋଟିଏ ପରେ ଗୋଟିଏ ପାରାଗ୍ରାଫ ପଢ଼ି ଶୁଣାଇବା ବେଳେ ଲୋକମାନେ ନିଶ୍ଚିତ ହୋଇଗଲେ ଯେ ଜଜମେଣ୍ଟଟି ରାମନାଥ ଦେଙ୍କ ପକ୍ଷରେ ଯିବ। ତାପରେ ଆଉ କିଛି ପାରାଗ୍ରାଫ ପଢ଼ି ଶୁଣାଇଲେ ଜଜ୍ ସାହେବ। ଏଥିରେ ସାମାଜିକ ନୀତିନିୟମ, ଚାଲିଚଳନ ଇତ୍ୟାଦି ବିଷୟରେ ଥିଲା ଏବଂ ଆଇନକୁ କିପରି ସମାଜ ସହିତ ଏକାଠି ରହି ଚଳିବାକୁ ହେବ ସେ ବିଷୟରେ ବକ୍ତବ୍ୟ ଥିଲା। ବକ୍ତବ୍ୟର ଶେଷ ଅଂଶ ପଢ଼ିବାକୁ ଯାଇ ସୁନ୍ଦରରାୟ କହିଲେ, ମୁଁ, ଗୋକୁଳ ସୁନ୍ଦରରାୟ, ଏତଦ୍ଦ୍ୱାରା ସମସ୍ତ ବିଧେୟ ଏବଂ ଆଇନକାନୁନକୁ ଆଖି ଆଗରେ ରଖି ନିଷ୍ପତ୍ତି ନେଉଛି ଯେ ଆଜିଠାରୁ ଏଇ ସାଢ଼େ ସାତଗୁଣ୍ଠ ଜମିର ମାଲିକାନା ଓ ସ୍ୱତ୍ତ୍ୱ ଶ୍ରୀଭଗବାନ ସାହୁଙ୍କୁ ପ୍ରଦତ୍ତ ହେବ ଏବଂ ଏହି ଆଦେଶ ଦ୍ୱାରା ମୁଁ ତାଙ୍କୁ ଏହା ପ୍ରଦାନ କରୁଛି।

ହଠାତ୍ ଲୋକମାନେ ଏ ଜଜମେଣ୍ଟକୁ ବୁଝି ପାରି ନ ଥିବାରୁ ସୁନ୍ଦରରାୟ ପୁଣି ଥରେ ସେ ଧାଡ଼ିଟିକୁ ପଢ଼ିଲେ,ମୁଁ, ଗୋକୁଳ ସୁନ୍ଦରରାୟ, ଏତଦ୍ଦ୍ୱାରା ସମସ୍ତ ବିଧେୟ ଏବଂ ଆଇନକାନୁନକୁ ଆଖି ଆଗରେ ରଖି ନିଷ୍ପତ୍ତି ନେଉଛି ଯେ ଆଜିଠାରୁ

ଏଇ ସାଢ଼େ ସାତଗୁଣ୍ଠ ଜମିର ମାଲିକାନା ଓ ସ୍ୱତ୍ତ୍ୱ ଶ୍ରୀଭଗବାନ ସାହୁଙ୍କୁ ପ୍ରଦତ୍ତ ହେବ ଏବଂ ଏହି ଆଦେଶ ଦ୍ୱାରା ମୁଁ ତାଙ୍କୁ ଏହା ପ୍ରଦାନ କରୁଛି।

ଦର୍ଶକ ମଣ୍ଡଳୀରେ ସାମାନ୍ୟ ଗୁଞ୍ଜରଣ ହେଲା ଆଉ କମରେଡ ସୁଧାକର ହଠାତ୍ ଉଠି ଠିଆ ହେଲେ ଏବଂ ବାହାରକୁ ବାହାରି ଗଲେ। ସେଠାରେ ତାଙ୍କର ଯେଉଁ ସହକର୍ମୀମାନେ ଅପେକ୍ଷା କରୁଥିଲେ ସେ ସେମାନଙ୍କୁ ଗୋଟିଏ ଛୋଟକାଟର ବକ୍ତୃତା ଦେଲେ। ବାହାରେ ରାମନାଥ ଦେଙ୍କର ଯେଉଁ ସମର୍ଥନକାରୀମାନେ ବାଣ ଇତ୍ୟାଦି ନେଇ ପହଞ୍ଚିଥିଲେ ସେମାନେ ମଧ୍ୟ ଛତ୍ରଭଙ୍ଗ ଦେଇ ପଳାଇ ଗଲେ।

ସେଦିନ ସଂଧ୍ୟାବେଳେ କୋର୍ଟ ଛୁଟି ହୋଇଯିବା ପରେ କମରେଡ ସୁଧାକର ଜଜ୍ ସାହେବଙ୍କର ଖାସ ଚାମ୍ବରକୁ ଗଲେ ତାଙ୍କୁ ଧନ୍ୟବାଦ ଜଣାଇବା ପାଇଁ। କିଛି ସମୟ ପରେ ହରି ସମାଦ୍ଦାର ମଧ୍ୟ ସେଠାରେ ଯାଇ ପହଞ୍ଚିଲେ। ହରି ସମାଦ୍ଦାର କହିଲେ, ମିଷ୍ଟର ସୁନ୍ଦରରାୟ! ମୁଁ ଆପଣଙ୍କୁ ପୁରୁଣା ବନ୍ଧୁତ୍ୱର ଖାତିରରେ କିଛି କହିବାକୁ ଆସିଲି। ବୁଝିଲ ଗୋକୁଳ, ଆମେ ପିଲାଦିନର ସାଙ୍ଗ। କିନ୍ତୁ କଣ ଜଜମେଣ୍ଟ ଦେଲ ଆଜି ! ଏଭଳି ଜଜମେଣ୍ଟ ପଢ଼ିଲେ ଯେ କେହି ଜାଣିବ ଏଥିରେ କୌଣସି ମସ୍ତିଷ୍କ ପ୍ରୟୋଗ କରାଯାଇନାହିଁ। ସୁନ୍ଦରରାୟ କହିଲେ କ'ଣ ହାରିଗଲ ବୋଲି ଏଭଳି କହୁଛ? ହରି ସମାଦ୍ଦାର କହିଲେ, ଦେଖ ଗୋକୁଳ! ତମ କୋର୍ଟରେ ମୁଁ ଜିତିବା ଅପେକ୍ଷା ହାରିଛି ବେଶି। ତେଣୁ ମୁଁ ସେଥିପାଇଁ କହୁନାହିଁ। ମୋର କହିବା କଥା ହେଉଛି ଯେ ତମର ନିର୍ଭୀକ ଓ ପକ୍ଷହୀନ ଜଜ୍ ଭାବରେ ଯେତେ ସୁନାମ ଥିଲା ଏ ଜଜମେଣ୍ଟରେ ସେଇଟା ନଷ୍ଟ ହୋଇଯିବ। ମୁଁ ଜାଣିଥିଲି ତମେ ଜଣେ ସାହସୀ ଜଜ୍। ତମେ ଥରେ ଜଣେ ମନ୍ତ୍ରୀଙ୍କୁ ବି ଜେଲ ଦିଆଇଥିଲ। କିନ୍ତୁ ଏ ଜଜମେଣ୍ଟ ପରେ ତମକୁ ଆଉ କିଏ ସମ୍ମାନ କରିବ ? ତମେ ତମର ଜଜମେଣ୍ଟରେ ପ୍ରଥମେ ପ୍ରଥମେ ଯେତେ ଆଇନଗତ ଆଲୋଚନା କରିଗଲ ଶେଷରେ ତମେ ଯେଉଁ ରାୟ ଦେଲ ତାର ତା ସହିତ କିଛି ସଂପର୍କ ନ ଥିଲା। ତମର ନାଁ ତଳେ ପଡ଼ିଗଲା। ଏଥର ବୋଧହୁଏ ତମର ପ୍ରମୋସନ ବି ହେବ ନାହିଁ। ସୁନ୍ଦରରାୟ କହିଲେ, ଦେଖ ସମାଦ୍ଦାର, ଆଇନକାନୁନ ବାହାରେ ବି, ଟଙ୍କା ବାହାରେ ବି ଆହୁରି ଗୋଟେ ବଡ଼ ଜିନିଷ ଅଛି। ତା ହେଲା ମଣିଷପଣ। ତମେ ତମର ରାମନାଥ ଦେ ମାନଙ୍କ ପଛରେ ଦୌଡୁଥାଅ। ମୁଁ କିନ୍ତୁ ମୋର ବିବେକ ଯାହା କହିବ ତାହା କରିବି। ଏ କଥା ଶୁଣି କମରେଡ ସୁଧାକରଙ୍କ ସଦା ବିଷାଦଗ୍ରସ୍ତ ମୁହଁରେ ହସ ଫୁଟି ଉଠିଲା। ସେ କହିଲେ, ମିଷ୍ଟର ସୁନ୍ଦରରାୟ ! ଆପଣ କଣ ଭାବୁଛନ୍ତି ଯେ ମଣିଷପଣ ଉପରେ କେବଳ ଆପଣଙ୍କର ଏକଚାଟିଆ ଅଧିକାର। ଆପଣ ଶୁଣି ଖୁସି ହେବେ ଯେ ଏଇ ମାତ୍ର ସାଥୀ ସମାଦ୍ଦାର ରାମନାଥ ଦେଙ୍କୁ ଛାଡ଼ି ଆମ ସହିତ ଯୋଗ ଦେଇଛନ୍ତି ଏବଂ କେସଟି ଯଦି ଉପର କୋର୍ଟକୁ

ଯାଏ ସେ ଆମ ସହିତ ହୋଇ ରାମନାଥ ଦେଙ୍କ ବିରୁଦ୍ଧରେ ଲଢ଼ିବେ। ଏତିକି କହି ସୁଧାକର କଷ୍ଟରେ ତାଙ୍କ ଲାଠି ଉପରେ ଭରା ଦେଇ ଠିଆ ହେଲେ ଏବଂ ସ୍ଲୋଗାନ ଦେବା ଭଙ୍ଗୀରେ କହିଲେ, ମଣିଷପଣ ଜିନ୍ଦାବାଦ୍ !

—

ପାପ ପୁଣ୍ୟ

ରାକା ଓ ସାଦିକା ରହୁଥିଲେ ଏକାଠି। ଯଦିଓ ସେମାନେ ଭିନ୍ନ ଭିନ୍ନ ଅଫିସରେ କାମ କରୁଥିଲେ, ସକାଳେ ଏକା ସାଙ୍ଗରେ ବାହାରି ଯାଉଥିଲେ, ଫେରୁଥିଲେ ପ୍ରାୟ ଏକା ସମୟରେ, ଆଉ ଏକାଠି ମିଶି ରୋଷାଇ କରୁଥିଲେ। ଏକାତ୍ମା ହୋଇ ଚଳୁଥିଲେ।

ସେଥର ଡିସେମ୍ବର ମାସରେ ବେଶ ଶୀତ ପଡୁଥିଲା। ରାକା ତା ଖଟ ଉପରେ କମ୍ବଳ ଘୋଡ଼େଇ ହୋଇ ଶୋଇଥିଲା; ସାଦିକା ପାଖ ଖଟରେ ଦେହରେ ପତଳା ଚାଦର ପକାଇ ଶୀତରେ ଛଟପଟ ହେଉଥିଲା। ରାକା କହିଲା, ତତେ କେତେ ଥର କହୁଛି ଗାଁରୁ ଯାଇ କମ୍ବଳ ନେଇ ଆ, ନ ହେଲେ ଏଠି ଗୋଟେ କମ୍ବଳ କିଣି ନେ। ହଉ, ଏବେ ମୋ ଖଟ ଉପରକୁ ଚାଲି ଆ, ନ ହେଲେ ଅନିଦ୍ରା ରହିବୁ।

ସାଦିକା ଯେମିତି ତାର ଡାକିବାକୁ ଅପେକ୍ଷା କରିଥିଲା, ସିଧା ଯାଇ ରାକା ପାଖରେ ତା କମ୍ବଳ ଭିତରେ ଶୋଇଗଲା।

ରାକା କହିଲା, ମୁଁ ତତେ କେତେଥର କହିଲିଣି ବଜାରରେ କେତେ ପ୍ରକାର ଲୋଶନ, କ୍ରିମ, ପମ୍ପ ମିଳୁଛି, ତୁ ତ ମୋ କଥା ଶୁଣୁନୁ। ଆମର ପୁରୁଷ ଛାତି ଦରକାର ନାହିଁ; ଆମର ଦରକାର ଭରପୂର ଉଛୁଳା ମୁକୁଳା ଛାତି। ମୋତେ ଦେଖ ମୋ ଛାତି ପାଇଁ ମୋର କେତେ ଗର୍ବ !

ସାଦିକା କହିଲା, ଦିଦି, ତମ କଥା ମୋ କଥା ଅଲଗା।

ରାକା କହିଲା, ଠିକ କଥା। ତୁ ଦୁର୍ବଳିଆ ପତଳା ହୋଇ ଛୋଟ ଝିଅଟିଏ ଭଳି ଦେଖା ଯାଉଛୁ। ତୋତେ ଦେଖିଲେ ଯିଏ ହେଲେ ଭାବିବ ତୁ ସ୍କୁଲରେ ପଢୁଛୁ।

ତା ଦେହରେ ହାତ ବୁଲାଇ ରାକା ପୁଣି କହିଲା, ଦେହରେ ମାଂସ ଟିକିଏ ଲାଗୁ। ପତଳା ପତଳା ହାତ, ନ ଥିଲା ଭଳିଆ ଛାତି, ରୋଗା ରୋଗା ଚେହେରା।

ସାଦିକା କହିଲା, ଯିଏ ଯେମିତି ଜନ୍ମ ହୋଇଛି ଦିଦି। ଆମର ତା ଉପରେ କି କର୍ତ୍ତୃତ୍ୱ ଅଛି ?

ରାକା ତା ଦେହରେ ହାତ ବୁଲାଉ ବୁଲାଉ କହିଲା, ଆମକୁ ଯାହା ମିଳିଛି, ତା'ର ତ ଆମେ ଯତ୍ନ ନେଇ ପାରିବା, ତାକୁ ସଜାଇ ପାରିବା। ପତଳା ଦେହରେ କି ପ୍ରକାର ପୋଷାକ ପିନ୍ଧିଲେ ପୂରିଲା ପୂରିଲା ଦେଖାଯିବ, ସେଇଟା ତ ଆମ ହାତରେ କଥା। ଅତି ସାଧାରଣ ଚେହେରାର ଝିଅ ଲକ୍ଷ ଲକ୍ଷ ଟଙ୍କା ଖର୍ଚ୍ଚ କରି ଦେହଟାକୁ କାଟ ଛାଟ କରି ବିଉଟି କ୍ୱିନ୍ ହୋଇଯାଉଛନ୍ତି। ମୁହଁରୁ ମେକ୍‌ଅପ୍ ପୋଛିଦେଲେ ସେମାନେ ସାଧାରଣ ଝିଅଙ୍କଠାରୁ କୌଣସି ଗୁଣରେ ଦେଖିବାକୁ ସୁନ୍ଦର ନୁହନ୍ତି। ଥରେ ହିସାବ ବାହାରି ଥିଲା ପ୍ରତିଯୋଗିତା ଆଗରୁ ନିଜର ଅଙ୍ଗପ୍ରତ୍ୟଙ୍ଗ - ବାଳ ଆଖି ନାକ ଓଠ ଦାନ୍ତ ପାଇଁ ସେମାନେ କେତେ କେତେ ଲକ୍ଷ ଟଙ୍କା ଖର୍ଚ୍ଚ କରିଥାନ୍ତି।

ସାଦିକା କହିଲା, ତମକୁ କେତେ କଥା ଜଣା ଦିଦି।

ରାକା କହିଲା, ତୁ ହେଲୁ ବୋକୀ। ତତେ ମୁଁ ଦେଖେଇ ଦେବି ଦେହରେ କଣ କଣ କରାଯାଇପାରେ। ହଉ, ଏବେ ଶୋଇଯା।

ନା, ଦିଦି ଏବେ ମତେ ନିଦ ହେବନି; ତମେ ଏମିତି କଥା କହୁଥାଅ।

ସାଦିକାକୁ ପାଖକୁ ଟାଣି ନେଇ ରାକା କହିଲା, ମୁଁ ଏବେ କଣ କରୁଛି ଦେଖ।

ରାକାର ହାତ ପଡ଼ିବା କ୍ଷଣି ସାଦିକା ଦେହରେ ବିଜୁଳି ଖେଳିଗଲା। ସେ ପାଗଳ ଭଳି ରାକାକୁ କୁଣ୍ଢାଇ ଧରି ତା ଉପରକୁ ଉଠି ଆସିଲା। ତା ଦେହ ଥରୁଥିଲା କିନ୍ତୁ ବାହାରର ଶୀତ ଯୋଗୁ ନୁହେଁ। ରାକାର ଗରମ ନିଃଶ୍ୱାସ ତା ମୁହଁରେ ବାଜୁଥିଲା। ଚେତନା ହରାଇ ସେ ନିଜକୁ ସମର୍ପଣ କରି ଦେଇଥିଲା ନିଜର ଦେହ ପାଖରେ।

ସେ ଜାଣି ପାରି ନ ଥିଲା କେତେବେଳେ ତାକୁ ଛାଇ ନିଦ ଲାଗି ଯାଇଥିଲା। ପ୍ରକୃତିସ୍ଥ ହୋଇ ସେ ଦେଖିଲା ଯେ ସେ ରାକାକୁ କୁଣ୍ଢାଇ ଧରି ଶୋଇଥିଲା। ରାକା ଦେହରୁ ନିଜକୁ ଖୋଲି ନେଇ ସେ ତା ଆଡ଼କୁ ଅନାଇଲା। ରାକା କହିଲା, ଏଡ଼େ ଟିକିଏ ମେଞ୍ଚଡ଼ ଟୋକି, ତୋ ଦେହରେ ପୁଣି ଏତେ ବଳ ! ସାକ୍ଷାତ ବାଘୁଣୀ ! କୋଉଠି ରଖିଥିଲୁ ଏତେ ଗୁଣ ?

ସାଦିକା ଗମ୍ଭୀର ହୋଇ କହିଲା, ଦିଦି ଆମେ ଯାହା କଲେ କଣ ଠିକ ?

ରାକା କହିଲା, ଆରେ ପାଗଳୀ, ଠିକ ଭୁଲ ପୁଣି କଣ ? ଯାହା କାହାର କ୍ଷତି କରୁନାହିଁ, ପରସ୍ପରକୁ ଆନନ୍ଦ ଦଉଛି, ସେଇଟା ନିଶ୍ଚୟ ଠିକ। ତୁ ତ କିଛି ପଢ଼ାପଢ଼ି କରୁନୁ। ଇସମତ ଚୁଗତାଇଙ୍କ ଗପ ଅଛି ଲିହାଫ। ଗୋଟିଏ ରେଜେଇ ଭିତରେ ଦି ଜଣ ସ୍ତ୍ରୀ ଲୋକଙ୍କର କାହାଣୀ।

ତାହେଲେ ପାପ କଣ ?

ତୁ ସେଇ ଚିତ୍ରଲେଖା ବହିର ପ୍ରସିଦ୍ଧ ପ୍ରଶ୍ନ ଭଳି ପଚାରୁଚୁ। ମୁଁ କଣ ପଣ୍ଡିତ ଯେ ତୋର ଏତେ କଥାର ଜବାବ ଦେଇ ପାରିବି ? ପାପ ହେଉଛି ଅନ୍ୟର ଅନିଷ୍ଟ କରିବା, ଦୁଃଖୀ ଲୋକକୁ ସାହାଯ୍ୟ ନ କରିବା, ସମାଜରେ ନିଜର କର୍ତ୍ତବ୍ୟ ନ କରିବା, ନିଜର ଦାୟିତ୍ୱ ନ ସମ୍ଭାଳିବା।

ଆଉ ପୁଣ୍ୟ ?

ଲୋକେ କହନ୍ତି ପୁଣ୍ୟ ହେଉଛି ଦାନଧର୍ମ କରିବା, ତୀର୍ଥ ଧାମକୁ ଯିବା, ପୂଜାପାଠ କରିବା। ତେବେ ଆମ ଭଳି ସାଧାରଣ ଲୋକଙ୍କର ଏ ସବୁ ପାଇଁ ସମୟ ସୁବିଧା ସାମର୍ଥ୍ୟ କାହିଁ ? ଆମ ପାଇଁ ଯାହା ପାପ ନୁହେଁ ସେଇଟା ହିଁ ପୁଣ୍ୟ। ବୁଝିଲୁ ?

ତମେ କେତେ କଥା ଜାଣିଛ ଦିଦି। ମୁଁ ଏଥର ତମ ପାଖରୁ ଦୀକ୍ଷା ନେବି।

ଚୁପ ପାଗଳୀ ! ରାତି କେତେ ହେଲାଣି ଜାଣିଛୁ ? କେତେ ଶୀତ ପଡୁଛି ! ତୁ ତ ରେଜେଇଟାକୁ ତଳକୁ ପକେଇ ଦେଇଛୁ। ଉଠାଇ ଆଣି ଘୋଡ଼ାଇ ହୋଇ ପଡ଼।

ସାଦିକା କହିଲା, ଦିଦି ରେଜେଇ ନୁହେଁ କମ୍ବଳ।

—

BLACK EAGLE BOOKS

www.blackeaglebooks.org
info@blackeaglebooks.org

Black Eagle Books, an independent publisher, was founded as
a nonprofit organization in April, 2019. It is our mission to
connect and engage the Indian diaspora and the world at large
with the best of works of world literature published on a
collaborative platform, with special emphasis on
foregrounding Contemporary Classics and New Writing.